龙沙论道集

刘屹 著

凤凰枝文丛 / 孟彦弘 朱玉麒 主编

凤凰出版社

图书在版编目（CIP）数据

龙沙论道集 / 刘屹著. -- 南京 : 凤凰出版社, 2020.6
（凤凰枝文丛 / 孟彦弘, 朱玉麒主编）
ISBN 978-7-5506-3181-6

Ⅰ. ①龙… Ⅱ. ①刘… Ⅲ. ①随笔－作品集－中国－当代 Ⅳ. ①I267.1

中国版本图书馆CIP数据核字(2020)第070975号

书　　名	龙沙论道集
著　　者	刘　屹
责任编辑	韩凤冉
书籍设计	徐　慧
出版发行	凤凰出版社(原江苏古籍出版社) 发行部电话025-83223462
出版社地址	南京市中央路165号,邮编:210009
出版社网址	http://www.fhcbs.com
照　　排	凤凰零距离数字印前中心
印　　刷	苏州市越洋印刷有限公司 苏州市吴中区南官渡路20号　邮编:215104
开　　本	880毫米×1230毫米　1/32
印　　张	10.625
字　　数	196千字
版　　次	2020年6月第1版　2020年6月第1次印刷
标准书号	ISBN 978-7-5506-3181-6
定　　价	68.00元 (本书凡印装错误可向承印厂调换,电话:0512-68180638)

刘屹

1972 年生，北京市人。中国古代史博士。现任首都师范大学历史学院教授、院长，兼任中国敦煌吐鲁番学会秘书长。主要从事敦煌学、中古宗教史研究。著有《六朝道教古灵宝经的历史学研究》《神格与地域：汉唐间道教信仰世界研究》《经典与历史：敦煌道经研究论集》《敦煌道经与中古道教》《敬天与崇道：中古经教道教形成的思想史背景》等。

弁言

“凤凰台上凤凰游”，是李白《登金陵凤凰台》之诗句，昔年我江苏古籍出版社立足南京、弘扬文史，而更名所由也。

“碧梧栖老凤凰枝”，是杜甫《秋兴八首》所吟咏，今日我凤凰出版社为学林添设新枝，而命名所自也。

30多年来，凤凰出版社围绕中华传统优秀文化，彰显传承文明、传播文化、服务大众、贡献学术的出版理念，坚持以整理出版中国文、史、哲古籍及其研究著作为主的专业化方向，蒙学界旧雨新知之厚爱、扶持，渐已长成“碧梧”，招引了学界“凤凰”翩然来栖。箫韶九成，凤翥凰翔！嘤其鸣矣，求其友声！

“凤凰枝文丛”是本社与学界同人共同打造之文史园地，除学术研究论文外，举凡学人往事、经典品评、学术札记之文化随笔，旧学新知，无所不包。是作者出诸性情而诗意栖息之地，读者信手撷取而涵泳徜徉之处。

“凤凰鸣矣，于彼高冈。梧桐生矣，于彼朝阳。”

愿“凤凰枝文丛”成为我们共同的文化家园。

2019.5.22

小序

这本小书收了我在过去20年间（1998年以降）已刊和未刊的书评、纪念文、序文等，共计20篇。大体可分三组：

第一组6篇，以敦煌学方面的书评为主。包括5篇书评和1篇由书评扩展而来的论文。这里有我最早发表的一篇书评，即对《北京大学藏敦煌文献》中部分经卷的评述，以及由这篇书评引出的对“上宫厩户写经”的初步研究。此外的几篇书评，都是学习前辈学者重要著作时的体会。要说明的是，2011年，我出版了《经典与历史：敦煌道经研究论集》（北京：人民出版社）一书。该书第四章曾收入4篇对敦煌道经不同研究论著的书评。此次只选择其中一篇收入本书，即对王卡先生2004年大著的书评。这既是因为王卡先生这部书具有重要意义，也是为了方便读者能够与本书所收对王卡先生的追忆文一起参考阅读。

第二组12篇，以道教学方面的书评为主。包括11篇对国内外学者道教研究论著的评述，1篇中译本的序言。敦煌学与道教学书评比例的严重失衡，也反映了我过去20年做研究时，太过偏重于道教学。回看当年这些书评文字，有两个突出的感受。其一是当年曾对道教学的国际学术对话，抱持强烈的兴趣和信心。但时过境迁，现在似乎对此事已颇为淡然。不过，至少对几位国际道教学界知名学者著作的评述，自认为还是做到客观公正评价，并非一味吹捧和盲从。这本身就是一件值得自豪的事情。其二是我自己做过深入研究的领域，主要是汉魏六朝时期，对于唐代道教的一些基本看法，反而主要是通过这几篇涉及唐代道教研究的书评反映出来。想当初博士毕业时，给自己设定的研究计划是从战国两汉一直要下延至唐宋的道教历史与经典的梳理。现在看来，我于六朝道教尚未贯通，对唐代道教的认知，大概也就停留在这几篇书评中的点滴看法而已。

第三组2篇，都是纪念文。一篇是根据我在“纪念宁可先生诞辰九十周年座谈会”上的发言而写就的，此前从未发表。另一篇是为纪念英年早逝的王卡先生而作。

以上20篇文章中，书评共有16篇，绝大部分是在1998—2011年间发表。最近几年似乎只有对柏夷先生大著书评这一篇。看来，我写书评最多的时候，只是在读博期间和刚工作的最初几年。这是有原因的。那时能够写出这些书评，很大程度是有老师们的督促。在我们读研究生时，郝春文和荣新江老师就有意识地用写书评来训练我们。经常是《敦煌吐鲁番研究》的这一期就要截稿了，但还差书评。当期的执行主编老师一发话，作为学生辈的我们自然责无旁贷地要以写书评的方式来为刊物做贡献。有些书评所涉内容，原本不是我擅长的领域，但也硬着头皮写了。发表在《唐研究》上的书评，有好几篇，都是当年的主编荣新江老师，为及时把国外道教研究的新著介绍给国内学界，而特意命我写的。但近些年，自己也成了《敦煌吐鲁番研究》的编委，可以几乎每期不落地贡献专题论文，书评反倒是可写可不写了。

当然，也正因为很多书评都是在博士期间或刚工作时所写，认识水平和表达能力都受很大的局限，因而不敢说每一篇书评都是成功的。但至少反映和记录了我当年读这些著作时的心得体会，和对相关学术问题的认知程度。现在把它们收集在一起，主要是考虑到有些书评的内容，至今仍然还有价值。如对于巴瑞特《唐代道教》一书的看法，我几乎在二十年间没有产生出新的意见或看法。说明那时在书评中所表述的看法，就体现了我对相关问题最好的认知状态。这些书评有时也提供了一些重要的研究信息。有一位外地的学者，就是看了我的书评，特意请他来京的朋友找到我，只为要一篇我书评中提及的英文论文的复印件。类似这样的事情，也使我分外珍惜在北京的学术环境和学术资源。同时，这本小书也是为了做一些学术史资料的积累。我并不想把每一篇都按照今天的认知水平去进行大幅度的改写或增扩，那样就不能如实地反映学术史原貌。

感谢孟彦弘老师和朱玉麒兄向我约稿，感谢凤凰出版社倪培翔先生、韩凤冉编辑的大力支持，使我得以有机会整葺自己当年的这些文字。对我来说，这些文字也是我求学求知生涯的阶段性记录。这其中印象最深的，当属由书评而延伸开来的对北大图书馆藏"上宫厩户写经"的探寻。关于"上宫厩户写经"的真伪问题，我无论是当年还是现在，都无力彻底解决。本书中特意收录了当年专门讨论这件写经的一篇不成熟的文字。现在的我已并不执著于当年试图得出的结论，然而即便在二十多年后的今天，一回想起当初自己是如何确认"上宫厩户写经"的过程，仍然充满了兴奋和感慨。

"上宫厩户"即日本的圣德太子，"始兴""定居"是两个日本的私年号。这两点认识现在已经成为关注此写卷学者的基本认知。但在当年，我作为一个非日本史专业的在读博士生，能够揭开此件写卷题记的奥秘，完全是通过两次不经意的"乱翻书"而偶然"碰"到了线索。第一次是在确认这是一件日本写经后，漫无目的地在首都师大外文图书室翻看日文书。拿起日本的《国宝大事典·书迹卷》翻看，"上宫圣德法王帝说"几个字，不期而至地映入眼帘。细看之下，又发现了"厩户"等字样，这才找到了揭开“上宫厩户”四字之谜的关键。随后又查到了日本的私年号表，但可惜“始兴”和“定居”两个年号不在已知的私年号表中。第二次是在国图日本出版物文库的开架书库，稍有目的地找与圣德太子相关的日文书籍。偶然翻到了载有藤枝晃先生大作的《原典日本佛教の思想·圣德太子》，才知道有关“三经义疏”是否出自圣德太子亲笔所写，原来也是大有争议。这两次在图书馆的“乱翻书”，使我在原本没有日本史和日本私年号背景知识情况下，居然就找到了蛛丝马迹，能够指出这件写经不是普通的“日本旧写经”，而很可能是与大名鼎鼎的圣德太子直接相关的一件国宝级文物！

回想当年，可以对自己未知的学术问题，抱持一种极度好奇的心态、穷追不舍的兴味，甚至可以废寝忘食，海阔天空地去查资料、找线索。估计如果现在遇到这样的问题，我可能就无法像当年那样不计成本地投入时间和精力。因而很怀念当年做学生时的那种心无旁骛、不断因获得新知而带来快乐的感觉。从这个意义上说，这本小书也是对我自己当年读书求知经历的一种纪念。

2019 年 6 月 30 日

目录

【斯人已逝】

附录

流沙遗响

评《北京大学藏敦煌文献》

本书是上海古籍出版社《敦煌吐鲁番文献集成》(The Corpus of Dunhuang Turfan Manuscripts)之一种，共影印刊布了北京大学图书馆藏敦煌吐鲁番文献246件，并附日本旧写经5件，吐鲁番出土回鹘文3件，西夏文5件，残片64件，共323号。

北大藏品的来源，最早可追溯到1925年陈万里先生在敦煌当地购买的几卷(见陈万里《西行日记》，朴社，1926年，94—95页)。另有一部分是当年罗振玉、李盛铎、启功诸氏的旧藏。再经1950年代任馆长的向达先生亲自拣选购买，故北大藏品的质量较高，其中不乏价值独到的精品。

1948年，《北京大学五十周年纪念敦煌考古工作展览概要》，第一次著录了《诸经要集》等5件北大藏品。1958年，《北京大学图书馆藏善本书目》著录了蝴蝶装本

《北京大学藏敦煌文献》，北京大学图书馆、上海古籍出版社合编，全二册，上海古籍出版社，1995年

《汉将王陵变》等近20件敦煌写本。1988年，在北京举办的“敦煌吐鲁番资料展”上，有北大藏品11件。1990年，张玉范女士发表《北京大学图书馆藏敦煌遗书目》（《敦煌吐鲁番文献研究论集》第5集，北京大学出版社，503—562页），虽然只是当时整理出的212件藏品的目录，但仍不乏重要的新材料，引起学界极大兴趣。现在，北大藏品首次以全貌示人，特别是在1990年以后又新整理出一部分，因此尤其引人注目。

张玉范女士在本书的《序言》中回顾了向达先生对这批敦煌吐鲁番文献入藏北大所做出的贡献，并从“有纪年的题记”、“古逸佛经”、“书法精美”和“在雕版史或书籍装帧发展史上具有代表性”等四方面，概述了北大藏品的价值。《编例》则说明了本书的一些编辑原则。彩版之后是印制精美清晰的黑白图版。本书《附录》共有四种。首先是张玉范、李明权两先生做的《叙录》，包括编号、定名、馆藏编号、卷子形态、首尾题、题记、与相关文献的关联、研究状况等丰富的内容。另三种都由李明权先生完成：《年表》将题记和卷中出现的朝代、年号、干支等换算成公元纪年，依纪年先后排列，并摘录题记、序跋中的有关内容。不能确定的干支纪年，则列于表末。《分类目录》将全部卷子分为“宗教”、“世俗”、“杂写”三大部分，并按“佛教”、“道教”、“经史子集”、“文书”、“俗文学”、“非汉文”、“杂写和残片”七类，依次排列。《索引》包括

“文献索引”和“人名地名寺名索引”两种，索引项只限在标题和题记中出现者。

显然，编者们为本书的编辑出版付出了大量的辛勤劳动。与1990年的目录相比，本书有以下几个突出特点：首先，当时未能定名的66件，这次全部被比定出来，这是一件值得本书的编者引为自豪的大功劳！其次，一些先前不准确甚至错误的定名，和叙录中的其他表述，这次得到改进和更正。第三，专门请国内外专家为他们各自擅长的非汉文卷子做考释和定名。第四，注意到吸收学术界已有的研究成果，尽管尚不完备。这样就使本书的编辑工作达到了相当高的水准。

以下，笔者就研读中感兴趣的问题，以馆藏号为序，略陈已见，并补充一些相关的研究信息。

D.96《因缘心论释》。方广锠先生主编《藏外佛教文献》第三辑（宗教文化出版社，1997年3月），218—223页引此件为校本之一，重新对《因缘心论释》做了录校。

D.98《大乘二十二问本》是上山大峻氏《敦煌佛教の研究》（京都：法藏馆，1990年）中《大乘二十二问本》合校本未及用者，有校勘价值。

D.99《首罗比丘见五百仙人并见月光童子经》。由于此前所见诸件均无完整的经题，或首起数行上部残缺，而本件不仅首题完整无缺，而且首起数行，只在下部略有残损，所以具有独到的价值。白化文先生以北图重26（北

8274）为底本，参校了本件、日 87（北 8275）、S.6881、S.2697、S.1811、P.2464、衣 41（北 8661）共 8 种写本，校录出完整无缺的《首罗比丘经》(《敦煌学》第 16 辑，1990 年，47—59 页)。1992 年，佐藤智水氏专门研究了敦煌本《首罗比丘经》的文本问题（《冈山大学文学部纪要》第 17 号，209—228 页）。他虽然补充了李 7（北 8460）和 P.3019 两个新校本，但未及北大此件，故所用校本只有 9 件。1993 年，佐藤氏又在荣新江、李开元等先生帮助下，参照白化文先生的录校本，对此经重做点校，所据校本已达 10 件（《冈山大学文学部纪要》第 20 号，276—286 页）。另据施萍婷先生介绍，日本国会图书馆 WB32（35），56698 号是一件“尾全”的《首罗比丘经》残件（《敦煌研究》1995 年 4 期，58 页），尚未被前述的录校工作所参照。笔者在荣新江先生帮助下，通过显微胶卷，用国会本与其它诸本相较，发现文字差异并不明显。《敦煌遗书总目索引》中的散 307、311 两件，为李盛铎旧藏的两件“尾全”《首罗比丘经》，未知与日本国会图书馆的那一件是否有关？则此经写本目前至少已有 11 件。这是一种非常重要的佛教伪经。对它的权威性研究，当推许理和氏（Erik Zürcher）大作《论月光王子经》(*T'oung Pao, Vol.68,1982, pp.1-75.*）他考订此经成书于公元 518—589 年间。而温玉成先生在 1990 年敦煌学国际学术研讨会上提交的《关于首罗比丘经的几个问题》一文，对此经的作者、时代、地域等问题都有新的见解。经中“月光出世，王在汉境”、“月光临出，大灾将至”等谶语，与道经中“大灾将至，李弘应出”的终末观念相同，对六朝民间的宗教叛乱影响巨大，也是民间佛道二教互相渗透的例证之一。在目前国内学界对中古早期佛、道教救世主义研究远未深入的情况下，敦煌本《首罗比丘经》应该引起人们更多的关注。

D.113《三万佛同根本神秘之印并法龙种上尊王佛法》。经文第四纸背有字一行半。编者认为这是正面经文的“补记”，在卷背相应部位做补记的形式，在本书D.112v《瑜伽论第五十六卷手记补记》等吐蕃时期的佛教写本中亦可见到。但D.113v的文字却与正面内容无关，更像是剪贴在背面的裱纸。此外，D.149v“佛法问答补记”、D.192v“诸文要集补记”，也很可能是裱纸。

D.117《天尊说济苦经》。此经又名《灵真戒拔除生死济苦经》。大渊忍尔氏在《敦煌道经·目录篇》中著录了此经的4件写本，即P.4559、S.793、P.2385、S.5921，并在《图录篇》中影印了前两件。它们虽然不属于同一写本，但内容却可以衔接，于是全经基本完整无缺。惟遗漏了P.5029，当然也未及北大此件。本件的特别之处在于它是现存诸本中唯一有纪年题记的一件。题记云：“文明元年（684）三月，弟子胡宽为亡考敬写《天尊说济苦经》一卷。愿亡者得入升仙，同登大道。”但是笔者却对此题记的真实性有所怀疑。首先，题记中一共 34 个字，至少有一半以上可以在经文中找到写法相似的重字，特别是比较关键的字，如“胡宽”、“天尊说济苦经”、“升仙”、“大道”等。题记中这么多字与经文相重，恐怕不是偶然现象。而这些字写法极为相似，似乎题记与经文同出于一人之手。可是本书《叙录》提示“尾纸纸墨与前不同。”通过书前本件的彩版来看，墨色差异十分明显。这又使人对经文与题记是否写于同时产生了疑问。其次，与大体同期的其他敦煌道经题记相比，这条题记显得很不规范。如 S.3135《太玄真一本际经》卷二题记云：“仪凤三年（678）三月廿二日，三洞女官郭金基，奉为亡师敬写《本际经》一部。以此胜福，资益亡师。惟愿道契九仙，神游八境。”写经的年、月、日俱全，而“奉为……惟愿……”似也是唐代写经发愿的定式。D.117 的题记则与此不符。此外，尾纸上还钤有李盛铎两印鉴，这并没有减轻笔者的怀疑，反而为我们揭发其伪赝提供了线索。北京大学图书馆还藏有《李木斋氏鉴藏敦煌写本目录》稿本一册，据信这是李氏去世前，收藏敦煌写本的全目。笔者通过荣新江先生获知，此件并未在李氏《目录》中著录，且为北大图书馆由市面上买进。这就更加重了笔者的怀疑。

题记可能是被人仿照经文中的字体伪造的，但此卷本身却仍可信为真品。这样，《天尊说济苦经》的写本目前已有 6 件。此经中有如下一段经文：

天尊言：我道宽廓，无法不经，无法不度。若在胡国，称之恒河沙诸佛。若在汉，名曰太上老君。在胡在汉，只转我身。阿难者，尹喜先生身是；维摩诘者，无极先生身是；舍利弗者，鬼谷先生身是；文殊师利者，郭子先生身是。此等先生，随我形变，名位二处，恒侍从我。历化还宫，得道合真。

这一段文字在明正统《道藏》收的《太上洞玄灵宝天尊说济苦经》中已看不见了。从《续高僧传·释僧勔传》可知，北周时的道士们还认为鬼谷先生是《无上先生关令尹喜内传》的作者，他变身为舍利弗，应是在此后的附会。《宋高僧传·释法明传》载唐中宗神龙元年（705）《禁化胡经敕》云："尹喜既称成佛，已甚凭虚。复云化作阿难，更成乌合。鬼谷、北郭之辈，未践中天；舍利、文殊之伦，妄彰东土。"（中华书局，1987 年，416 页）可见唐中宗所批评的"化胡经"内容恰与上引《天尊说济苦经》相符合。因而此经应是北周至唐中宗之间的作品，吉冈义丰氏认为此经出于六朝极末（见《道教と仏教》第二，东京：国书刊行会，1983 年第 3 版，153 页）。这一隋或初唐新问世的道经，继承了六朝古道经中佛道不分、仙佛并列的传统，反映了道教人士寻求佛道二教交接点，以及整合南北道教的努力，是唐初道教史上的宝贵材料。

D.162v《辰年正月十五日道场施入疏》。与北大此件同为辰年、同有荣照签押的P.2837v已由池田温先生在《中国古代籍帐研究》(东京，东京大学出版会，1979年，547—548页)中刊布，并定此辰年为公元836年。郝春文先生根据这一考证结果，推定D.162v中的辰年亦为836年，并据之对沙州僧俗的施舍问题进行专门探讨(《唐研究》第3卷，1997年)。

D.174“道经”，笔者比定为《洞渊神咒经》卷五《禁鬼品》，相当于《道藏》本(文物出版社、天津古籍出版社、上海书店，1988年，第6册)的第19页上栏1—15行。

D.178 “道经”，笔者比定为《太玄真一本际经》卷二《付嘱品》。大体相当于大渊忍尔《敦煌道经·图录篇》第300页所收的P.2393的54—69行。

D.184“杨延光发愿疏”，应为“杨延光施舍疏”或“施舍发愿疏”。参见唐耕耦、陆宏基编《敦煌社会经济文献真迹释录》第3辑(北京：全国图书馆文献缩微复制中心，1990年)中的“施舍疏”类。

D.185《灵图寺寄住僧道猷状牒》，早年有罗福苌氏辑《沙州文录补》刊布的录文。近年荣新江先生据之讨论了晚唐五代宋初中印文化交流，见《季羡林教授八十华诞纪念文集》(南昌：江西人民出版社，1991年，955—968页)。郝春文先生则引此件探讨了归义军政权对佛教势力的限制问题，见《周绍良先生欣开九秩庆寿文集》(北京：

中华书局，1997年，164—175页）。但他们所据皆为《沙州文录补》的录文，与原卷相对照，文字稍有出入。

D.188《汉将王陵变》，为邵洵美氏旧藏，《敦煌变文集》曾引此为校本之一。此外，潘吉星先生藏有与此件纸张、形制、书法都很相似的《汉将王陵变》残叶。梅维恒氏（Victor H. Mair）不仅将诸残叶按顺序重排，还比定出潘先生所藏恰为北大此件的续卷，并刊布了续卷的图版（*Chinoperl Papers*, No.12, 1983, pp.130-142），值得参考。

D.192《诸文要集》。关于此件性质问题的讨论，白化文、李鼎霞两先生首开其端（《中国文化》第2期，1990年，20—26页；《1990年敦煌学国际研讨会论文集·史地语文编》，沈阳：辽宁美术出版社，1995年，401—417页）。张广达先生在《叹佛与叹斋》中亦有讨论，见《庆祝邓广铭先生九十华诞论文集》（石家庄：河北教育出版社，1997年，60—73页）。赵和平先生则对此做了专论（见同上《周绍良先生欣开九秩庆寿文集》，275—281页）。

D.195"重修佛堂记"，其背原定为"具注历"。邓文宽先生认为背面的内容可分为两部分，前者为《六甲纳音歌诀》，后者现在尚不能定名，但也属术数。他还提示出D.195v可与P.3984v相拼合（见《北京图书馆馆刊》1996年4期，90—91页）。两件的背面内容可相接，其正面自然也应同为一件。而P.3984在《敦煌遗书总目索引》中做"传赞文残卷"，《敦煌遗书最新目录》定名为"为圣主祈福文”。两件的缀合使重新定名成为可能。同时，笔者发现，本书中定名为“社长阴公光进神道碑”的 D.202，笔迹与 D.195 相同。D.202 中说社官董海等因弥陀信仰而欲修建佛堂，D.195 中也有“董公等社修西方、图净土”之说，故两件所说应即同一事由。D.202 并不是阴社长的神道碑，而是说他生前就要修建佛堂，因早死而未遂愿。社官董海等承其遗志，准备修建，正在“未知所措”时，有两社导师，某位高僧，指点迷津——这就可与 D.195 的内容相接——高僧认为“起意造新，何如修古”。于是董海等人把坊内原有的唐家佛堂重修，P.3984 实际上是在描绘新建佛堂的华丽庄严。所以 D.202+D.195+P.3984 这三件应重新定名为“社官董海等廿三人重修唐家佛堂功德记”。兹将其录文如下：

（以下 D.202）

〔前缺〕

1.▭苦。然▭门，惟人所□□

2. 也。斯乃慈悲救溺，般若舟航，横截爱河，返邪归正者，其惟

3. 大觉。无量寿智，隆极乐之国。阿弥陀佛，开净土之因。一心向

4. 面而必生，十念归诚而悉应。厥有社长阴公，讳光进，乡闾高

5. 义，谦让低心，决定良缘，意防三毒，寻师味法，

口慎六斋。劝

6. 朋侣而就福田，割私财先鸣导首。亦了一乡耆寿，两社司（同?）存。未

7. 逮崇修，强缘有预。岂图西山奄鄽，泪落琼瑰；东水流魂，身同

8. 埋玉。其事未遂，寄死后人。则有社官董公海，顾样思人，继迹断肠者也。然即录事阴

9. 等廿三人，并以克己晨耕，利丰屯聚，耰田旰食，廪实盈储。九等之

10. 税颇充，十一之租已备。行歌李迳，嗟白发以催年；避迹桃原，叹狂花而

11. 不久。顽嚣嗜（奢）忲，像粪滔天。荷校灭耳责其愆，擢发不足续〔其〕

12. 罪。忸怩省己，尽然寸心。须访有智而弃麻，忌应憎而投杼。相将

13. 携手，同启桑门：“欲造胜因，未知所措。”时有

14. 居名坊上里，性寂不二之门，为两社导师，久住

15. 在念，十善诱人。每开甘露之门，劝济尘滓之苦。纳诸衷告

（以下 D.195）

16. 引说谠言。使加积善之修业，就无涯之固。答曰：“育

17. 施园，有为之能，其功上远。此坊有唐家佛堂〔一?〕院，五邻礼忏，常

18. 住年深。桑海迁讹，陵谷星变，刹心摧坏，徘徊毁残。起意造

19. 新，何如修古?”揣当来志，佥议允从。一夏未终，四壁再立。簾浮

20. 天际，屋起云心。五土香泥，饰资表里。百功汗力，筑彻高隆。一院

21. 合修，两壁分半。爰乃董公等社，修西方，图净土，望惠眼，倾凡

22. 心，宝地芳延，珍庭广布。是以轻毫粉壁，重贸良工，彩圣莲池，

23. 图真水境。灵禽儛翼，影绿 / 树而调八音。极乐化生，沐香风

24. 而开九品。银钩悬曜，金面 / 流辉。法星临玉质之堂，兔月皎珠

（上两行斜线后及以下 P.3984）

25. 簾之外。划照净土，幢盖华而更新。苑尔双林，妙果繁而

26. 秀实。花台吐圣，运伫来神，灌顶流洪，涤除秽质，丞因获

27. 福。圣主祥明，积小成功，咸登觉路。余赧墨沼汪，

28. 无功润笔，儒林楚楚，耻诮狂文。僶俛三思，敢题此

29. 述。其词曰：

30 圣谛除奢 痴心懒堕 沉溺三途 都由立我 请神归正 白业返邪

31. 当生净土 往见弥陀 竹马时年 鹤发思旧 愿效福田 相呼携手

32. 大哉法教 细行真僧 十念斋至 九品方登 宝地深基

33. 金光肩曜 极乐花台 双林果报 积善积因 愿助明君。

D.202 和 D.195 之间略有残损，文义尚不连贯，故不排除中间还有缺行的可能。此篇可能是唐前期的作品。D.202v《侄女什一娘祭叔叔文》，也可与《沙州文录补》的录文相对校。

D.198“具注历”，邓文宽先生在前引文中指出这是《唐大顺元年（890）具注历日》。

D.203《管内都僧录谟广道场告帖》是“乙丑年正月十六日”帖，这个“乙丑年”可能是 905 或 965 年。“都僧录谟广”不见于竺沙雅章氏所列的已知僧录名单（《中国佛教社会史研究》，京都：同朋社，1982 年，373 页），值得研究者注意。

D.204“终七道场疏”应为《某年坚法请灵修寺阴法律等为亡考终七追念设供疏》，或径名之为“请僧疏”。可参见《敦煌社会经济文献真迹释录》第 4 辑中的“追念、设供等请僧疏”类。

D.214《北凉承平年间高昌赀簿》，除朱雷先生的研究外，还有王素先生的补说，他不仅补充了此前研究者所忽略的北大此件的研究信息，还从《艺林旬刊》中辑佚出了与北大、科学院图书馆所藏不同的另一件北凉赀簿（《文物》1996年7期，75—77页）。

D.245v《八转声颂》，下有小字“吴三藏”，《叙录》疑为曾任敦煌都僧统的吴和尚僧辩。其实《八转声颂》的译者是藏僧吴和尚法成（见上山大峻氏《敦煌佛教の研究》，180—182页）。

J.4《维摩诘经》卷下，尾题后钤“净土寺藏经”墨文长方印，后抄僧肇序，再后有两行题记：“始兴中，慧师聪信奉震旦善本，观勤深就，笃敬三宝。”“经藏法兴寺。定居元年岁在辛未，上宫厩户写。”纸背骑缝处有“张勋伯珍藏”朱文椭圆形印。编者定此件为日本写经。据京都知恩院所藏《上宫圣德法王帝说》（此据山本信吉编集《国宝大事典》（三）《书迹·典籍》，东京：讲谈社，1986年，31—32页）可知，“圣德太子”原名“厩户丰聪耳”，未称太子前，封为上宫王。因此，“上宫厩户”就是“圣德太子”。他笃奉佛教，主要向高丽和百济僧人学习佛教。其中就有一位百济僧“慧聪”，应该就是题记中的“慧师聪”，是他把《维摩诘经》从中国传入日本。“法兴寺”亦即飞鸟寺，也是在圣德太子执政时建起的著名寺院。从题记来看，这确是一件与圣德太子密切相关的写经。圣德太子曾编撰了著名的“三经义疏”，即《法华经义疏》《维摩诘经义疏》和《胜鬘经义疏》。日本现存最古的书迹珍品，就是被视为“国宝”的“三经义疏”。许多人认为今藏于正仓院的《法华经义疏》和藏于法隆寺的《胜鬘经义疏》乃圣德太子亲笔所撰。北大此件的字迹与它们明显不同，并不是出于同一人之手笔。值得注意的是，藤枝晃氏凭借自己对敦煌卷子形态的丰富经验，用“三经义疏”与敦煌写本相对照，从文书学的角度证明了“三经义疏”只是由职业写经生按照中国南朝—隋的写经规范写成的，而且时代也比圣德太子晚（见《原典日本仏教の思想·1·圣德太子》，东京：岩波书店，1991 年，484—544 页）。这样，北大此件的意义就远超一件普通的日本写经。“三经义疏”的首题下皆写“此是大倭（委）国上宫王私集，非海彼本”字样，这只说明“三经义疏”是上宫王所撰集，却不一定是由他亲笔写的。而且，北大此件题记中的“辛未年”，可比定为公元 611 年，相当于日本推古十九年、隋大业七年。从年代上说，也比“三经义疏”的写本更早。但是，“始兴”、“定居”两年号的归属问题，现在还只能留待高明。此件能否最终确认为圣德太子手笔，有待更进一步的考察。

此件的意义还不止如此。日本历史上著名的净土寺有两座。一是由圣德太子创建，位于今广岛县尾道市尾崎町；二是于1192年创建的位于今兵库县小野市净谷。笔者却认为此卷上钤的“净土寺藏经印”得自敦煌净土寺。因为仅笔者所知钤有与此相同形制、墨色印记的敦煌写经就有二十七、八件之多。据李正宇先生研究，敦煌净土寺始见于公元840年的敦煌文献（《敦煌学辑刊》1988年第1、2期，81页），则净土寺入藏此经时，已距其写成之时，至少有两个多世纪之久。但是敦煌卷子中隋代写经，甚至是隋朝宫廷写经也有一些，净土寺收藏了相当于隋代的写经，并不会令人感到意外。而且在圣德太子执政时，倭国第五次遣使入隋，为公元614年，即大业十年、推古二十二年。从这个时间来看，也不排除611年圣德太子写的佛经，由倭使于614年带入隋都，再因为某种机缘流入敦煌的可能性。果真如此，这件原藏于日本法兴寺的七世纪初写本，如何流入中国，如何流入敦煌，都将是非常引人入胜的话题。

背面的“张勋伯珍藏”印，似也可以为本件出自敦煌的可能性提供佐证。施萍婷先生在日本三井文库发现了久已为人所不知的张广建旧藏敦煌写卷（《敦煌研究》1993年2期，90—91页）。荣新江先生对张广建做了更详细的介绍（《海外敦煌吐鲁番文献知见录》，南昌：江西人民出版社，1996年，213—214页）。可知张广建即“张勋伯”，他在1914—1920年间一直在甘肃任军政大员，攫取了数百卷敦煌写经。张氏旧藏的一部分在1929年已流入三井文库。在三井文库的 112 件藏品中，钤有张氏印鉴的有 8 件。本件曾经张氏收藏，也就更加大了它出自敦煌的可能性。但是为何此件没有随其它张氏藏品一起流入日本？这是原藏者的苦心安排？抑或是诸多不可想见的因素偶然为之？恐怕也是一个谜团。总之，这是一件值得人们更多关注的、非比寻常的写经。

X.1 为 3 叶西夏文。正面是《六祖坛经》，背面是《瓜州审案记录》。原属同一抄本的散叶，今已散藏于国内外。1932 年，罗福成氏对照元代宗宝的《六祖大师法宝坛经》将上虞罗氏藏的 5 叶译成汉文，发表于《国立北平图书馆馆刊》4 卷 3 号《西夏文专号》上，并刊布了 2 叶正面、1 叶背面的图版。1938 年，川上天山氏考证此残本为 1070 年在敦煌所译，文字与 S.5475《六祖坛经》一致（《支那佛教史学》2 卷 3 号，收入柳田圣山《六祖坛经诸本集成》，京都：中文出版社，1976 年）。罗氏旧藏的 5 叶可能现已归入北京的故宫博物院。1961 年，西田龙雄氏刊布了大谷探险队所获，今藏于龙谷大学的 1 叶。图版见《西域文化研究》第四《中央アジア古代语文献》（京都：法藏馆，1961 年）图版 41，研究见《别册》，457—458 页。此外，中国历史博物馆藏有 1 叶，北京图书馆藏 2 叶，加上北大这 3 叶，就是通常所说的 12 叶。史金波先生已将这 12 叶西夏文按顺序重排，并译成汉语发表。他认为此西夏文《坛经》，内容更接近于法海所集唐中期古本，而与宗宝本等相去较远；虽与法海本相近，但又不雷同，所据的汉文底本为现已失传的某种版本（《世界宗教研究》1993 年 3 期，90—100 页）。

背面《瓜州审案记录》为西夏礼圣国庆元年（1069）和二年所书，所记案例为审理民间侵夺牲畜、钱财纠纷。最早亦在 1932 年由王静如先生首先讨论（同上《北图馆刊》，24—32 页）。以后，陈炳应先生释译了历博所藏那 1 叶（《西夏文物研究》，银川：宁夏人民出版社，1985 年，291—293 页）。1988 年，史金波等先生编《西夏文物》（北京：文物出版社）刊布了包括北大 1 叶在内的 3 叶《审案记录》图版（见该书图版 333—335 及解说）。惟图版 335 说明为历博所藏，恐误。似应是 1932 年罗福成氏在《北图馆刊》于刊布的那件。图版 372《六祖坛经》才是历博那件的正面，其背面即陈炳应先生前揭书 292 页的照片。总之，这 12 叶西夏文，正面的《六祖坛经》已有了完整的译释，但完整的图版还未公布。背面的《审案记录》，可能至今还未有全部的译释，因此北大 X.1 的价值不可低估。随着上海古籍出版社与俄罗斯方面合作推出《俄藏黑水城文献》陆续出版，西夏文《六祖坛经》和《审案记录》与其它西夏文经典、社会文书之间的关联和比较研究，也将提出更多新的课题。

附记：本文的写作，得到郝春文、荣新江先生指教，特此致谢！

北京大学藏上宫厩户写《维摩诘经》补说

一、引 言

1995年10月，北京大学图书馆与上海古籍出版社合编的《北京大学藏敦煌文献》（全二册）出版。我曾经写书评对其中重要的卷子和一些需要补充的研究信息做了说明[①]。书评中对编号为J.4的"《维摩诘经》卷下"写卷费了较多的笔墨。

此书的编者在书后《叙录》中对此卷作了如下描述[②]：

北大附J4	维摩诘经卷下
后秦鸠摩罗什译	日本旧藏写经

① 书评刊于《敦煌吐鲁番研究》第3卷，北京大学出版社，1998年，第378—380页。

② 见此书《叙录》，第35页。黑白图版见同书，第286—288页。

白麻纸，共 6 纸。高 26.9cm，广 239cm，纸幅 47.4 cm。卷心高 20cm，天头 3.6cm，地脚 3.3cm。

凡 127 行，每纸 28 行，行 17 字。乌丝栏，楷书，墨色深匀。

卷首题："法供养品第十三"，尾空一行题："维摩诘经卷下"。后空一行为小字双行密书，计 16 行，行 31 至 38 字。卷末题记为："经藏法兴寺"，"定居元年岁在辛未上宫厩户写。"

文内标题还有"嘱累品第十四"（第四纸）。

尾有"净土寺藏经印"黑文长方印。纸背骑缝处均有"张勋伯珍藏"朱文椭圆形印。

参见《大正藏》第十四卷经集部 475 号，556 页上至 557 页中。

此件尾题"维摩诘经卷下"的后一行下部，钤有"净土寺藏经"印；再下一行，即"小字双行密书"的 16 行，是僧肇的《维摩诘经序》。此段序文之后，空一行，后有题记："始兴中，慧师聪信奉震旦善本，观勤深就，笃敬三宝。"再空一行，为"经藏法兴寺　定居元年岁在辛未，上宫厩户写。"

我在前揭书评中对此卷的粗浅看法可以归结如下：（1）题记中的"上宫厩户"即日本历史上有名的圣德太子；（2）"慧师聪"即圣德太子的百济老师僧慧聪；（3）"法兴寺"即后来的飞鸟寺；（4）"岁在辛未"，可比定为日本

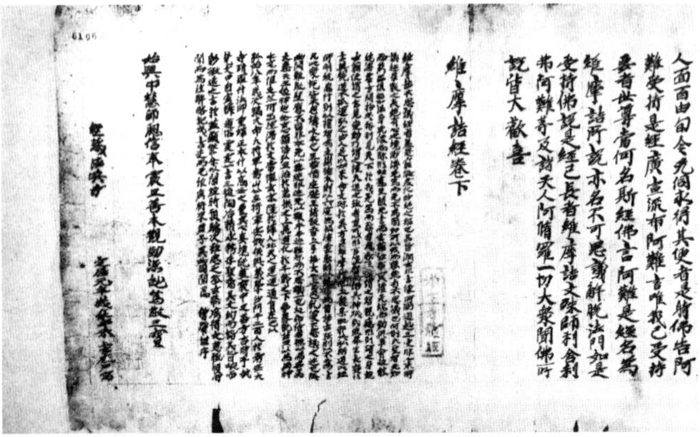

上宫厩户写维摩诘经

推古天皇十九年、隋炀帝大业七年，即公元611年；(5)此件写经有可能是圣德太子亲笔书写，较之日本国内现存的所谓圣德太子写“三经义疏”更为珍贵；(6)“净土寺藏经”印为敦煌净土寺之印，表明此件曾经流入敦煌；(7)卷背的“张勋伯珍藏”也表明此件很可能出自敦煌藏经洞；(8)“始兴”和“定居”两年号尚需留待高明。

1998年11月，我借参加法门寺唐文化国际学术会议的机会，向当时在北大留学的本间宽之先生讨教了此件题记的一些情况。我还将此消息告诉韩昇先生。他听后对此很感兴趣，并告诉我说“始兴”和“定居”很可能是日本的私年号。我寻此提示也终于查到“定居元年”正是见于日本史书记载的私年号，且与我推测的“岁在辛未”为611年正相吻合[①]。此后，我们还通过几次信讨论此件。韩昇先生表示他越来越怀疑此件的真实性，并叮嘱我一定要核查原卷。但我由于各种原因一直没能检核原件。

2000年6月，荣新江先生在首都师大举行的“纪念敦煌藏经洞发现一百周年国际学术研讨会”上发言，提及

① 我依据的是日本历史大辞典编集委员会编集的《普及新版 日本历史大辞典·别卷·日本历史年表》，(东京，河出书房新社，1985年版)，其推古十九年后附“定居1”。又见高柳光寿、竹内理三编《角川日本历史辞典》(第二版)，(东京：角川书店，1966年初版，1981年再版)之《私年号表》，“定居”或“定光”元年，即推古十九年。但两书中都未见“始兴”年号。

张广建（即张勋伯）的藏品来自廷栋，是王道士早在斯坦因到来之前就已从藏经洞中取出部分精品，特意奉献给自己的老上司廷栋，以后又被人从廷栋处夺去，献给了张广建[①]。我当时觉得这对于理解北大藏上宫厩户写经的流传也是一个重要的线索：上宫厩户写经是否在斯坦因到来之前，就被王道士从藏经洞中取出送人了？由此重新激发了我对探索此卷的兴趣。

2000 年 7 月，韩昇先生在香港举行的“纪念敦煌藏经洞发现一百周年敦煌学国际研讨会”上发表文章，论及隋唐时期东亚的“佛教外交”，对此件正式提出了自己的看法。认为“无论从文书本身，或者从日本的国情分析，都难以支持此件文书出自圣德太子手笔的判断。相反，认为此文书出自后人手笔的可能性要大的多”。同时他也指出：“此件文书的制作者对圣德太子的历史事迹相当熟悉，且能正确使用寺院的私年号，最大可能为与日本古寺有深厚关系者，或为僧人，或为寺院写经生，但不会是中国人。”8 月，在敦煌召开的“纪念敦煌藏经洞发现暨敦煌学一百周年国际学术讨论会”上，韩昇先生也作了相同的发言。作为深谙隋唐史和日本史的专家，他的意见特别值

① 荣新江《敦煌藏经洞文物的早期流散》，收入郝春文主编《敦煌文献论集》，沈阳：辽宁人民出版社，2001 年，第 1—21 页。

得重视[①]。

也是在敦煌会议期间，我就此问题请教过六七位国内外知名学者。他们或是对此件表示出极大的怀疑，或是称尚未注意此件，我没有得到任何支持我的意见。他们对此问题的谨慎态度是可以理解的，而我现在也已经不再完全坚持最初的看法了。2000 年 11 月，我在荣新江先生和北大图书馆张玉范女士的帮助下终于见到了此卷的原件。在原物面前，我最初的一些推测已被事实所推翻。本文一是将我目睹原卷的一些情况加以介绍，二是补充一些相关的背景资料。至于此件真伪的定论，还是要留待高明。

二、关于“净土寺藏经”印

此卷尾钤的“净土寺藏经”印，是我判断其曾入藏敦煌藏经洞的一个主要证据。但实际上，这个印章很难说就是敦煌的净土寺藏经印。首先，原卷上的“净土寺藏经”印章是朱印，而不是《叙录》所说的“黑文长方印”，而“黑文长方印”才是敦煌净土寺藏经印的普遍形制。其次，北大此件上“净土寺藏经”印的尺寸也与真正的敦煌遗书

① 韩昇先生的论文《北京大学图书馆藏敦煌本圣德太子写经与东亚的“佛教外交”》，已正式发表在《华林》第一卷，北京：中华书局，2001 年，第 205—212 页。

上所钤净土寺印不符。

在核查北大此件之前，我在中国国家图书馆善本部李际宁先生和黄霞女士的帮助下，亲眼看过4件入藏于中国国家图书馆的、钤有“净土寺藏经”印的敦煌写经。即新0321《佛本行集经》卷第十九、新0331《根本萨波多部律摄》卷第十二、新0341《诸星母陀罗尼经一卷》和国家图书馆近年从拍卖会上买进的一件《佛说无常经》。在这四件确定无疑的敦煌写经上面，所钤的“净土寺藏经”印都是墨色的。我还逐一测量了这几件“净土寺藏经”印的大小尺寸，结果都是外廓6.5×1.8厘米，内廓6.1×1.4厘米。不仅国图这几件印章的尺寸一样，墨色一致，且与英藏、法藏品中的“净土寺藏经”印也能够基本吻合[①]。

① 我无缘见到英藏和法藏的原件。但翟林奈的《注记目录》上共有7件标明钤有“净土寺藏经”印的写经，他没有注明尺寸，但却都标明是黑色印章，分别参见 Lionel Giles, *Descriptive Catalogue of the Chinese Manuscripts from Tunhuang in the British Museum*.（London,1957）3、47（两件）、94、96、169、175页。法藏品中至少有13件钤“净土寺藏经”印，*Catalogue des Manuscripts chinois de Touen-houng (Fonds Pelliot Chinois)*（Paris, 1970）中著录了12件，只记了印章的外廓尺寸，无内廓大小，颜色均为“墨色”。其所记的外廓尺寸，高约6.4或6.5厘米，宽约1.8或1.9厘米，考虑到实测时的误差，基本与国图4件的尺寸大小相符。分别参见此书的3、27、41、66、114、123、142、170、180、184、188、199页。此外，俄藏有两件，未详尺寸。其中Φ.167的彩色图版见于《俄藏敦煌文献》第4册的

故可认为敦煌写经中“净土寺藏经”印的普遍形制为：外廓 6.5×1.8 厘米，内廓 6.1×1.4 厘米，且都是墨色。而北大此件的印章是朱印，其外廓只有 5.5×1.5 厘米，内廓只有 5.2×1.3 厘米。印色与大小都与敦煌“净土寺藏经”不符，故很难说此“净土寺藏经”印就是敦煌净土寺的藏经印。虽然从理论上讲，即便目前所见的敦煌“净土寺藏经”都是墨印，也未必就能绝对排除此朱印为敦煌印的可能性，但我认为这种可能性是极小的。

那么，此“净土寺藏经”印会不会是日本寺院的印章？早在 1909 年 11 月，日本学界刚刚得知敦煌遗书的消息后不久，内藤湖南氏就曾指出敦煌本《老子化胡经》

彩版一〇，是墨印。Φ.90 一件，孟列夫《俄藏敦煌汉文写卷叙录》（上海古籍出版社，1999 年，第 321 页）说是朱印，《俄藏敦煌文献》第 3 册的彩版一只有此件的首部。我曾就此向府宪展先生求教，他说上海古籍出版社现在也找不到此件的全部彩片，但如果此件尾部是朱印的话，当初出版社是不会漏拍的。所以他认为很可能是《叙录》搞错了。因而此件的印色为“朱印”也是大可怀疑的。法藏 P.2004 的彩版见于《法藏敦煌文献》第 1 册的彩版一三，P.2100 彩版见于第 5 册彩版六，都是墨印。关于“净土寺藏经”为墨印，还可参见陈祚龙《古代敦煌及其他地区流行之公私印章图记文字录》，他列出 31 件钤有此印的写经，除了未经眼的 6 件推测“殆亦为黑”之外，另外 25 件都是“黑”色，其中包括在前揭《法藏目录》第一册中未见著录的 P.2890。此据《敦煌学要籥》，台北：新文丰出版公司，1982 年，第 340—342 页。他说其中两件为“七世纪”。

卷十（P.2004）尾部所钤的“净土寺藏经”印形制与日本古寺藏经印相似，这是日本古代寺院模仿中国的一个方面[①]。并且，位于日本广岛县尾道市的净土寺，就是在圣德太子时期修建起来的，寺内还藏有作于14世纪的“南无佛御影”，传说是仿照上宫厩户两岁（或说三岁）时东向合掌口称“南无佛”的姿态而雕刻的木像。所以日本的这个净土寺，从一开始就与圣德太子有密切的关系，寺中收藏有上宫厩户写经也不是不可能的事情。

不过据我所知，日本目前似乎尚未发现钤有此净土寺印的古写经，故无从直接对照。而现存日本古寺院的藏经印几乎少有称“某某寺藏经”的，如念佛寺藏经印为“一切经南都善光院”，劝修寺为“劝修寺大经藏”，法隆寺为“法隆寺一切经”，石山寺为“石山寺一切经”，北林院为“北林院经藏”等等[②]。可见现知日本古寺的藏经印，一般称为“某某寺一切经”或“某某寺经藏”。称作“某某寺藏经”就要算特例了，而现在还没有这样的例子。所以此印章究竟是否出自哪个日本的净土寺，还不能肯定。我最

① 内藤湖南《敦煌发掘の古书》，初刊于《朝日新闻》1909年11月24—27日，此据《内藤湖南全集》第12卷《目睹书谭》，东京：筑摩书房，1970年版，第184—185页。
② 参见田中塊堂编《日本古写经现存目录》，东京：思文阁，1973年，第4—24页。此书影印件为李际宁先生提供，特此致谢！

初判断此件出自敦煌净土寺的一个理由，就是从印章的形制和字体来看，北大此件与确定无疑的敦煌净土寺印极为相似。此印不与日本古寺用印的习惯相合，反而与敦煌净土寺用印极为相近，这是非常可疑的。是否天壤间恰恰有与敦煌净土寺用印极为相近、而只在印色和大小上有所不同的另一“净土寺藏经”印？还是有人刻意摹仿敦煌“净土寺藏经”印伪造而成？

钤有李盛铎印章的敦煌写卷中存在伪写本，已是人所共知的事实。造假者仿制李盛铎的印章，盖在那些真真假假的敦煌写卷上，以此标明自己的卷子是货真价实的敦煌写经。如我在前揭书评中认为同书所载的 D.117《天尊说济苦经》就有这样的嫌疑。如果此“净土寺藏经”印为伪造的话，其目的也该如此，只不过我们目前还未见到类似的事例。钤有“净土寺藏经”印的敦煌写经也是较早流散和刊布出来，十分便利于造价者模仿伪造的。如前述内藤湖南氏所见、由罗振玉等人最早刊布的第一批敦煌写经中，就有 P.2004《老子化胡经》卷十，卷尾钤有净土寺印①，还有《敦煌遗书总目索引》著录的“散 701”和“散 905”

① 在伯希和最早透露给中国学者的敦煌遗书中，只有 P.2004 是钤有“净土寺藏经”印的。此经的影印件最早于 1910 年被罗振玉刊布在《石室秘宝》中，1917 年复刊布于《鸣沙石室遗书续编》。

两件也是有“净土寺藏经”印的[1]。但后两件都尚未刊布。相对而言，造假者根据 P.2004 的影印本造伪的可能性最大[2]。印章的形制和字体可以摹仿，但从影印本根本无法看出印色和实际的尺寸。所以造假者只能从字体和印章大致轮廓上，摹仿较早刊布的敦煌净土寺印，而无从确知真正敦煌净土寺藏经印的尺寸和印色。

究竟是敦煌净土寺除了常见的墨印之外还有这样一个朱印？或是日本的净土寺恰好有个与敦煌相似的藏经印？还是有人仿照敦煌净土寺印有意作伪？现在我还无法轻下断语。

三、关于写卷的文本

历史上《维摩诘经》凡七译，四佚三存。所存三本即：吴支谦译两卷本，后秦鸠摩罗什译三卷本和唐玄奘译

① 分见《敦煌遗书总目索引》，第 328、333 页。

② 散 905《南华真经知北游品》最晚在 1929 年就已归属中村不折，现藏于书道博物馆。此卷较早的一位旧藏者是龚煦春，从其跋语可知，此卷是 1905 年前后由苏子培从敦煌寄给其弟苏季培，后来到了龚氏手上。在龚氏 1912 年的跋语中说：“末有‘净土寺藏经’图记，上海所印珂罗版伯希来（和）敦煌秘室中有佛经一段，末尾亦有此图记，与此丝毫不异。”龚氏所谓“上海所印”“佛经”云云，实即罗振玉《石室秘宝》中的《老子化胡经》影印本。可见 P.2004 上的藏经印，很早就被人注意到了。

六卷本。敦煌遗书中这三个本子都有。北大此件是上、中、下三卷的罗什译本之下卷。罗什译本下卷，从第十品《香积佛品》至第十四品《嘱累品》为止。而此件仅存《法供养品》第十三和《嘱累品》第十四。现据北大此件与敦煌S.1258《维摩诘经》卷下和《大正藏》14卷所收的罗什译《维摩诘经》卷下三本文字略作对照，简列异同如下：

北大 J.4	**S.1258**	**《大正藏》14卷，No.475（以宋元明三本参校）**
法供养品第十三		
（1）修持菩提	修治菩提	修治菩提
（2）吾助汝喜	吾助尔喜	吾助尔喜
（3）华香缨络	华香璎珞	华香璎珞
（4）其人殖福	其人殖福	其人植福
（5）佛言天帝	佛告天帝	佛告天帝
（6）皆从是生	皆从是生	皆从此生（三本作“此”）
（7）世界曰大庄严	世界曰大庄严	世界名大庄严（宋本作“曰”，他本作“名”）
（8）无我寂灭	无我寂灭	无我寂灭之法（三本有“之法”）
（9）得降魔怨	得降魔怨	得降伏魔怨（三本作“降伏”）
（10）修集善法	修集善法	修习善法

续表

北大J.4	S.1258	《大正藏》14卷，No.475（以宋元明三本参校）
（11）于佛灭后，以其所转法轮，随而分布	于佛灭后，以其所转神通，总持辩才之力，满十小劫，药王如来所转法轮，随而分布。	于佛灭后，以其所得神通，总持辩才之力，满十小劫，药王如来所转法轮，随而分布。
（12）以护持法	以守护法	以守护法
（13）迦罗鸠孙驮	原缺	迦罗鸠村大
（14）以法供养于诸之供养，供养于佛	原有缺字，基本同右。	以法供养于诸佛供养为上为最第一无比。是故天帝当以法之供养，供养于佛。
嘱累品第十四		
（15）三藐三菩提	三藐三菩提	三藐三菩提法（宋本有"法"）
（16）菩萨有二相：一者好于杂句文饰事者，	一者好于杂句文饰事者，二者不畏深义如实能入。	一者好于杂句文饰事者，二者不畏深义如实能入。
（17）为他说者	为他说者	为他人说者
（18）当知是弥勒神力	当知是弥勒神力	当知皆是弥勒神力
（19）阿难言：唯。我已受持	阿难言：唯。我已受持	阿难曰：唯。然我已受持
（20）皆大欢喜	皆大欢喜	皆大欢喜，作礼而去（宋本） 皆大欢喜，信受奉行（元明本）

从上表可以看出，北大此件与《大正藏》或宋元明三本相对照，文字上差异比较明显。北大此件有三处明显的脱文，即（11）（14）和（16）。这种情况不像是抄经者有意为之，或是粗心漏抄，或是所据底本如此。在除此之外的 17 条异文中，与敦煌写本相同的有 11 条，相异的有 5 条，原缺无从对照的 1 条。据此可以认为：此卷的经文不是后人根据较晚的本子刻意伪造的，而是可以信赖的较早的抄本。

“净土寺藏经”印之后的双行小字，抄录的是僧肇的《维摩诘经序》，这种在全经末尾抄写经序的体例是很特别的。但考虑到传为圣德太子所作的《维摩诘经义疏》，就是主要参考了僧肇《注维摩诘经》而作的，则在正文之后抄写僧肇序，又不是不可理解的事情了。此序见于僧祐《出三藏记集》卷八《维摩诘经序第十二》①。此外《大正藏》卷 38 所收僧肇《注维摩诘经》十卷，其“卷第一并序” 在卷首也有僧肇序。敦煌遗书中 S.1347、S.2496 和 P.2149 等都是对僧肇序的解释，且都不完全。现将北大此件与这几处的僧肇序文字异同简示如下：

① 此据苏晋仁、萧炼子点校《出三藏记集》，北京：中华书局，1995 年，第 309—310 页。

北大 J.4	《出三藏记集》	《注维摩诘经》卷一	S.1347、S.2496、P.2149
（1）渺漭无为	眇莽无为	眇莽无为	眇莽无为
（2）爰及毗邪	爰及毗耶	爰及毘耶	——
（3）以不二为言	以不二为门	以不二为门	——
（4）室包乾像	室包乾像	室包乾象	——
（5）栖神之宅	栖神之宅	棲神之宅	栖神之宅
（6）常惧玄宗	常惧玄宗	常恐玄宗	常恐玄宗
（7）左将军	左将军	右将军	——
（8）常安	常安	长安	常安
（9）既尽寰中	既尽环中	既尽环中	既尽环中
（10）手执梵文	手执胡文	手执梵文	手执胡文
（11）时预听次	时豫听次	时预听次	时预听次
（12）庶得文意	庻得文意	庻得文意	庻得文意

在以上12处异文中，北大此件与《出三藏记集》相同的有5条，与《注维摩诘经》相同的有2条，与敦煌本相同的有3条。考虑到这里所依据敦煌本的不完整性，和两者的相异之处不少于相同之处，则此序文与敦煌本的接近性，就要远低于前面的正文了。“梵文”与“胡文”的区别似乎也可提供一种时代的线索——在元明时代，刻经时将宋本和高丽藏的“胡本”、“华戎”等一律改为“梵本”和“华梵”。因而用“梵文”“梵本”的文本，很可能

经过了元明时期的修改。那么是否可以据此认为：北大本此序依据的是较晚的一个本子？我还难下断言。因为我的好友，书法学博士赵宏认为：从字体上看，经文、僧肇序和题记，都是出自一人的手笔，似乎并不存在僧肇序文为后加的可能。

四、关于“上宫厩户写”

单从此件写经本身的流散过程来看，除了我一度将“净土寺藏经”印误认为是敦煌寺院藏经印外，此经一直是被视作日本古写经的。不仅现在的《北京大学图书馆藏敦煌文献》一书将其标为日本古写经，从该件归入北大图书馆起，就一直是被当作日本古写经来著录的。在未公开发行的1958年《北大善本书目》及在其基础上重新编辑出版的《北京大学图书馆藏善本书目·子部·释家类》都著录：“日本旧写经，四卷。”分别为：“大般若经、大般若波罗密多经、六字真言、维摩诘经。”[1] 承张玉范女士告知，这四卷都已收入《北京大学藏敦煌文献》。我核对的结果为：“大般若经”即J.1；“大般若波罗密多经”即J.2；“维摩诘经”即此卷（J.4）。不仅如此，我们在核查原卷

① 北京大学图书馆编《北京大学图书馆藏善本书目》，北京大学出版社，1996年，第334页。

时还发现，卷头贴有此件购入北大时的售价标签：

特艺公司前门经营管理处

货号：0965　　　　　年代：(无)

品名：寄经四卷

定价：60.00 元

这“寄经四卷”应该就是《北大善本书目录》所著录的“日本旧写经四卷”。则此卷本是与其他三件日本写经一起在特艺公司出售，在 1958 年以前，以总共 60 元的价格被北大图书馆买进。所谓“寄经”，就是寄托给别人——实即转卖给别人的写经，婉转地称作“寄经”，这正是日本的习惯叫法，如被大谷光瑞氏转卖给旅顺博物馆的部分大谷文书，即被称作“寄托经卷”①。“寄经”之称，不仅可以作为上宫厩户写经原本与其他三件同为日本写经的证据之一，并且也说明特艺公司接手之前，这四卷写经应该是在一位受到过日本古物收藏之风习熏染的中国人手中。而从这个有日本背景的藏家到特艺公司，再到北大图书馆，这三方都很明确地是把它们当作日本古写经来交易的。经手这笔买卖的双方，应该是较早对此卷作出过甄别的文物专家，可惜我们现在已经很难知晓当初这笔交易的

① 此点得自方广锠先生的教示，特此致谢！并参小田义久、中田笃郎编：《大谷光瑞氏寄托经卷目录》，第一、二分册，京都：龙谷大学佛教文化研究所，1989 年。

详细情况了。

此件原本是日本古写经应该没有太多的疑问，那么它又有多大可能出自上宫厩户之手？僧肇序后的两行题记分别是：“始兴中，慧师聪信奉震旦善本，观勤深就，笃敬三宝。”和“经藏法兴寺 定居元年岁在辛未，上宫厩户写。”据公元10世纪成书的日本平氏撰《圣德太子传历》，日本崇峻天皇“元年戊申（588）春三月，百济国使并僧惠聪、令欣、惠寔等，来献佛舍利”。同书又记：推古天皇三年乙卯（595）“五月，高丽僧惠慈、百济僧惠聪等化来”[①]。题记中“慧师聪”即“慧聪”，又作“惠聪”，与惠慈一起都是上宫厩户的佛学老师。“始兴”和“定居”是两个日本的私年号。“定居”有案可查，“定居元年岁次辛未”，正为推古十九年（611）。“始兴”目前未见日本史书记载。但现知崇峻天皇四年（591）始有“法兴”的私年号，行用年数不详。推古天皇三年（595）则有“始哭”和“始大”两个私年号，共行用了六年[②]。本件的题记明言在定居元年之前的“始兴中”，百济僧慧聪奉震旦善本来日，而611年前6年，正是所谓的“始哭”和“始大”元年，也应该是“始兴”元年。所以我怀疑北大此件题记

① 高楠顺次郎、望月信亨编辑：《圣德太子御传丛书》，东京，文渊堂，1942年，第16、19页。
② 参见前揭《角川日本史辞典·私年号表》。

中的“始兴”，就是日本史上的“始哭”或“始大”，甚至“兴”字才是正字。则可据此认定，约在公元595年，百济僧慧聪将《维摩诘经》传入日本。此事在目前各种朝日佛教交流史料中失载，可补史缺。足见这两个私年号，绝非是后人可以伪造得出来的。

595年，上宫厩户还被称为“大法王皇太子”和“厩户丰聪八耳皇子”。596年，法兴寺建成，象征佛法兴隆之意。此寺主要由苏我马子修建，上宫厩户也曾参与其事。“上宫厩户”之名，“厩户”是其名，传说其母产其于厩下。“上宫”则是其居所。605年，“冬十月，太子迁于斑鸠宫。元居宫南，因为上宫。今谓斑鸠宫，犹为上宫是也”[①]。622年，上宫厩户无疾而终。其生前被称作“厩户王”，至于“圣德太子”的名号，是他死后才享有的。从“厩户王”信仰到“圣德太子”信仰，上宫厩户被逐步神化为菩萨和佛[②]。这也就是为何写卷上自题“上宫厩户”而非“圣德太子”的原因。

目前看来，题记中没有与史实明显不符的地方。相反地，其与史实的契合，绝非一般的造假者能够刻意装饰出来。像私年号和朝鲜半岛、日本之间的佛教交往之事实，

① 前揭平氏撰《圣德太子传历》，第24页。
② 田村圆澄：《古代朝鲜佛教と日本佛教》，京都：吉川弘文馆，1980年，第143—155页。

更非中国文物造假者所能熟知。而且在我们正式讨论此件之前，似乎也没有任何人揭示过此件题记的奥秘，这也就排除了造伪的可能：造伪者总要尽力使其伪作名声大振才好，而本件的默默无闻也可反证其原出日本的可靠性。

如果此件真是出自上宫厩户的手笔，那自然会牵涉另一重要的问题，即所谓圣德太子的“三经义疏”，特别是其中《维摩经疏》的撰成问题。日本现存的圣德太子传记都是晚于其时代至少百年以上才出现的。如最早的是传为跟随鉴真东渡的中国僧人思托撰《上宫皇太子菩萨传》，说太子曾作《法华经疏》四卷、《维摩经疏》三卷和《胜鬘经疏》一卷[①]。而在公元1079年以前成书的《上宫圣德法王帝说》，却说太子在高丽惠慈法师和“夜梦金人”的帮助下“即造《法华》等经疏七卷，号曰‘上宫御制疏’”[②]。可见“三经义疏”的具体卷数也是众说不一。公元917年之前成书的佚名《上宫圣德太子传补阙记》则明确说：“太子生年卅六，己巳四月八日，始制《胜鬘经疏》，辛未（卅八）年正月廿五日了。壬申（卅九）年正月十五日，始制《维摩经疏》，癸酉（四十）九月十五日

① 前揭《圣德太子御传丛书》，第2页。《法隆寺资财帐》所载的“三经义疏”卷数同此。

② 同上书，第44页。韩昇先生所见另一版本有注曰：“胜鬘经疏一卷，维摩经疏五卷，法华经疏四卷。”共十卷之多。

了。甲戌（四十一）年正月八日，始制《法华经疏》，乙亥（四十二）年四月十五日了。”[1]以后诸书，基本依照这个记载作为“三经义疏”成书的时间，认为圣德太子作“三经义疏”在609—615年之间。而这已是晚于太子近三百年的说法了，我们自然不能完全相信这个太过详细的时间表。藤枝晃先生从1970年代起就提出《胜鬘经疏》并非出自圣德太子手笔，到晚年仍在各种压力下坚持这种观点[2]。实际上，不管“三经义疏”是否真的在7世纪初由圣德太子作出，上宫厩户在辛未年（611）写《维摩诘经》都是完全可能的。不能因为传说中《维摩经疏》作于612—613年间，就轻易否定611年上宫厩户抄写或请人抄写《维摩诘经》的可能性。毕竟，抄写一遍佛经经文与为此佛经作疏，是两件并不矛盾的事情，也不存在必然的时间先后关系。

与《维摩经义疏》相关的还有一个背景情况，就是

① 同上书，第4页。

② 见藤枝晃主笔的《胜鬘经疏》部分，载《日本思想大系》2《圣德太子集》，东京：岩波书店，1975年，第484页以下。《原典日本佛教と思想》1《圣德太子》，东京：岩波书店，1991年，第484—544页。又见藤枝晃：《敦煌学とその周边》，なにわ塾丛书，大阪，1999年，第107—136页。又见周一良先生：《敦煌写经与日本的圣德太子》，《读书》2000年11期，第61—64页，收入《郊叟曝言——周一良自选集》，北京：新世界出版社，2001年，第104—108页。

“三经义疏”的西传。一般认为，法隆寺所藏的《法华经疏》因有修改的痕迹，故被认作是圣德太子亲笔所书的稿本。但《法华经疏》正文的笔迹与北大此件也很不相同。其卷首所题的“此是大委国上宫王私集，非海彼本”，字体、笔法又与本文判然有别，可能是后人所写。这是因为在8、9世纪，圣德太子所撰的《法华经疏》和《胜鬘经疏》都曾被入唐的日僧带入中国。如唐大历七年、日本光仁天皇宝龟三年，即公元772年，日本入唐僧诫明（戒明）曾将圣德太子所撰的《法华经疏》和《胜鬘经疏》送至扬州龙兴寺供养。而唐开成四年（839），与圆仁一起入唐的日僧圆载，又将日本太后的纳袈裟和圣德太子的《法华经疏》施入天台国清寺[①]。也正是因为《法华》、《胜鬘》两经疏曾经西传中土，故而才有人在此两疏的卷首都标明是“上宫王所撰，非海彼本”。可是目前还没有《维摩诘经疏》曾经西传中土的记载，而《维摩诘经疏》的卷首下面也没有特别的说明。在这样的背景下，似乎上宫厩户写《维摩诘经》在8、9世纪传入中国，也并非绝对不可能的事情。关键还是“净土寺藏经”印的时代界定，如果“净土寺藏经”确为古印——无论是中国敦煌古寺还是日本古寺所用印，此卷的可靠性基本是无可怀疑。

① 参见王勇、大庭脩主编:《中日文化交流史大系·9·典籍卷》，杭州：浙江人民出版社，1996年，第214—226页。

总之，中国人难以伪造出这样一部日本古写经，日本人也没有理由伪造此经，又使其默默地流传到中国。此经在整体上——也许在局部，如印章和僧肇序方面还有疑问未能解决——原本应该是一件货真价实的日本古写经。由于题记中反映史实的可靠性和与上宫厩户的特殊关系，特别是在“三经义疏”的可信性面临巨大挑战的情况下，北大此件理应受到更多的关注。

五、张广建藏品中的特例

如果“净土寺藏经”印是伪印，那此卷很可能是在近代才流入中国的。而此卷在近代最早的、可考的流传线索是其曾经被张广建收藏。此卷卷背共五处骑缝的下端，都钤有“张勋伯珍藏”的朱印。印为椭圆形，上宽 0.9 厘米，中宽 1.4 厘米，下宽 1.1 厘米，高 4.2 厘米。在正面卷首顶部，还钤有一正方形朱印，长宽皆 1.4 厘米，但印色太淡，字迹已很难识别。施萍婷先生在介绍日本三井文库的张广建旧藏品时说，张广建在敦煌写卷上钤有三种印章，一是方形的“张广建印”，二是扁形的“勋伯”骑缝章，三是纵椭圆形的“张勋锡藏”[①]。看来“张勋锡藏”就是

① 施萍婷：《日本公私收藏敦煌遗书叙录（一）》，《敦煌研究》1993 年 2 期，第 74—91 页。

“张勋伯珍藏”。而北大此件卷首的方印也许就是“张广建印”，尚需与其他张氏印章比较。由于张广建旧藏敦煌文献也是近年才被人发现，所以不存在仿照张氏藏书章以谋利的可能。因而可以相信此件确曾归属于张广建。

张广建在1914—1920年间在甘肃攫取了数百卷敦煌藏经洞散出的真品。1920年以后寓居天津。到1929年《昭和法宝总目录》出版时，其藏品已大都归入三井家。其藏品流入日本大约发生在1920年代末，北大此件既非敦煌藏经洞所出，则其钤上张广建的印章也很可能是在其寓居天津的1920年代的事情。并且应该是在张广建藏品整批流入日本之前就已从其手中流出，否则即使此件有再大的疑点，日本三井家也不会弃之不顾。这其中至少有两种可能。一是张广建在将所藏敦煌写经易主之前，已把个别卷子当作馈赠礼品转送他人。如三井文库张氏旧藏品中有一件《大云无想经》卷九，在1917年罗振玉刊行的《鸣沙石室佚书续编》中还标明是罗氏自藏，但后来却随张氏藏品归入日本，当是在1920年代，罗氏赠与张氏，又流入日本。张氏也完全有可能将自己的某些藏卷当作礼品送人。但张氏若将其转送像罗振玉这样的知名学人，相信早就有人考证出此卷题记的内容，此卷早就该被人注意了。

张广建藏品似乎不是从张氏手中直接流入日本，其中还经过了白坚之手①。这第二种可能就与白坚有很大关系。白坚（1883—？）四川西充人，字坚甫，别号石居，日本早稻田大学政治科毕业。好收藏金石书画。著有《石居获古录》等②。白坚曾在日本留学，且好收藏金石书画。他应该能够从题记中看出此卷的重要性。甚至也是他最有可能在将张氏藏品转卖日本之前，将此件从中抽出并秘而不宣。故而白坚对于探索北大此件的流传或许是个重要线索，可惜现在还缺乏资料来说明。而日本三井家当初购买张氏藏品时的交易过程，与此件的关系也是非常值得探究的。

从1920年代由张广建手中流出，到1950年代被特艺公司前门经营管理处与其他日本写经一起出售。此件在这30年间的流传情况，现在实难寻踪。总之，作为张广建藏品中的一个特例，北大此件原本来自日本，却又没有随张氏藏品重归日本，个中缘由，耐人寻味。

六、结 语

由于本人知见有限，且此件牵涉问题甚广，故而以上

① 详见荣新江先生前揭文，并参其《海外藏敦煌吐鲁番文献知见录》，南昌：江西人民出版社，1996年，第213—214页。
② 此据陈玉堂编著：《中国近现代人物名号大辞典》，杭州：浙江古籍出版社，1993年，第118页。

所述只是一般性的介绍。在目前的情况下，几个疑问都有多种可能，实难断然作一定论。此件的“净土寺藏经”印或是真正的敦煌净土寺印，则如我最初所假设的，此件早在9世纪以前就流入中国；或是日本寺院古印，可表明其日本古写经的真实身份；或是有意模仿敦煌写卷伪造，这表明后来的收藏者不识题记内容，欲图将日本古写经伪装成敦煌写卷以图其价。这三种可能性都不可轻易排除。

即便“净土寺藏经”印是模仿伪造的，但通过文本的对照可以发现，此写经所据底本颇与敦煌写经相近，而与宋以后诸本相差较多，或可作为此写经时代较早之证。经尾抄录僧肇序，且个别文字可疑，也只能存疑，并不能据以为凭。至于此写卷题记涉及的人物、称号、年号、寺院等各方面，都与日本史实契若合符，何人能造出这样天衣无缝的伪卷？又为何种目的造出伪卷后，使其长期秘而不宣？我们更不能依据后世增饰出的“三经义疏”的情况，或日本皇室写经如何宝贵、如何会流落中国民间等等疑问，而断然否定此卷出自上宫厩户的可能性。同样有意义的事情是：为何此件很可能确曾归属张广建，却没有随同其他写卷一起重归日本？这些问题都是我现在不能回答的。

关于此卷流入中国的经过，“寄经四卷”中的另外两件日本写经或可提供些许线索。J.1《大般若波罗蜜多经初分相应品第三之二》，编者介绍说：

卷前题签2行：“上毛野国权大目从六位下安部小水

磨真迹大般若经”。

卷前有“贵阳陈榘”、“东瀛所得书画印”、“尚苏堂主”白文方印，“元龢江标泉唐汪鸣琼夫妇同观书画记”朱文大方印。卷端上下有“陈”白文圆印、“向黄邨珍藏印”白文方印。卷中有“景文阁”朱文方印、“贵阳陈榘”白文方印。

卷后有日人“赤城山人清水德”、“下野小山朝弘寿（春）山”跋语二则。有“得失有心知”朱文长方印、“朝弘之印”白文、“远士甫”朱文方印。

其中的“向黄邨珍藏印”，很可能是“向山黄村珍藏印”，而向山黄村是杨守敬的一位日本友人[①]。从公布的黑白图版上，根本辨识不出这么多的印章。不过卷后两则跋语却很值得重视。第一则云：

右大般若经一卷，贞观中上野权大目安部小水磨之所书。其全部原藏在武藏比企郡慈光寺中。云年代久远，其散落人间者，往往得而宝之。顷者，吾友田村子遍□此卷，珍玩不措。属余跋其尾。其书楷法正整，遒劲有致，盖学唐人而浑化者也。贞观距今一千年，而其墨痕淋漓，挟飞动之势，近世工书者所不能及也。余于是有感焉。昔人云

① 此点得自首都师范大学历史系郗志群先生的教示，特此致谢！

字画以时高下，故因时可以知书，因书可以验时，有不可逃者。斯言洵当矣！今夫小水麿者，当时卑居外官，史不载其名，其于善书，固亦无闻焉。而其迹精妙如此，何也？亦惟其时运之使然耶？抑书法能得其正也。近世风气凉薄，夫人不自振，且自书法之失其传，姿媚俗书充满人间，宜无怪也。顾者书一小伎，而其关时运盛衰也如此！俯仰今昔，使人慨然。观者其以为何如文化？丙寅孟秋二十有一日写。赤城山人清水德书。

据此跋语，此件本为日本贞观年间（清和天皇年号，859—876年）小水麿所写，原藏地为“武藏比企郡慈光寺中”。赤城山人清水德写跋语时，此件已归其友人“田村子”所有。这也是个日本人。可见此时该件还在日本。“丙寅”为何年？这需要从第二则跋语中推知。第二则跋语前有“得失有心知”朱文长方印，应是小山朝弘之印。跋云：

此古经零本，三十行，行十七字。贞观中安部小水麿书。盖我邦书法之盛，在天平至延喜天历二百数十年间。当是时，管相公、橘逸成、小野道风、僧空海之徒，以翰墨著者，前后不乏其人。若小水麿其名不甚显，然其书字画端整，笔力劲健，有唐人之风。与管相诸公不相逊。则由时运之盛者，信不虚也。

衡山陈君获之，珍爱如拱璧。索余题其后。乌虖！此卷流传无定，而今为具眼者所获，为得其所。但千有余年旧物，一朝被海外人持去，余亦不能无羡惜之意。展观数回，书此还之。

明治二十三年岁庚寅九月十六日，于东京今川桥西桐荫书楼南荣。

下野小山朝弘春士甫谨书。（“朝弘之印”、“远士甫”两印）

明治二十三年庚寅，为清光绪十六年，即 1890 年，则此前的“丙寅”应为日本孝明天皇庆应二年，即清同治五年，1866 年，这也正合“贞观距今一千年”之语。从这两条跋语可知：J.1 在 1866 年还在日本藏家手中，到了 1890 年就转归中国人“衡山陈君”所有，因而小山朝弘才会有“千有余年旧物，一朝被海外人持去，余亦不能无羡惜之意”。相信中国学者读此语亦难免别有一番感叹！此“衡山陈君”与“贵阳陈榘”是何关系？还有另外几位观摩和珍藏此卷的中日人士，我现在都难有所交待。J.2《大般若波罗蜜多经》卷第一百一十九：首纸背面有“慈庵”朱文方印。此“慈庵”印，目前也不知属于何人。

在上宫厩户写经如何传入中国还没有可靠线索的情况下，我认为应该注意到 J.1 和 J.2 从日本流入中国的经过和背景。因为上宫厩户写经如果不是在 9 世纪之前流入中国，也一定是在 19 世纪末、20 世纪初，而 J.1、J.2 两件正提供了这个时期日本写经流入中国的相关背景。这三件日本写经在被北大购买时是在一起的，但在更早的时候则是分散在各家的，是谁将它们收集在一起出售的？

总之，在认定此卷的“净土寺藏经”印与敦煌常见的净土寺印不符后，我仍然倾向于此件作为日本古写经的可靠性和特殊性。但我本人对于佛教史和日本史都是外行，实在不敢再多言一字。我在这里勉为其难，提出了一些疑问，但却无力解决。希望此件能够赢得更多人的关注，哪怕换来对我这些假设和疑问无可辩驳的否定与批评意见，也足可慰藉我对此件的好奇之心了。

评《敦煌道教文献研究：综述·目录·索引》

1960 年，大渊忍尔氏出版了《敦煌道经目录》（京都：法藏馆），开启了全面整理敦煌道经工作的序幕。1978、1979 年，他又出版了敦煌道教文献研究史上丰碑式的大著——《敦煌道经·目录编》和《敦煌道经·图录编》（东京：福武书店）。此后，国际学术界每每引及敦煌道教文献，大都会以大渊氏的《目录编》和《图录编》为最基本的根据和最佳的版本。1999 年，我不揣陋昧，尝试对大渊氏的《目录编》进行了初步的补遗工作，指出大渊氏所收 496 件敦煌西域道教文献写本之外，还有 100 多件新公布或新发现的道经，则当时敦煌道经的总数应在 600 件以上（《北京图书馆馆刊》1999 年 3 期，第 115—119 页）。此后，听王卡先生说他在进行敦煌道教文献的定名和缀补工作，我就暂停了自己在这方面的尝试。因为王卡先生是目前国内外道教学界真正能胜任此项工作的不二人选，特别是他在编辑《中华道藏》的过程中，不止一次地通读

《正统道藏》，对藏内外道典文献的精熟程度，实为当今海内外道教学同行中所罕见。我还多次替他预告此书，说这将是值得学界期待的一部重要成果。现在，他的这部大著终于出版，应该可以印证我的预言不虚。

此书共 314 页，大 32 开本。前有张弓先生的《序》，后有王卡先生的《后记》。如本书副题所示，本书共由三部分组成，第一是《综述篇》，分别阐述围绕敦煌道教文献的三个重要问题，即敦煌地区道教历史发展的脉络、敦煌道经与唐代道藏的关系、敦煌地区道教活动的遗迹，这些问题都是利用敦煌道教文献所必备的背景知识。第二是《目录篇》，先是一份《敦煌道教文献简明目录》，列出 181 条敦煌道教文献的目录。读者若想知道敦煌道教文献都包含哪些道教经典，此目简明扼要，很有用处。其次是《敦煌道教文献分类叙录》，先列举考定或拟定的经名，提要介绍经文的时代、作者，以及在传世《道藏》中的存佚情况。其次著录每件抄本的馆藏编号，简述抄本存留的情况，介绍经文内容。这也是全书篇幅最长和最富学术价值的部分。本书的索引部分，没有单列为第三篇，而是附在《目录篇》之内。包括按各馆藏编号的流水号目录六种，再有《已知吐鲁番道教文书》和《残卷缀合编号索引》，尤其是后者的用处很大，是本书作者对学界的重要贡献之一。附录包括三种：《经书抄写监校人名及年代表》、《传授经戒人员表》和《道观名表》。最后一部分是介绍各收

《敦煌道教文献研究：综述·目录·索引》，王卡著，北京：中国社会科学出版社，2004年10月。

藏单位情况的《敦煌道教文献收藏备览》。

本书26页说道："目前已发现八百多件敦煌道经及相关文书抄本，考定或拟定的经名约有170种、230多卷。其中《正统道藏》未收的80多种，《道藏》本残缺而敦煌本可补缺的18种30多卷。有超过半数的敦煌经卷不见于《道藏》。其中20种见于《道藏阙经目》著录，是毁于元代焚经的唐代《道藏》所收经书。"这段话或可成为今后相当长一段时间内对于敦煌道教文献概貌的标准描述。

本书《综述篇》首先结合传世文献与敦煌遗书，概述了从汉末开始到晚唐五代时期，敦煌河西地区道教传播的情况。认为汉末魏晋为道教在河西的始传期，北朝隋唐为道教在敦煌的兴盛期，安史之乱以后则为敦煌道教的衰落期，这是利用敦煌道教文献所必备的历史背景知识。所讨论的三个问题，是大渊氏《目录编》所没有涉及的，包括日本学者集体合作的《講座敦煌》第四卷《敦煌と中國道教》（东京：大东出版社，1984年）、较近出版的《講座道教》第六卷《アジア諸地域と道教》中的《敦煌と道教》（东京：雄山阁，2001年）一章，都没有论述得这样全面。此前有姜伯勤先生的《道释相激：道教在敦煌》长文（《敦煌艺术宗教与礼乐文明》，北京：中国社会科学出版社，1996年，第266—320页；《道家文化研究》十三辑，北京：三联书店，1998年，第25—78页），值得与本书相互参照。本书结合传世史料和敦煌文献所作《敦煌道教历史概况》的表述，我基本认同，但关于敦煌在蕃占和归义军时期道教的情况，我有一点与作者不同的看法。例如，从 11 页至 14 页，作者列举一大批道教写卷，仅依靠它们的笔迹拙劣，或似是硬笔书写，就判断这批写卷都是蕃占或归义军时期的写本，并说这反映了此时期敦煌道教的衰落。作者判断这批木笔书写道书的根据，主要来自大渊氏《目录编》的注录，但大渊氏却没有将木笔书写与吐蕃占领必然地联系起来。关于敦煌硬笔书法的问题，大约以藤枝晃氏最早论述，他指出：敦煌在蕃占时期，因为纸张和毛笔匮乏，也由于吐蕃人善用硬笔书写吐蕃文，故硬笔书法在敦煌大批出现。但这并不是说蕃占之前就绝对没有硬笔书写。藤枝氏同时列举了两件 8 世纪前半叶的硬笔书写佛经，并称用硬笔书写的历史还可向前追溯（见氏著《文字の文化史》，1971 年日文初版，此据李运博中译本《汉字的文化史》，北京：新星出版社，2005 年，第 141—146 页）。此后，李正宇、李新先生编著《中国唐宋硬笔书法——敦煌古代硬笔书法写卷》（上海文化出版社，1993 年），也证明硬笔书法在中国源远流长。因此，硬笔书写的卷子并不一定就是蕃占或归义军时期的产物。同样地，这些道书字迹拙劣的原因，也不能仅仅归结为 8 世纪中叶以后敦煌地区道士水平降低的表现。因为从现存敦煌道经写卷上的那些道士题名可看出，蕃占之前的唐朝道士，也并不个个都是书法家。

我不完全认同作者对这批写卷时代的看法，并不等于我否认蕃占和归义军时期敦煌有道教活动。相反地，我认为现有的敦煌道教文献，是不足以反映 8 世纪以后敦煌地区道教活动的情况的。因为藏经洞的文献并不是在 17 窟封闭之前、整个敦煌地区政治、经济、宗教活动的全面遗存。荣新江先生认为藏经洞原本是专门收藏敦煌三界寺内的供养具，而三界寺只是莫高窟前一个小寺，故它所收藏的各类文献从来源上说就具有很大的局限性。从藏经洞出土其他类别文献可以看到，归义军时期肯定还是有道教活动的，只不过更多的记录这些道教活动的文献，没有能够流入三界寺，因而也就没有得以进入藏经洞。

关于敦煌道教文献与唐代道藏的关系，本书第 22—23 页提到了《开元道藏》《南竺观记》和《一切道经》等。《开元道藏》传写天下的时间是天宝七载还是八载？李刚先生已有考证，认为应为天宝八载闰六月（见《宗教学研究》1994 年 2—3 期，第 8—10 页）。而《南竺观记》的时间则是天宝八载四月，正在《开元道藏》传写之前。所以，《南竺观记》所载道书目录，很可能还不是《开元道藏》的内容（详见拙文《唐前期道藏经目研究：以〈南竺观记〉和敦煌道经为中心》，Poul Andersen and Florian C. Reiter eds. *Scriptures, Schools and Forms of Practice in Daoism: A Berlin Symposium,* Wiesbaden: Harrassowitz Verlag, 2005, pp.185-214. 还有学者认为《南竺观记》只是记录这个边远地区小道观所知所藏的道书而已，更谈不上反映当时官方道藏的情况）。作者又根据 P.2457 的题记，判断说《开元道藏》写校和颁发的时间在 735 年前后。但题记中只说是“一切经”，而“一切经”的说法从高宗、武则天时代就有，为何在此要将其认定为《开元道藏》？“一切经”究竟是特指还是泛称？这些可能还需更多材料的证明。

以上是一些因理解不同而可以见仁见智的“软问题”，而其后的《目录篇》则集中体现了作者对庞杂多端的道教文献能够了然于胸、驾轻就熟的“硬功夫”，令人叹服！可以说，在对敦煌道教文献的搜集、定名、缀补方面，本书都极大地超越了大渊氏《目录编》的成就（作者自述其对《目录编》的改进，可参本书 31、65 页）。搜集方面不用多说，因为大渊氏在 1970 年代末做这项工作时的条件，显然无法和近年来敦煌西域文献大规模向学界公开的情况相比。本书中提到很多大渊目录未收的情况，有些是大渊氏莫名其妙漏收的，有些是因他自有体例而没有收录的（如道家诸子和服食炼养类经典），这些都不必苛求前人。因而，本书较之大渊氏《目录编》的 496 件多出近 300 件，虽是一个令人欣喜的进步，但还不足以凸显出王卡先生的独到贡献。而在定名和缀合这两方面，本书当之无愧地可以说已经大大超越大渊氏《目录编》。

我认为本书比大渊氏《目录编》的优长之处主要体现

在以下三个方面。

第一，本书对敦煌道书的分类自有其特点。大渊氏虽然明智地抛却了被人为打乱的《正统道藏》三洞四辅分类和排序，但他只将敦煌道书分为灵宝经、上清经、道德经、杂道经、道教类书和失题道经等六类，既没有按照宋以前道藏分类的惯用体例，本身类目设置的标准也不统一。因为前三类是道藏分类中的两洞一辅，却没有按照上清部在前、灵宝部居次的固定部序；后三类只是根据大渊氏个人的认知而定。王卡先生此书也不再拘泥于《正统道藏》的分类和归属，但依然保留三洞四辅的大框架，再按照中古时期的实际情况，而非明代道藏的情况，重新将各个经典归类，力图恢复晋唐时期道藏三洞四辅格局的原貌。具体的分类如下：一、洞真上清部收上清经；二、洞玄灵宝部上收古灵宝经，三、洞玄灵宝部下收《升玄经》和其他灵宝经；四、洞神与洞渊部合并，收三皇经和《洞渊经》及符咒道法书；五、太玄部上收《道德经》注及道家诸子经论，六、太玄部下收《本际经》、《海空经》等隋唐道书；七、太平部收《太平经》和《济众经》；八、太清部收服食摄养类经书；九、正一部收早期天师道经箓仪法；十、道教经目及类书；十一、道教相关文书，包括官方文书、法事文书和诗文集等；十二为其他类，含失题道经、佛道相关类经典。这样的分类不能说没有瑕疵，但较之大渊氏的六分法更加细致，使得每部敦煌道书，基本上都能够回归于比较适合的中古时期道藏类目之下。更重要的是，经过本书的重新分类与构建，使人们知道：敦煌道经原来也可以支撑起中古道藏三洞四辅的架构，而非大渊氏目录中所示的只有洞真、洞玄和太玄这两洞一辅。这对于研究中古道藏编纂史是极有价值的一个贡献。

第二，定名和缀合的成就，远远超越大渊《目录编》。能够将敦煌道经的分类从六大类变为十二类，主要是因为本书对敦煌道教文献本身的认识，无论在数量搜集扩充上，还是在对经典认知程度上，都大大前进了一步。这体现在作者将一批大渊氏题作“失题道经”的残卷加以比定，又新增了 300 多件大渊氏《目录编》未录的残卷；并在 800 多件残卷和残片中，凭着自己的记忆，而非计算机的帮助，成功地揭示了近 430 个残卷各自间的物理性相互关联。据我粗略的统计，在定名方面，大渊《目录编》原题“失题”的，约有 25 件左右被王卡先生比定出来，或是提供了新的拟名；大渊氏原有的定名，也有 25 件左右被王卡先生改正，或提出新的拟名意见。大渊氏因各种原因未收，以及其他各种目录和图版中仅题作“道经”，而现在被王卡先生首次定名的，则在 100 件以上。缀合方面，不仅包括两件及多件残片之间的直接缀合，还包括那些虽不能直接缀合、但有可能原属同一写本的情况。这方面的工作共涉及 38 种道书的近 430 件残片。亦即说，缀合的工作涉及目前所知敦煌道书残卷的一半以上，从而使我们面对的敦煌道经残片，不再因数量庞大且杂乱无章而让人无从下手。这项工作的意义在于：目前所知的敦煌道经原本并非是800多件，实际上只有大约二、三百件相对完整或独立的写卷，后来被人为地或自然地破裂为目前的800多件。有了这个概念，就可以最大限度地复原这些道经在其行用时的原初面貌，当然，王卡先生对大渊氏原有定名和“失题经典”定名的补正工作，并不是最终的定论。因为除了少部分是大渊氏明显的错误外，更多还是属于王卡先生个人意见的“拟名”，但至少也提供了进一步研究的基础和线索。值得一提的是，《道藏》目前还不像《大正藏》那样有广为流传的电子版可以任意检索，王卡先生所做的定名和缀合工作，主要凭借他数次通读《道藏》所积累的直觉和记忆。我相信，即便是在《道藏》电子版可以大行于世的若干年后，也很难在敦煌道书的定名和缀合上，比王卡先生此书有更大的突破了。王卡先生这方面的工作不仅超越了大渊氏，也超前于若干年后的道教学界！

第三，本书新发现一些重要的道书残片，并揭示出一批道教文献的研究价值。如P.2378大渊氏作“失题道经”，本书拟作《上清三天正法经义疏》，S.6228v为《老子道德经节解》，BD.14649为《老子道德经论》（何晏注？），P.3784v定名为《老子中经》，P.3676为《正一经残卷》，S.6140为《北周玄都观道经目录》（拟）等，这些经典或是久已失传的重要典籍，对研究魏晋南北朝道教历史和思想具有重要价值；或是其传世本的时代和文本目前都还存在很大的争议，因而这些敦煌本的再发现，无疑为学界提供了新的重要资料。再如本书定名为《王玄览道德经义论难》(拟)的 BD.4687 抄本，显示出唐代佛道论争中的道教一方，并不是如佛教单方面记载那样只是理屈词穷、不堪一击，而是自有其坚持不变的立场和应对方法，当时道教的理论思辨水平并不输于佛教。其对于更公正客观地研究中古佛道关系史的价值自是不言而喻。还有本书揭示的 BD.7620 和 1219 这两件道教布施讲经文，可弥补道教讲经文的空白，也是研究唐宋之际道教宫观活动，特别是宣教活动的珍贵材料。

总之，本书《目录篇》部分展现出王卡先生深厚的学术功底和傲人的学术业绩，使得本书将成为今后相当长时期内，学界利用敦煌道教文献材料时不可或缺的一部重要工具书。

当然，本书也有一些遗憾之处不能回避。例如，按照王卡先生自己的分类和收录原则，有些写卷明显是本书应收而漏收了。如“太清部”收录了 8 种服食炼养类道书，其中包括 S.76《食疗本草》，但不知为何却将陶弘景的《本草集注》失收。《本草集注》原书七卷，题“华阳陶隐居撰”。目前发现两件残卷：其一是第三次大谷探险队所获、现编号为龙 530 的一件，早年曾经罗振玉影印收入《吉石盦丛书》；其二是普鲁士第四次吐鲁番考察队所获、现藏柏林德国国家图书馆、编号为 Ch.1036. 关于这两件残卷，可参见上山大峻责任编集《敦煌写本〈本草集注叙录〉〈比丘含注戒本〉》（京都：法藏馆，1997 年；陈明书评见《敦煌吐鲁番研究》第四卷，北京大学出版社，1999 年，第 624—628 页）。而在“道教相关文书”类，既然收了 P.4053v《天宝十三载龙兴观便麦契》，就不该不收上博 8958/2《平康乡百姓索铁子牒》，因为此件系曹元忠时期的文书，其中出现“观子户”之称，朱雷先生将其与佛教的“寺户”相联系考虑（《敦煌所出〈索铁子牒〉中所见归义军曹氏十七的“观子户”》，1993 年初刊，收入朱雷《敦煌吐鲁番文书论丛》，兰州：甘肃人民出版社，2000 年，第 294—305 页），应该就是归义军时期敦煌道观的依附人口。因此这件残文书对于了解归义军时期道教活动无疑具有重要价值。

本书还列举了 25 件出土于吐鲁番的道教文献，主要是来自德国和日本探险队的搜集品。这部分显然未经作者刻意搜寻，因而有不少缺漏。目前中国学者在合作编集《吐鲁番文书总目》，率先出版的是陈国灿、刘安志两先生主编《吐鲁番文书总目（日本收藏卷）》（武汉大学出版社，2005 年），内有一些本书遗漏的日本收藏吐鲁番道教文献。至于德国收集品，本书中提到大渊氏《目录编》所谓“ル·コツケ將來本”失题道经，已被王卡拟名为《太上洞玄灵宝十二天尊应号经》，其馆藏编号应为 Ch.2401(T. Ⅱ .2070)。德国所藏吐鲁番道书，可参看荣新江先生《德国“吐鲁番收集品”中的汉文典籍与文书》(《华学》第三辑，广州：中山大学出版社，1998 年，第 309—325 页）中的简介，以及 Tsuneki Nishiwaki（西脇常記）, *Chinesische Texte Vermischten Inhalts aus der Berliner Turfansammlung*（Franz Steiner Verlag Stuttgart, 2001） 和西脇常記《ドィッ將來のトルフアン漢語文書》(京都大学学术出版会，2002 年，第 108—135 页）的著录和介绍。我在柏林时，曾专门调阅了德国国家图书馆所藏的吐鲁番道教文献，发现西胁氏的定名和释录都存在一些问题。相信这些在中国学者的《吐鲁番文书总目（欧美国家收藏卷）》中会得到纠正。

关于道书的“伪写本”问题，本书也没能充分吸收敦煌学界对“伪写本”研究的成果和经验。例如，第 106 页所录的京都 253《太上洞玄灵宝妙经众篇序章》，有“承圣三年（554）三月七日”的题记；第 130—131 页所录北大 D.117《天尊说济苦经》，有“文明元年（684）三月”的题记，作者认为从经文内容上看不存在可供伪造者利用的底本，因而认为不必疑伪。其实，经文本身的确不假，但题记却完全有可能是后人填写的。所以在使用这两则题记时还是应该分外谨慎。

与“伪写本”相伴随的，还有藏经洞封闭之后的写本混入藏经洞文献的情况，也需要特别注意。如书中第

152—153 页的 P.3810 和 3811 两件写本，作者认为无需怀疑其是否为近代道士所作。然王见川博士认为：称钟离权为汉代大将、韩湘子为白鹤转世的“湘祖”，这些说法都是明代以后才有的。而且，P.3810 的内容共分八个部分，其中《湘祖白鹤紫芝遁法》《白鹤灵彰咒》《鹤神所在日期》《踏罡魁步斗法》《太上金锁速还隐遁真诀》等，见于《万法归宗》卷二；《足底生云法》《乘云咒曰》见于《万法归宗》卷五。而《秘传万法归宗》是明代中叶以后才编成，现存版本只有清代刻本。故 P.3810 应该是抄写者根据需要摘抄《万法归宗》部分章节而成的，其抄写时代应在明代中叶以后。他还推测 P.3810 很可能是王道士住在莫高窟时期所用过的卷子。而 P.3811 中出现的“城隍”、“土地”等神，作为道教神明也在唐代以后，此卷很可能也是王道士时代抄写的（见《敦煌卷子中的钟离权、吕洞宾、韩湘子资料——兼谈伯三八一〇的抄写年代》，《台湾宗教研究通讯》第三期，2002 年，第 118—133 页）。敦煌和吐鲁番道教文献中都混有近代道士所用文本，这是个值得重视的现象。如周西波博士最近证明敦煌研究院藏一件“道经”，就是清末民初时人用宝卷形式改写明代成书的《太上三元赐福赦罪解厄消灾延生保命妙经》的抄本（见《敦研 352v“道经”考论》，《敦煌学国际研讨会论文集》，北京图书馆出版社，2005 年，第 141—149 页）。我在柏林德国国家图书馆收藏的吐鲁番收集品中，还看到两件道教的《三百六十应感天尊辅化秘箓》（Ch.5641 和 Ch.5646），也都是清代的印本。看来，清末民初敦煌、吐鲁番地区的道教情况，也应该成为了解敦煌吐鲁番道教文献的必要背景知识。

再就是叙录中所列的相关参考文献缺漏也较多。参考文献的不足，甚至影响到部分内容的准确性。如书中第 249 页，将大谷 4052 录作“失题道经残片”，并附录文。实际上，刘安志、石墨林在《〈大谷文书集成〉佛教资料考辨》（《魏晋南北朝隋唐史资料》二十辑，2003 年，第 242—243 页）中已经将此残片比定为佛教的《灌顶经》卷十二的残片，并补足阙文。又如第 13 页提及 P.3866《李翔涉道诗》，说李翔似为中晚唐时上清派道士；第 242 页又说李翔的生平事迹不详，似为中晚唐江南文人，或为上清派道士。其实，关于此卷及李翔本人，至少有吴其昱《李翔及其涉道诗》（吉冈义丰、苏远鸣编修《道教研究》第一册，东京：昭森社，1965 年，第 271—299 页）、林聪明《敦煌本李翔涉道诗考释》（《敦煌学》第七辑，1984 年，第 103—122 页）可参。他们都考证出李翔应为中晚唐皇室宗室，曾任莆田尉，咸通年间在江西北部游历作诗。此外，敦煌道经中一些研究成果较多的写卷或经典，如《想尔注》《化胡经》《变化经》等，作者也很少提供出完整的研究文献信息。这离一部高水平、高标准工具书的要求，显然还有一定距离。

索引部分的实用性功能，相对而言略有欠缺。比如，我如果只知道某个道书卷子的编号，现在竟然无法迅速查到它在本书中的具体页码。如果我知道经典的名称，也要翻到本书中间部分的《简明目录》，才能找到其对应的页码。如遇有多卷本的道书，更难以迅速查到每一件写本在本书的页数。索引还是应该更多考虑如何便于读者利用为宜。作者在定名和缀合方面贡献极大，有目共睹。但有些成果是先前的学者做出来的，如第 184 页注录的《列子张湛注》，英藏品裂作 18 件小残片，最先是荣新江先生将其逐一缀合起来，他后来也提示到国图这件小片可与英藏诸片缀合。但本书并没有明确告诉读者：此项缀合工作是基于荣先生辛苦工作成果的。类似这样的情况，应是本书作者的无心之失。但按照规范来讲，还是应该说明，以免有掠美之嫌。另据正在伦敦负责英藏敦煌文献编目的方广锠先生告诉笔者，他又发现了几件《列子张湛注》残片，可与此前缀合部分相联。可见，不能在直接调查原卷基础上进行工作，或将使得本书在今后还需要若干增补和修订。

书中还有对个别道典的定年，根据稍嫌单薄。如第 187 页讲到《老子变化经》中的“大胡时号浮庆君”，作者依据《真诰》中“大胡”指匈奴刘氏，故《变化经》的“大胡”也应是指匈奴，说明此经当出于六朝。其实这句话夹在老子于“秦时”和“汉时”各种变化之间，不太可能是指十六国时的匈奴。还是索安（Anna Seidel）认为此句是“入胡时号浮屠君”的误写，更有可能。此外还有一些明显是误植，或繁简字转换时产生的不规范问题，在此就不多言了。

王卡先生有意省略了大渊《目录编》中对写本外观描述、文本校勘记等项。但这些内容对于读者来说，无疑还是有用的学术信息。据说大渊氏的《目录编》中译本已在翻译出版过程中，在相当一段时间里，学者们恐怕还是需要将大渊的目录与本书相互参照利用。我们也更期望王卡先生能尽快完成他计划中的本书续篇——《研究篇》和《资料篇》，特别是希望他能够将本书已有的成果更加精致化和规范化，补充必要的参考文献，融汇必要的写卷形态信息，提供精美而完备的图版，以及精雕细刻的释录文本，从而形成一部规模弘大、严整规范的敦煌道教文献集成，最终取代大渊氏的《目录编》和《图录编》，成为国际学术界利用敦煌道教文献新的标准版本。

附记：王卡先生自己对本书的补正，见《〈敦煌道教文献研究·目录〉补正》，《敦煌学辑刊》2007 年第 3 期，第 1—4 页，共对书中内容做了 12 条补正说明。

2010 年 4 月，在杭州浙江大学举办的“百年敦煌文献整理研究”国际学术研讨会上，日本京都女子大学的石立善先生提交一篇《敦煌写本失题道经五种定名》的论文，指出王卡先生在本书中未定名的 S.6223（第 247 页）应为《大唐陇西李府君修功德碑记》的残片；S.12252v

（第 253 页）应为《妙法莲华经》卷七《妙音菩萨品第二十四》残片；Дх.3669（第 247—248 页）应为《妙法莲华经·马鸣菩萨品》残片；Дх.7243（第 248 页）应为《太上洞玄灵宝业报因缘经·生化品第二十三》残片。第五种，Дх.18842 并非王卡此书著录，石立善亦考证出应为《佛说灌顶经》卷二〇残片。

评《吐鲁番文书总目（欧美收藏卷）》

荣新江先生主编的《吐鲁番文书总目（欧美收藏卷）》是全部《吐鲁番文书总目》三大册中的第三册。此前已出版陈国灿、刘安志先生主编的第二册《日本收藏卷》（武汉大学出版社，2005年），颇受学界好评。两册国外收藏的吐鲁番文书目录先后出版，而第一册《中国收藏卷》则因近年来不断还有新出吐鲁番文书的精彩内容，因而更加引人关注。俟全部三巨册出齐，定将是新世纪初中国敦煌吐鲁番学界的一件大事！

本书前有《吐鲁番文书总目》编撰小组的《总前言》，介绍了吐鲁番的历史文化概貌，以及国内外吐鲁番文书出土和研究的情况。其后是荣先生所作的《欧美收藏卷前言》，概述了吐鲁番文书之所以蕴涵多语言、多形态、多层次历史文化信息的原因，以及本书历经14年方才编成的艰苦历程。特别重点介绍了在19世纪末20世纪初西域考古的黄金时代，欧美各国探险队在塔里木盆地周边和吐鲁番地区展开历次考古和探险活动，并将大量中国珍贵文物掠往国外的历史。这些文书和文物目前就成为欧美各国的中国西域和敦煌吐鲁番文献收藏品主要来源。本书就是对这批文书和文物进行的一番“摸底”式的编目工作。之后是《凡例》，介绍全书的体例，特别是各收藏单位收藏编号的略称含义、订题的原则等等。全书正文则分为13部分，提供了德国、英国、俄罗斯、土耳其和美国等5个国家、6个收藏单位（即德国国家图书馆、德国印度艺术博物馆、英国图书馆、俄罗斯圣彼得堡东方学研究所、土耳其伊斯坦布尔大学图书馆、美国普林斯顿大学葛斯德图书馆）的吐鲁番文书目录。每件文书都包含现在的馆藏编号（即流水号）、最早的原始编号（标明考察时间和出土地点）、文书定名、语言种类、长宽尺寸、存字行数等重要的信息。还以缩略语的形式提供有关此文书此前刊布或研究的参考文献，都具体到页码。全书最后是注录中所涉及的相关吐鲁番文献研究的中日文和西文论著目录。煌煌近千页的篇幅，堪称一部条目清晰、注录规范、信息量丰富的巨著！

众所周知，荣先生自1980年代起，就开始调查和搜寻国外敦煌吐鲁番文献的收藏情况，并为学界贡献了《海外敦煌吐鲁番文献知见录》（南昌：江西人民出版社，1996年）。其书虽然篇幅不算长，却蕴涵巨量的海外收藏和研究信息，成为国内学者了解国外收藏敦煌西域文献的

《吐鲁番文书总目（欧美收藏卷）》，
荣新江主编，武汉大学出版社，2007 年 9 月

案头必备之书，至今仍有不可替代的价值。其后，他还有数篇文章专门介绍以德国收藏为主的海外吐鲁番文书的情况（详见本书后附参考文献），很多关于德藏吐鲁番文书的学术信息，都是首先由他在国内公布，才引起大家关注的。饮水思源，我们对欧美地区藏吐鲁番文献和各地散藏敦煌文献的数量、内容、存佚情况的了解，之所以达到现在的程度，是与荣先生为代表的少数几位学者的贡献分不开的。因此由荣先生来主编《欧美收藏卷》，可说是恰得其人。荣先生在《前言》中介绍说，本书这项浩大的工程，是由多位学者分工合作才完成的：杨富学先生负责回鹘文部分、党宝海先生负责蒙文部分，府宪展、刘景云、刘安志等先生以及十多位荣先生的高足，都为本书贡献了自己的力量。他们的辛勤劳动，保证了本书具有很高的学术品质。

我对吐鲁番学涉猎不多，初读之后，有以下一些或许外行的感受，在此向编者及读者汇报。

由于此前国内并没有如此具体而全面地介绍欧美地区收藏吐鲁番文献的专书，而本书不仅按各收藏单位馆藏流水号逐一介绍这些吐鲁番文书的形态与定名，同时还附注了每一号的相关研究信息，为其他学者今后对这些文书的研究提供了极大的便利。所以本书将会在今后很长时间内，成为我们了解欧美地区所藏吐鲁番文献的一部必不可缺的、具有指引作用的工具书。其优长之处，如注录严谨规范、信息量大等，都在此无需赘言。从本书注录还可看出，有大量的各语种的外文论著，是在国内无法见到的。即便在欧美和日本，这些参考文献也不可能在一家或几家图书馆内完全具备。因此，这部分信息全靠编者长期以来，有意识、有计划、持续不断地利用在各个国家逗留的机会，跑图书馆、翻旧书、抄卡片……才能逐渐积累起来。本书的注录将每种参考文献都尽可能地具体到页码，这看似简单的数目字后面蕴含的编者的冷暖、辛劳和喜悦，或许也是今后利用到这些信息的读者应该联想到和体会到的。

此外，本书的另一个特点是充分发掘和利用了王重民、向达先生在 1930 年代从德国拍摄的吐鲁番文书老照片的价值。关于这部分老照片的情况，荣先生有《中国国家图书馆善本部藏德国吐鲁番文献旧照片的学术价值》一文（收入《敦煌学国际研讨会论文集》，北京图书馆出版社，2005 年，第 267—276 页），详细介绍了王、向两位先生所拍摄这批照片的内容和价值。最可贵的是，王、向先生当年拍摄的照片，现在有些在德国反而找不到原件了，有些则是当年的照片存字比现在的原件还多！这批照片的图版，现可在李德范先生校录的《敦煌西域文献旧照片合校》（北京图书馆出版社，2007 年，第 344—392 页）中看到。此书是《国家图书馆敦煌研究资料丛刊》之一种，该丛刊还将有《王重民向达所摄敦煌西域文献照片合集》即将出版，也很值得期待。

要将散藏在世界各地的、各语种的吐鲁番文献汇集为一个总目，也许除了肩负使命感的中国学者之外，不会有人有勇气来做这件事。本书的编者至少就要遇到两方面的困难。其一是相对于敦煌文献而言，吐鲁番文书本身的特点是比较细碎和残破的；而历史原因造成的文书分藏世界各地的事实，也给吐鲁番文献的搜集、整理与研究，带来了很大的局限。到目前为止，德国和俄罗斯所藏的吐鲁番文书数量巨大，且还没有完全公开。在他们的藏品中，也不能排除还会有重要的文献仍不被外界所知。其二是各国学者对吐鲁番文书研究中所呈现的不均衡状态，决定了中国学者目前在非汉文文书领域中，更多是要依照国外学者的研究成果。在现有条件下，本书中对相当数量的吐鲁番文书，特别是非汉文部分的着录，还是“从目录到目录”的过录。这可能是连编者们也无可奈何的一件憾事。只有在非汉文文献研究领域中有足够的发言权，中国的敦煌吐鲁番学才能真正居于世界先进水平。这方面留给中国年轻学者的努力空间还是很大的。

荣先生在本书前言中也说道：本书所收录的是各国所藏汉文、回鹘文、藏文、蒙文为主的文书。而摩尼文、粟特文、叙利亚文、梵文、吐火罗文等文书，暂时没有收入此卷，以待来日条件更加成熟时完稿。这是完全可以理解的。不过，当本书因体例所限而不收的那些非汉文文书中，如果夹杂有汉文的内容，是否也应该考虑收入？有些这类的汉文文献已经被公布出来，如 Tsuneki Nishiwaki（西胁常记），*Chinesische und Manjurische Handschriften und Seltene Drucke*, Franz Steiner Verlag Stuttgrat, 2001, p.133 著录的 Syr HT3.（T Ⅱ B66），1749 号，一面是叙利亚文，一面是汉文。西胁氏根据文书中有“道引三光”、“思神存真”字样而定为“道教经典”。这样的情况在西胁常记书中还有几例，但总体上数量应该不会很多。因此，全部的《吐鲁番文书总目》，即便是就汉文部分来说，也仍然是一个阶段性的成果，还是有未来需要进一步增补的必要。

下面提出我读此书过程中发现的几处需要说明或更正的地方，不一定都是编者的失误。如 Ch 935 （T Ⅲ 2023），其内容见于敦煌 P.2445 的《升玄经》残卷。本书根据已有的研究将此件定名为“《太上洞玄灵宝升玄内教经》卷二”（本书，第 76—77 页）。我在《敦煌学》第 25 辑，台北：乐学书局，2005 年，第 466—467 页说明理由，认为 P.2445 不应该被认定是卷二，它既可能是卷一，也可能是卷二。Ch 349v 和 Ch 1002v，本书指出二者可以缀合，并定名为“《太上洞玄灵宝无量度人上品妙经》卷一”（第 29、82—83 页）。这固然不错，但《度人经》在六朝隋唐时只有一卷本，一般认为是从北宋末年开始才增加了后六十卷，形成现在《道藏》中六十一卷本的篇幅。所以，吐鲁番文书中的《度人经》不应有“卷一”的卷序。还有第 395 页的 Ch/U 6827v“粟特语摩尼教神祇名录”的“祇”，应为“祇”。参考文献第 953 页，“陈国灿

1983”，其后对应的期刊却是“1984-6”。第958页，“姜伯勤1994”后对应的“1994年”应为衍文。同页“李经纬1983”对应的期刊却是“1982-2”。第963页，“唐耕耦1985”后又衍“唐耕耦”。第974、976、977、989、992、993页等多处出现的“内陆ウジウ”皆应该作“内陆アジア”。

评《中古三夷教辨证》

早在二十多年前，林悟殊先生对摩尼教的研究就已经蜚声海内外，其《摩尼教及其东渐》(北京：中华书局，1987年；台北：淑馨出版社，1997年)一书，在很长时期内成为国人了解这一神秘的世界性宗教的主要途径之一。近年来，林先生更将治学的兴趣转向摩尼教之外的景教和祆教，即唐人俗称的"三夷教"。复经十数年殚精竭虑的苦心钻研，先后出版了《唐代景教再研究》(北京：中国社会科学出版社，2004年)和本书《中古三夷教辨证》。这几部大著，既体现了作者对中古时期这三种经由波斯传来的宗教的认识，达到一个新的高度，同时也将国内学界关于"三夷教"的研究，推进到一个新的层次，并对国际学术界的相关研究具有重要启发意义。我虽不专门研究"三夷教"，但对颇具域外色彩的"三夷教"一直很感兴趣，林先生的一些相关论著也是我研治中古本土宗教的必备参考。故在此不揣陋昧，拟从自己研读林先生这部大著所获教益的角度，对本书略作介绍。

本书为蔡鸿生先生主编的中山大学“中外交流历史文丛”之一种，前有蔡先生给“文丛”写的《总序》，其中论及如何处理学问中的“通”与“专”的关系，很具有指导性。最后有林先生的《后记》，以自己的亲身体验，指出“人文学科的研究其实也是一种群体的精神活动”。在我看来，林先生所治之学应属专学，似乎主要靠其个人的苦心孤诣，然他所讲的这样体会，实足为我等后辈学人深思。本书正文分为四篇：《文物篇》共七篇文章，主要讨论福建地区的摩尼教文物和遗迹，兼及洛阳龙门山天竺寺的宗教属性。《文献篇》共七篇论文，主要包括对敦煌汉文写本摩尼教和景教经典的研究史、文书学、文献学和写本辨伪等方面的探讨，兼及传世文献元代《竹西楼记》所载摩尼教信息的分析。《历史篇》共七篇论文，除了概观近百年国人对西域祆教的研究史外，还分别探讨了波斯琐罗亚斯德教与中国所称“祆教”的异同、祆教在唐代的社会地位、“三夷教”在唐代的社会走向、宋元时代泉州摩尼教的渊源和偶像崇拜等历史问题。《附篇》包括四篇，分别是对陈垣先生在火祆教研究方面贡献的表彰，以及对三部中外学者研究“三夷教”著作的序言与评介。后附《本书征引西文期刊缩略语》和《本书作者相关论文目录》以及图版目录。

全书共25篇论文、书评和综述，因为都是已刊论文，

《中古三夷教辨证》林悟殊著，
北京：中华书局，2005年6月

故在此不拟逐篇介绍其内容。仅就拜读后给我留下深刻印象和有所感触的几个方面简论如下。

第一，专门之学，必需专门之才，方得专业水平之研究成果。摩尼教、景教和祆教都是曾经的世界性宗教，起源于域外，流播于欧亚，东渐于中华。所经之地，所教之人，各色各样，语言不同，文字殊异。再加上它们在广袤深远的历史发展时空中，为适应各地文化传统，而不断对自身进行调试，甚至是发生某种程度的变异。故它们的历史脉络和文化遗存，绝不是仅靠有限的汉文史料能够究明的。对这“三夷教”中每一宗教的研究，在国际上都属专门之学，亦各有专门之士穷其一生进行钻研。林先生首先具有这种治专门之学的勇气，再兼具治此专门之学的专门之才，如过硬的语言功底，对相关国际学术动态的迅速掌握的途径和能力，对汉文史料的精熟，以及对中国中古社会的深刻理解，更重要的是进行跨文化、跨宗教研究的学术视野和角度。因此，林先生无论对摩尼教、景教和祆教的研究，都做出了足以代表中国学术界的专业水平的成果。从本书林先生辨证泉州“摩尼教墓碑石”、“莆田市涵江摩尼教文物”、福州浦西福寿宫“明教文佛”、龙门天竺寺、泉州白耇庙等文物遗迹的宗教属性来看，有些学术问题如果能由专门之士做专门之学的研讨，也许就不存在这么多的争议了。比如，不是专治“三夷教”的学者，由于其学术积累的不同，往往会基于某些表层的文化符号，或一些似是而非的经验之谈，就轻易对某种文物的宗教属性做一结论。而这样的结论在专治“三夷教”的专才林先生看来，往往就是漏洞多多，不辨惟恐贻误他人了。因此在通常情况下，在一些专门领域的研究中，我们还是需要倚重个别专门之士的研究。只有专门之士凭借其深厚的专业积淀，才能做出相对而言更可靠和更出色的研究成果。不惟“三夷教”研究如此，几乎所有的专门之学莫不如此。当然，任何具有学术精神的研究者，即便不是某些专门之学的专门之才，只要他从事的是负责任的研究，都会给学术界带来新的材料或新的启发。受专业条件的限制而有言之未尽，甚或理解错误之处，也都在所难免，应该能得到谅解和支持，但关键是读者们应该具有分辨的眼光和取舍的能力。

第二，方寸之间见真知，毫厘之辨显卓识。由于中古“三夷教”的相关材料，相对来说还是十分有限的，可供学者在其中充分周旋、施展的空间并不大，故对“三夷教”研究的一个重要方面就是要对有限的史料进行反复咀嚼，精耕细作，即要能够深入方寸之间，辨析毫厘之末。例如，本书中关于吐鲁番出土的摩尼画像与泉州草庵所存的摩尼雕像的比较研究，就足以反映出林先生善于深入方寸之间、从细微处入手来阐发重要历史内涵的治学特点。至今，天壤间仅存的有关摩尼教主摩尼的两件图像资料，都在中国境内发现。首先是 19 世纪末、20 世纪初德国吐鲁番探险队在高昌遗址发现的绘有摩尼教主摩尼本人形像的壁画，是8—9世纪西州回鹘的遗物，现藏柏林印度艺术博物馆。其次是1950年代于泉州晋江华表山摩尼教草庵所发现的摩尼光佛石雕像，是14世纪元代的作品。两者在时间上相差五百年左右；空间上更是一在西北，一在东南，相距何止万里；且两件摩尼形像具有明显不同的图像学特征。一般学者可能会认为，这两件图像资料的所有差异，都是时空相隔所造成的自然而然的现象。因而多年来还没有人想到可以拿这两个差异极大的图像资料来进行比较研究。林先生则指出：吐鲁番的摩尼像头戴高帽，面貌和胡须均作胡人面相，且这个图像不是将摩尼作为偶像崇拜的对象，而是摩尼教的宗教宣传画，因为当时的摩尼教还禁止偶像崇拜；泉州的摩尼光佛雕像则是纯粹的偶像崇拜，面相全为汉人面貌，以佛教光环为背景，采用佛陀趺坐姿态，特别是兼采长须道士的风貌，是佛化和道化的摩尼形像。简言之，吐鲁番的摩尼像还保存中亚摩尼教的本来面目，而泉州的摩尼光佛像则是彻底的中国化的产物。林先生从摩尼教进入中国后逐步中国化的角度来解说这两件司空见惯的摩尼图像资料之异同，并得出“外来神本土化”的历史命题，的确可以说是深入到人所共见却不以为意的表面现象中，从细微之处入手，揭示出重要而深刻的历史意义，给人以莫大的启迪。

再如，本书中关于摩尼教《下部赞》的“下部”之意的考索，也充分显示了林先生辨析毫厘之末的严谨治学功夫。摩尼教《下部赞》之名，以往学者很容易做出望文生义的理解。林先生首先从中国古籍题名的习惯来看，排除了将“下部赞”理解为赞美诗的“较下”或“第二部分”的意义，认为“下部赞”三个字就是一部经典的总名称，而不是一部经典的第二部或第三部。继而又指出：摩尼教七部经典的汉译，都是先用音译，再加意译，这种方法成为在华摩尼教师的传统习惯。因而再排除了“下部赞”得自音译的可能。然后，林先生又从“部”字所具有的门类、类别的意思，提出“下部赞”很可能是指“第二”或“第三”门类赞美诗的意思，并推测还应该有“上部”甚或“中部”的赞美诗。虽然“下”字仍可理解为“第二”或“第三”的序列词之意，但“部”字却不是计量单位，而是“分类”之意。这样紧紧围绕“下”和“部”两个字所做的考索，从每个字不同语义间的细微差异出发，能够引导出对这部摩尼教文献标题的不同理解，并且能够根据摩尼教的实际情况，加以甄别和取舍。学问做到这种地步，令人感叹。

第三，一线贯穿“通”与“专”。本书所收的20多篇论文，所讨论的问题，涉及的时间，上启魏晋时期“三夷教”初传中国，下迄宋元明清“三夷教”在中国的末流，乃至近百年来学界对“三夷教”的研究；空间上则包含“三夷教”产生的原初境域、传播途经的中亚西域，以及它们东传的最后一站中国；而中国一地又存在东、西、南、北之分。文章内容上则有对具体文物遗存性质的辨析，对敦煌写本的个案研究，包括对景教伪写本的辨伪，对传世文献揭载摩尼教信息的辨析阐述，对“三夷教”在中古社会的地位与影响的评估等等，可说每篇所论的都是专题性极强的问题。除了有“三夷教”这个共同的表征符号将它们连接在一起外，更主要的是本书还有一条贯穿始终的主线，就是蔡鸿生先生根据陈寅恪先生识语所概括的，关于中西文化交流的核心思想，即：“中古时代的文化传播，既是渐进的，又是曲折的。由于当时物质技术条件的限制，来自文化本原的直接传播不可能起主导作用，辗转间接才是普遍存在的方式。因此，为了探索一种文化因缘在空间上的展开，也即为何从此地传入彼地，必须找出中间环节，才不至于架空立说。文化本原通过中间环节而变异，导致正宗与变种并存，蔚为文化交流的奇观。”（第1—2页）这里提出文化传播过程中的直接传播与间接辗转、文化正宗与变异的重要命题，特别是指出寻找“中间环节”的重要性，实足为今后治中西文化交流史的学者视为圭臬的指导性理论基石。

本书这20多篇论文虽然写作于不同的时期，甚至有的篇章在写作时未必就有如此明确的立论眼界，但实际上却都殊途同归、自然而然地共同验证了蔡先生提出的关于中古时期中西文化交流中的重要现象：在中西文化交流史上，能够与中国文化产生互相激荡作用的外来文化，主要的还不是那些来自地中海东岸、两河流域的西方文化本体，而是这些西方文化在向东传播过程中，经过中亚和西域时必然发生变异后的变种文化。具体到“三夷教”来说，中古中国所称的“袄教”，并不就等于波斯的琐罗亚斯德教，这是一个重大的观念性突破。这种认识，最早是由姜伯勤、蔡鸿生先生所揭示，复经荣新江先生提出“粟特系袄教”的概念，而被学界所广泛重视和认可。林先生对此评价说：“对粟特袄教的重新定性，可说是近二十年该领域研究的最大突破。”（第 243 页）他还在为《伊朗琐罗亚斯德教村落》中译本所写的序言中，根据蔡鸿生先生的提示，进一步提出历史与现实中的琐罗亚斯德教，应该被区分为：阿契美尼版、萨珊版、粟特版、中国版和现代伊朗本土版、印度巴斯版等各种不同“版本”，是不能一概而论的（第 436 页）。在本书中，林先生就详细论证了原产波斯的琐罗亚斯德教在唐代中国的影响，实际上并不比其教传经粟特地区时产生的“粟特系袄教”对中国的影响更大；而袄教对中国社会的影响更主要是民俗方面而非宗教方面的影响；还通过辨析会昌灭佛诏书中的“大秦穆护袄”这几个字，提出应该区别“穆护”与“袄”：前者是琐罗亚斯德教僧侣，后者才是中亚化和粟特化的袄教僧侣。这样，在波斯的琐罗亚斯德教文化与中国文化这两种文化之间，找到了“粟特袄教”这一“中间环节”，就使得学界对这两大东西方文化的交流，有了更深刻和精准的认识。有了寻找和关注“中间环节”这样一条贯穿全书各个论题的主线，就使得本书在严谨翔实的论证基础上，具有了更为宏大的叙事背景和更加深刻的文化关怀，也极好地解决了各个专题的“专”与全书整体的“通”之间的关系。

第四，知己知彼，扬长避短。“三夷教”来自域外，除汉文史料外，还有大量的其他语种的材料。在对非汉文史料的解读方面，一些国外学者相对于国内学者而言，的确具有相当的优势。但国内学者除了要力争在语言上用力弥补自己的不足外，也要看到自身的优长，这就是对汉文史料研读的能力。在本书中，林先生就不止一次向我们展示了他凭借深厚的语言功夫，在“三夷教”研究中，既能充分了解国外学者的研究进展，吸收其合理可取之处，又敢于质疑某些国外学者对汉文材料的理解，有时还能从方法论上指出他们的不足之处。例如，在对福建发现的摩尼教十六字偈“清净光明，大力智慧，无上正真，摩尼光佛”的考释中，林先生指出有些国外学者将“清净”译为神，从而把“清净光明，大力智慧”与希腊文“父的四面尊严”一一对号入座的做法，是由于不谙中国古代译经格义之法的缘故。他还由此指出：一些西方学者总以为汉文摩尼教经典必定是直译自某一西域文本，因而力图就有关文本的词汇或句子进行一一比定。有时为了迁就这种机械比定，难免会曲解汉文本意（第 18 页）。再如，关于北图所藏的汉文“摩尼教残经”，西方学者普遍认为是译自古叙利亚文本《克弗来亚》的一个中亚帕提亚文本，林先生对这种看法提出怀疑，认为持此论者，显然既不谙古汉语，也不熟悉唐代译经的体例和习惯。且《克弗来亚》是对话体，属语录性质，而此“残经”则是一种完整系统的论说体。西方学者根据它们释读出来的其他古文字片断，发现某些术语词句与当年沙畹、伯希和对此“残经”的法译本意思类同，就认定二者同出一源，显然是不太严谨的结论（第110—112页）。再有关于汉文的摩尼教《下部赞》中的《叹明界文》，是否可以如西方学者看法，认为是译自帕提亚文摩尼教赞美诗《胡威达曼》，林先生也持保留意见（第112页）。而对摩尼教“三常”一词的释义，许多西方学者也是将其译作三种经常不变的事物。但林先生从汉语表达习惯的角度，排除了国外学者的种种猜测，提出“三常”就是摩尼教所说的光明王国所占的三个方位，其意同于“明界”（第134页）。有鉴于此，林先生在书中殷切希望：“若我国人以深厚的国学底蕴，复充分吸收西人之研究成果，甚或接触解读其他文本的摩尼教内典，将之与汉文比较，那末对于汉文摩尼教经的研究，无疑将高出西人一筹。”（第114页）

我以为，中国学者较之国外学者还有一大优势，即对“三夷教”汉文写本的辨伪功夫，这在景教研究方面更为显著。如敦煌所出P.3847《景教三威蒙度讚》后附《尊经》目录中有“《宣元至本经》”，说明《宣元至本经》确为唐代景教经典之一。李盛铎旧藏敦煌写本中也正有一件《大秦景教宣元至本经》残卷，惟抄手在经题中脱漏一“至”字，遂成“《大秦景教宣元本经》”。此件原本共存26行，但在1930年代初次公布时，只有陈垣先生抄录的前10行文字面世。佐伯好郎氏在1930年代所依据的，也只有这10行文字。到1940年代末，佐伯氏得到了传为出自李盛铎旧藏的所谓“小岛文书B”，存字30行，尾题为“大秦景教宣元至本经一卷 开元五年十月廿六日 法徒张驹传写于沙州大秦寺”。佐伯氏误以为“小岛文书B”的这30行，就是陈垣所抄前10行的后续，两相缀合，遂构成学界长期遵从不疑的《宣元至本经》文本。1992年，林悟殊先生和荣新江先生合作，辨证所谓“小岛文书”的两种景教文献《大秦景教大圣通真归法赞》和《大秦景教宣元至本经》都是现代人的伪作。但时至今日，国内外学界对两件“小岛文书”信以为真、不加辨析地使用者仍大有人在。2006年5月，洛阳隋唐故城东郊建春门外，当年的胡人聚居区，出土了一件异常珍贵的唐元和九年（814）十二月刻景教石刻经幢，八个幢面分别刻有祝文2行、《大秦景教宣元至本经》经文19行，和《大秦景教宣元至本经幢记》22行。石经幢上《宣元至本经》的经文，原本是完整的，现在每行的下半部残损20字左右。但上半部的文字，基本可与李盛铎旧藏那26行的《宣元本经》相合，与“小岛文书 B”的文字则根本不合。说明李盛铎旧藏《宣元本经》确为唐代景教遗经，而“小岛文书 B”则确系伪作无疑。还可利用敦煌本与石经幢上经文互为补充，为学界增添一部真实可靠的唐代景教《宣元至本经》残本（详见张乃翥《跋河南洛阳新出土的一件唐代景教石刻》，《西域研究》2007 年第 1 期，第 65—73 页；罗炤《洛阳新出土〈大秦景教宣元至本经及幢记〉石幢的几个问题》，《文物》2007 年第 6 期，第 30—42、48 页；冯其庸《〈大秦景教宣元至本经〉全经的现世及其他》，《中国文化报》2007 年 9 月 27 日第 5 版；《中国宗教》2007 年第 11 期，第 28—31 页；赵晓军、褚卫红《洛阳新出大秦景教石经幢校勘》，《河南科技大学学报》2007 年第 3 期，第 29—32 页）。总之，这件景教石经幢的出土，验证了林、荣二位先生对“小岛文书”的辨伪是正确的和成功的，从而为景教研究者彻底摒除“小岛文书”等“伪写本”的干扰，提供了坚实的证据。

“三夷教”的研究乃专门之学，本人却非这方面的专门之士，故在此仅将学习林先生大著的体会，向本书作者和读者汇报如上。本书除了对有关“三夷教”的某些具体历史问题给予我们最新和最具国际水平的阐释外，书中在一个个具体问题研究背后所蕴含的关于理论创新和方法论方面的深刻意义，也都值得我们慢慢体会和悉心品味。

评《百年敦煌学：历史·现状·趋势》

如果以1909年罗振玉发表《敦煌石室书目及发见之原始》为起点，到2009年，敦煌学研究已满百年了。刘进宝先生主编的这套《百年敦煌学：历史·现状·趋势》，就是以纪念敦煌学百年为契机，总结既往研究的历程和特点，评价当前研究的成绩和不足，展望未来研究的路向和趋势。本书的《引言》和《后记》中，刘先生讲述了编纂本书的缘起和经过。正文包括了53位中外学者的52篇文章。它们按专题被分为四组：一是历史、理论与方法，共16篇；二是文献与出版，共7篇；三是文书与历史、文学研究，共18篇；四是石窟、宗教民族、音乐体育舞蹈，共11篇。这些文章，或是探讨敦煌学史和敦煌学理论的一些基本问题，或是畅谈自身从事敦煌学研究和相关工作的体会，或是对百年敦煌学发展历程中一些专题研究进行阶段性总结，个别文章还就某些具体论题展开了论述。执笔者都是多年埋首敦煌学研究的第一线学者、编辑和出版家，他们除术业有专攻外，还熟谙学术史掌故，并掌握各专题领域的前沿动态。通过他们的娓娓道来，可以清晰地了解到敦煌学的一些主要研究领域，以及在这百年来取得的进步和存在的不足。

本书的最初动议是约请部分敦煌学者做一次“敦煌学笔谈”。既然是笔谈，就不必像那些专题论文，非本专业的读者读起来会感到吃力。作者们只要心有所感，把自己的想法稍加梳理表达出来，而不必非要条分缕析地进行充分论证。这种形式和行文特点，有时更易于激发出一些思想的火花。书中有多篇文章记述了前辈学者当年艰苦创业的经历，值得晚进后辈学习和敬仰（如孙儒僩、唐耕耦等先生的文章）。还有多位老一辈学者对后学的殷切期望和谆谆教导，尤其值得年轻学子和学人细细品味（如白化文、唐耕耦等先生的文章）。不同年龄层和不同专业背景的人读此书，自会有不同的兴趣点和感悟。因此，要像评述一部学术专著那样对本书做出评价，恐怕并不适合。在此只能选取自己心有所感的部分，略陈读后感而已。对我而言，让我产生最大共鸣的，是关于敦煌学理论及相关问题的基本思考，以及在“第一个百年”之后，敦煌学未来的走向等问题。因为这些问题，是每个敦煌学人都避不开的。

百年敦煌学，并不仅仅因为到了“百年”这个时间点才值得纪念与总结。正如刘进宝先生在约稿信《敦煌学

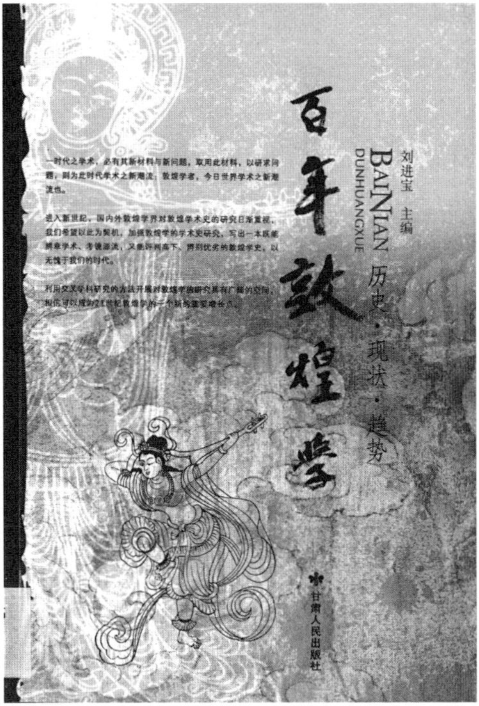

《百年敦煌学：历史·现状·趋势》，刘进宝主编，兰州：甘肃人民出版社，2009年12月

笔谈草案》中所说："在敦煌学产生百年之际，敦煌学本身也进入一个新旧交替的时期，即前一个阶段主要是以资料的搜集、整理、刊布为主……在新的阶段，应该是对已刊布的资料进行全面、综合、深入地研究了。"（第523—524页）显然，刘进宝先生编纂本书的目的，就是要在这样的学术发展背景下，通过敦煌学领域中各有所长的学者，分别总结前一个阶段的学术成果，展望下一个阶段研究的前路，从而为学界提供一个"转型期敦煌学"的图景。同时，如果能通过这项工作，"抢救性地"发掘和保护一些敦煌学史的史料，也是功莫大焉。本书中确有几位先生的文章，讲述了一些敦煌学史上，特别是最近二三十年的人物和事件的细节，值得注意。如朱雷先生介绍唐长孺先生早年对敦煌文献的关注；唐耕耦先生回忆自己当年以一己之力编纂《敦煌社会经济文献真迹释录》的始末；宋家钰和张弓先生详细介绍参与《英藏敦煌文献》编纂的经过；黄文昆先生讲当年文物出版社之所以成立，本来就是为了专门出版敦煌资料的，等等。其中，宋家钰先生讲到早在1980年代，苏联的学者在访问中国社科院时，就有意与中国合作，以更低廉的价格出版苏藏敦煌文献。可惜当时的行政领导和出版界，都还没有认识到此事的重大意义，等等。这些细节，在一些场合的发言和谈话中可能披露过，现在成文公布，都有可能成为今后记述敦煌学史的重要资料。

进入 21 世纪以来，敦煌学界总结上一个百年学术史的愿望显得颇为强烈。但大家公认，到目前为止，我们还没有一部让大多数人满意的敦煌学学术史。恐怕在短期内也很难看到这样的学术史问世。敦煌学学术史之所以难做，盖由于领域太广、成果太多、各领域和专业之间的个性化和差异性太强。即便一个人能在自己的某个领域中做到最好，也不见得适合对百年敦煌学做一全盘性的总结和评述。公正、恰当、全面的敦煌学学术史总结，不仅对敦煌学本身的进一步发展有利，也会对相关的其他学科领域的建设有重要的借鉴作用。本书中就有荣新江和孙继民两位先生提到：敦煌学的经验和教训，可以为吐鲁番学和黑城学等专业研究的建立和发展提供参照。学术史不是研究史。研究史是就某个专题研究梳理前辈学者的观点，评价其贡献和不足，以利于后人在这个论题上继续前进。学术史更多时候要超越具体的论题，考虑一些关于本学术命题的整体和宏观的历史、现状与趋势性的问题。学术史要体现出学术发展的脉络，和学者们对问题认识的思想流变。在其中，对学人的观照是必不可少的。而每个学人在什么样的情境下做出什么样的成果，这些成果在整个学术史脉络中占有什么样的地位，这些又关涉到更多的复杂问题。所以，学术史的总结不易，敦煌学学术史的总结尤为不易。本书可算是在敦煌学学术史基础建设中的一项重要成果。

正如本书中几位作者都谈到的，是将敦煌学作为一门独立学科来看，还是将其视作所谓的“敦煌学”或“敦煌研究”？这个在1980年代就提出的困惑，到现在也没有彻底解决。进而，敦煌学之下的各具体专业领域，如果强要冠以“敦煌某某学”，就会面临更多的麻烦。如“敦煌文学”的概念怎么界定？如何解决“敦煌文学”与“唐五代文学”乃至与中国古代文学的关系？本书中几位在此领域中用力数十年的学者，都提到了为此概念定义之难。甚至有学者在自己的治学过程中，一直在不断调整和修改对此定义的认识。如果以现有的学科概念和分类来衡量敦煌学，敦煌学的确难以名正言顺地作为一个独立的学科。在这种情况下，将其中的“学”字理解为“学问”，而非“学科”，是合理的做法。但现有的学科概念和分类也是在一定的客观条件下人为而成的，不可能永远适用或绝对适用于一切的、不断改变的认识对象。敦煌学如果在超越现有学科规划的前提下，也许可以考虑作为一个独立的敦煌学存在。这并不是对敦煌学的妄自尊大，也不是说要让敦煌学凌驾于现有的所有学科之上。只能说是敦煌学的某些特点，在现有的学科体系中无法得到恰当体现；现有的学科体系也无法涵盖敦煌学的某些特性。何必非要削足适履？有时候，概念模糊一点，并不一定对专业研究不利。从广义的历史学来讲，敦煌文献和文物都是历史的遗存，它们所反映的也是过往历史的信息。所以，不论是宗教、艺术、政治、军事，凡此种种，只要是考察敦煌材料，学者们大都是在处理其中蕴涵的历史信息。这是敦煌文献和文物本身，以及对其展开的研究所具有共性的一个重要方面。从这个层面上看，敦煌学可以作为广义的历史学下面的一个组成部分。所以，若不拘泥于既有学科框框的约束，我们面对“敦煌学”和“敦煌学者”的称号，是完全可以坦然受之的，大可不必有名不正、言不顺之感。

敦煌学学术史的不完备，与敦煌学理论研究的不充分有关；而理论研究不足，也许正是因为敦煌学研究还没有达到可以产生成熟理论体系的时候。这直接关系到我们对当下敦煌学研究的阶段性认识。例如，对于目前的敦煌学是否可以说完成了阶段性任务，到了“转型期”？即便是在本书中，都还存在不同的理解和意见。对于刘进宝先生的“转型”之意，有赞同的，如黄正建先生就是从刘先生所言的这个意义上来理解“转型期”的（第371页）。但这种看法并没有得到广泛地认可。如方广锠先生理解的“转型”是：各自拿敦煌资料回归各自的学科，丰富发展本学科的建设（第317页）。程喜霖先生则对“转型”一说不以为然（第47—48页）。对于敦煌学基本资料的搜集、整理和刊布已经完成的说法，方广锠和王素先生都提示出还有一些在我们意想不到的地方，仍然收藏敦煌吐鲁番文献，因而还需要继续在资料的搜集和刊布上下功夫。而在方先生看来，敦煌文献整体的编目、提要和索引等这些基本工作还差得远，何谈敦煌资料的整理工作基本完成？同样，从马世长先生对敦煌石窟考古工作所做的回顾与展望中，可知石窟考古也尚有大量的基础工作没有做到家。但不可否认，在一些专题领域中，的确可能已经面临这样的“转型”。例如吴丽娱、杨宝玉两位先生最近几年对归义军历史问题的重新思考，且不说其结论是否足以替代先前的学界认识，单就她们提出的新的研究方法和视角而言，我觉得是符合“转型期”敦煌学特点的。正如她们所说：敦煌学发展到今天，“未经利用的直白平实显而易见的信息已经不多，敦煌文书史料价值的新发现恐怕更多地要靠综合知识的调动来实现。”（第338页）而这种“综合知识的调动”，无疑就具有了“跨学科”和“超学科”的特点，也是今后敦煌学要想进一步深入下去的必经途径之一。看来，个人的着眼点和研究专题不同，对于敦煌学发展阶段的感受，也就必然不同。在这种情况下，也不宜使用单一的标准来界定和衡量敦煌学学术史的分期或阶段性。

虽然书中的作者们对于是否存在“转型”，是否应该让敦煌资料回归本学科等问题存在认识上的不同，但大家都承认：经过第一个百年的敦煌学研究，在未来仍有很多重要的工作要做。几乎每个人都在自己的领域中深切地感到：敦煌学的研究远没有到了可以偃旗息鼓的境地，可做的努力还有很多。可以说，凡是在敦煌学领域中深入到具体问题的人，都认为敦煌学的前途仍然未可限量。只是下一步的发展，对研究者自身条件的要求就更高了。如吴丽娱和杨宝玉就指出："知识的缺乏是研究不能深入的最大障碍。"（第341页）越是深入具体研究之中的人，越能体会自己所知的有限。如果有"敦煌学已没什么搞头了"的感觉，更应反思自身：是否因自己的知识储备不够，才会使自己的学术眼光受到局限和蒙蔽？

虽然在过去的一百年间，敦煌学研究取得了巨大的成就，但至少有一个现象是所有敦煌学人都应该警觉的。正如本书中几位学者同时指出：很多重要的敦煌资料，并没有得到敦煌学之外的相关专业领域人的重视和采用；有些敦煌学研究的既有成果，也没有得到敦煌学之外的相关专业领域的认可和应用。这表明敦煌学与其他学科之间的学术关联，还不十分紧密；与其他学科的沟通管道，还不十分顺畅。敦煌学与敦煌学者在各自的本学科和本专业面前，甚至还有一点"非主流"的异样感觉和尴尬境地。我想这一方面是由于在最近20年间敦煌资料的整理刊布工作达到高潮之前，其他学科的学者，相对来说比较难看到敦煌文献的图版，所以本该纳入其研究范围的敦煌材料被遗漏了很多。相信这种情况随着各国主要藏品的公布，以后会得到明显的改善。因而敦煌学者更应该考虑到：在过去从材料上占有先机的优势条件淡化之后，自己的研究该如何深入？另一方面则要从敦煌学界自身找原因。宋家钰先生说："我们还缺少根据敦煌文献、文物的研究对社会历史问题研究有重大突破和显著影响的著作。"（第168页）

“我们缺少结合社会历史重要问题的研究，缺少将敦煌学成果整合、提升为能向其他学术界普及的有影响著作，其中许多重要成果很少为其他学术、文化领域的研究者知晓和采用。”（第 169 页）项楚先生说：“敦煌文学研究者似乎还局限在自己的圈子里，没有进一步思考自己的研究成果对中国古代文学全局的意义，使它们在更高的层面上升华。而居于主流地位的传统文学的研究者，似乎对敦煌文学研究成果还有些隔膜，并没有意识到后者对中国文学研究的珍贵价值，从而与这一份珍贵的财富失之交臂。”(第 309 页) 宋先生和项先生的这些话，是很值得敦煌学人反思的。

如果敦煌学者在进行自己的研究时，只是就敦煌而论敦煌，把自己的眼光局限在敦煌一地，则其成果对相关学科和其他领域的借鉴意义就小得多。应该有意识地使自己研究的成果，能对其他学术文化领域的研究者有所益处和启发。从这个角度来说，的确有让敦煌资料回归到各个学科和专业之内的必要。但这种回归并不是“掏空”敦煌学来丰富各学科，而是因为想要用敦煌材料要解决一些重要问题，要做出有影响的成果，就必须要突破“敦煌”的框框。我们今后的学术发展，肯定是跨学科、跨领域的研究越来越多，也只有这样才能深入拓展研究的视野，提升研究的质量。只有在研究时主动地将敦煌材料与一些重大社会历史问题相结合考虑，才能有解决这类问题的重大突破和显著影响产生。如果说在第一个百年中，敦煌学的发展太过平面化了，表现在几乎所有的领域和专题，都有人涉足了。那么在今后的研究中，有条件的研究者就该努力使自己的研究至少再向上、下两个层面去拓展：一是继续深入，二是恰当“拔高”。这样才能使敦煌学的发展呈现立体化态势。这样的研究成果多起来，敦煌学对其他学科和领域的贡献力才能显著提高。

读此书还有一点感受就是：敦煌学人应该自觉而清醒地认识到自己在整个学术传承脉络中的位置。有的作者本身早已是敦煌学界的翘楚了，但在行文中，对前辈学者仍然是毕恭毕敬，让人动容。而一些中老年学者，也总是自谦地说自己先天不足，又经历文革，耽误了很多时间；所以他们的成果和贡献非常有限，只能作为承上启下的一代。他们这种礼敬先贤、敬畏学术、谦虚低调的学术作风，是很值得后辈学子学习的。而他们这么做的基点，就在于他们很清楚自己在整个学术脉络中所处的位置。当然，礼敬和敬畏是一种尊敬，如能在前辈学者既有学术成果的基础上更进一步，发展和完善前辈的学说，同样也是一种致敬。本书作者都是 1960 年代以前出生的，更年轻一代的敦煌学人，恐怕也还得属于承上启下的一代。在某种程度上，我认同邓文宽先生的看法：敦煌学的真正深入发展，应该是在未来的中国多了有钱、有闲、又有志于此的读书人之后（第 89 页）。每个人在这个学术圈中做了哪些事，哪些是可以嘉惠后人的，这正是我们的学术史应该记录的内容。而我们每个人身处这样的学术发展脉络上，应该时刻提醒自己：我也是敦煌学学术史的创造者之一，只要自己对敦煌学的学术发展有或大或小的贡献，就一定会被学术史记住。心中常思“古人”和“来者”，才能摆正自己在学术上的位置。

同时，赵和平先生提出的学术生态问题，也很值得注意。他说：“在这样的学术生态中，你不好好干也难。因为你不努力，就无面目去见老师，更无法与朋友们交流。”（第 76 页）他所说的学术生态，是指从他涉足敦煌学以来，得到了全国各地前辈学者的指教，也与在京的同辈同好建立长期的、良性的学术互动。每个敦煌学者都不可能全通和万能，必须要与同行多交流，互通有无，取长补短。建设好这样的学术生态，除了学者个人的努力外，中国敦煌吐鲁番学会理应在其中起到相当重要的作用。事实上，敦煌学之所以成果丰硕，敦煌学者之所以更容易“成名成家”，除了资料上的优势外，还要遵守一定的国际学术规范，要和国外一流的高手“过招”，等等。在其他相关专业领域中，大多数人目前是不需要经过这样考验的。敦煌学的这些特性也决定了要成为一名真正的“敦煌学者”，可能意味着比其他专业的学者付出要更多。而一旦通过这样的考验，敦煌学者所受的学术训练就决定了，其学术水平通常会高于本学科和专业研究者的一般水平。从这个意义上说，敦煌学界至少是当今中国学术界中学术净土最广大、学术风气最纯正的学术生态之一。每个受益于此的敦煌学人，都理应对其保有一份挥之不去的归属感和感恩的心态。

本书的很多作者都说刘进宝先生是个有心人。一是能想到并促成此事；二是在具体的组稿过程中，他长则一个月、短则一周，就会给所有的约稿对象打长途电话来提醒或催促。甚至有的作者坦言，自己就是被刘进宝先生的这种精神和热情所打动，才在百忙中抽出时间来完成这项工作。所以，本书得以比较顺利地编辑出版，作为主编的刘进宝先生，无疑应记头功。但是，我在粗读之下，还是发现一些不应有的错误，希望在今后再版中或可考虑改正。首先是编组体例上还应该更规范和细致一些。如本书所收的文章，有相当部分已经在几家刊物上发表过了，有的还是多年前发表过的旧文。理应将每篇的始发处明示给读者。这也是对学术史的一种尊重。再就是每篇的作者简介中的代表作部分，如果受篇幅所限，不详列出版时间和出版社、刊名、刊号等，可以理解；但论、著不分，专书和论文等列齐观，这不应该。至少要说明哪些是专书，哪些是论文。其次是有些明显的错字。如第 38 页“《敦煌石窟遗书》”应作“《敦煌石室遗书》”；第 79 页“万屹”应作“万毅”；第 181 页“田中良治”应作“田中良昭”；第 190 页“刘玉泉”应作“刘玉权”；第 250 页“军府设齐会”应作“军府设斋会”；第 289 页“听着填咽寺舍”应作“听者填咽寺舍”；第 293 页“《予日本平安时代汉文学》”的“予”应作“与”；第 320 页“医学”应作“义学”；第 463、464 页两处“赛祆”都应作“赛祅”。第 472 页的两处“大目干连”，应该是台湾繁体字“大目乾连”转成简体字时出的错。第 281 页池田温先生文中有言“南朝的例子如下图所示”，但其文并未附图。不过，这些应该都不会影响到本书在敦煌学学术史建设方面所做的贡献。

吾道不孤

评《索安〈西方道教研究史〉及两部中译本》

"*Chronicle of Taoist Studies in the West: 1950-1990*"（by Anna K. Seidel, *Cahiers d' Extreme- Asie*, vol.5, 1989/1990, pp. 223-309.）《西方道教研究史》（〔法〕安娜·塞德尔著，蒋见元、刘凌译，上海古籍出版社，2000 年 9 月）《西方道教研究编年史》，（〔法〕索安著，吕鹏志、陈平等译，中华书局，2002 年 11 月）

评价索安（Anna K. Seidel，1938—1991，还有索安士、石秀娜、石德勒等不同译名）在辞世前留给国际学界的这篇丰碑式大作（以下简称《研究史》），需要一定的勇气；评价在其逝世十年后才先后出版的这两种中译本（以下分别简称为"蒋译本"和"吕译本"），也并不是一件轻松的事情。这不仅因为无论是索安本人的学养和成就，还是西方道教学研究的得失和利弊，都非现今任何一位中国学者凭一己之力能够全面理解和掌握，因而要做出客观、准确的评价谈何容易。此外，尽管两种中译本都好心地删去了索安对其中国同行善意而尖锐的批评，但读过其原文的中国读者，大概都难免会感到一点尴尬。

关于索安的生平及其主要学术成就，此前已有很多介绍，在这两个中译本中也可找到，此不赘述。在两种中译本出版之前，管见所及国内对这篇《研究史》的译介，主要有3篇：（1）蒋见元《西方道教研究鸟瞰》，《道家文化研究》第4辑，上海古籍出版社，1994年，第353—380页；（2）皮庆生《道教研究在西方：读〈西方道教研究编年史(1950—1990)〉》，《书品》2000年第2期，第50—57页；（3）吕鹏志《走进西方道教研究的殿堂——石秀娜〈西方道教研究编年史（1950—1990）〉评介》，《宗教学研究》2001年第3期，第52—57页；吕译本的《译者前言》即是对此文的扩充。前两篇都按照原文的结构，依次介绍其主要内容，前者介绍最详细，错误也最多；后者介绍比较简洁，准确性相对要高；第三篇没有过多涉及具体内容，而是就此著在沟通中外道教研究方面的意义给予极高的赞誉。而在此前，吕译本初稿的全部译文已分十期陆续刊于《宗教学研究》1997年第4期至2000年第1期。这些评介显示了上述三位学者积极向国内学人推荐和译介像《研究史》这样真正经典之作的学术热忱和眼光，对此我们应首先表示感谢和敬意。不过，有必要首先更正并强调的是，他们对索安撰写此篇的目的，都存在着有意无意的误解，这也正是会使中国读者感到尴尬之处。

《西方道教研究编年史》，〔法〕索安著，吕鹏志、陈平等译，中华书局，2002年11月

虽然1981年索安最初动笔撰写这篇研究报告，是出于中国学者表达过想了解西方道教研究状况的意愿，但这篇大作最终却不再是“首先”写给中国学者看的。她在《序言》中说，早在1982年，她已经完成这篇《研究史》的中文和法文草稿——看来当时确已完成了初稿，否则没有必要准备两种文稿。索安本来希望使这项工作成为中西方道教学者“对话与合作的基础，而西方学者对此种对话与合作已经期待了四十年”。当然，她在草稿完成后又“放弃”这一计划的具体原因已经不重要，但此后她也一直没有再将此文稿（即便是中文稿）正式发表给中国学者看。这使得这项工作从初有动议，到现在两种中译本的出版，又已过去了20多年。不知现在的西方学者是否还像当初那样，热切地持有与中国道教学者“对话与合作”的期待？

索安谈到其1982年初稿中处理日文参考论著时说：“中国人无需一位西方人来告诉他们有关日本人的研究，这方面内容从一开始就被我排除了——因为中国学者可以将许多成为西方研究基础的重要的日文论著排除在外。”这是根据我自己的理解译出的，蒋译本和吕译本对此译法也各不相同，我相信他们是出于某种好心而稍微改动了索安原意。看似容易的日文论著对于相当多的中国道教学者来说，至今仍是可有可无的。如果说索安在这里只是暗示了一种无奈，那她在《研究史》最后的一席话（原文共有四段话，蒋译本只摘录了部分内容，吕译本则全部删掉，读者还是自己去看原文为好）就很明确地表达了她对当时中国道教学者研究工作的批评。与此相反，对于日本道教学者的成就，她却给予极高的评价。她说：如果不是篇幅有限，她会“列举大量成为西方研究论著基础的日本出版物。几乎道教的每个重要方面都要归功于日本人的研究。这些研究为我们（西方）的研究打下了基础，有时还不仅仅是基础”。对中国道教研究提出那样直白而尖锐的批评，居然没有引起当时中国学者的任何反响；对日本道教研究在文中不止一次地表达了这么明确且充分肯定之意，仍然立即引来日本学者对其原本并不很尖刻的批评做出强烈反应，真叫人不知道该钦佩中国学者的宽宏大量，还是该责怪日本学者的过度敏感。

总之，真正促成她 1988 年重新开始撰写此篇并最终发表的动机，已不再是为了替西方学界完成同中国学者“对话与合作”的多年夙愿，而是为了辅导在西方大学里学习道教的莘莘学子。这在吕译本《附录二》所载的戴路德（Durt Hubert）文中也早已明言：“它（《研究史》）首先是以欧美的初学者为读者对象，是为了起一种研究入门指导书的作用而撰写的著作。”（吕译本，第 268 页）在选择日本人和中国人研究成果时，索安特别说明：只“选择日本人用西文发表的论著和特别重要的中文和日文著作”，以及部分日文的书目索引类工具书。这也许是照顾到处在入门阶段的西方学生，还难以大量阅读中文和日文作品。所以，这篇《研究史》本是以欧美学习道教的学生为主要读者，以评介西文论著为主，兼及重要的中文和日文论著，并介绍有用的西文和日文工具书。我们不该期望这是一个可以总括了西方和日本道教研究大全的、十分完备的、现成的研究汇报（这样的工作必须由我们自己来做），也就不该奇怪为何索安实际提及的日文论著数量，与其对日本学者研究的评价那么地不协调。现在既然承认此篇具有很高的学术价值而译介它，就应该有足够勇气直面这部作品产生的历史背景，并保持其历史原貌。这其实并不比完成一份忠实于原著的译文更困难——而且，显然，做到这一点才是真正的“忠实于原著”。

其次，索安原作中有个别需要修正的地方。如，她当时将《庄子》作为道教最早的经典，是因为国外学者长期受到20世纪初中国“古史辨派”“疑古”思潮影响，认为《老子》成书时代较晚。现在我们对此不应再做如是观。如今中国学术界的主流似乎已经到了“走出疑古时代”，地下不断涌出的简帛佚籍，正在重新改写着先秦两汉学术史。郭店楚简《老子》的抄写时代在公元前300年左右，证明《老子》的成书还应更早，至少应该比庄子的生活时代和《庄子》的成书时代都要早。所以，《老子》晚出说应该被废弃了。又如，她在介绍敦煌道经时有两个微小的错误，其一是将藏经洞发现的时间说成是1905年，而通行的说法是1900年。蒋译本给予更正，吕译本则沿用了这个错误。其二是说有纪年的敦煌抄本年代最早一件是公元471年。实际上，目前可以确认为敦煌写经的最早纪年是406年。对此，两译本都未作更正。还有个别汉字显系排印错误，如“何丙郁”作“河丙郁”，“六朝唐宋古文献”误作“六朝唐末”，蒋译本对前者做了更正，而吕译本对两个错字都一仍其旧。不过这些都无伤大雅。

第三，值得注意的是索安对于区分“道家”和“道教”两词的看法。这一区分也成为导致围绕本篇所爆发的那场论战的导火线之一。直接看蒋译本和吕译本对这段话的翻译，会使人感到费解，如说“‘道家’，一般称‘道教的哲学’”；“‘道教’一词从未用于区分‘道教的哲学’与‘道教的宗教’，而只是用来区分道教传统与儒教和佛教”；“今天，‘道教的哲学’（道家）与‘老庄’一词的意义基本相同”等。如果我们允许译者在此完全按照字典将“Taoist”一词一概译为“道教的”，那就有必要先了解索安在这里一再使用的Taoist这个词的确切含义。

索安为避免混乱，在原文中很明确地将“道家”音译作“Tao-chia”，“道教”音译作“Tao-chiao”（蒋译本根本没注意“chia”与“chiao”的细微差别，把本该作“道家”的地方误作“道教”。）值得注意的是，她在给出“道教”音译的同时，还给出“teaching of the Tao”的意译，即“道”的教导或教义。这个意义上的“道教”应该比作为一种宗教的“道教”涵义要广。索安在《研究史》至少两处都指出，中、日、欧美道教学界通常都有人试图严格区分“道家（哲学）”和“道教（宗教）”，她对此表示反对，认为这种区分不符合历史的实际，应该将所谓“道家”与“道教”打通连贯起来，共同使用一个名词 Taoism（道教）。于是我们看到她在叙述道教研究史时，是从介绍老庄经典研究开始的。而贺碧来（Isabelle Robinet）*Taoism: Growth of A Religion.*（Trans. By Phyllis Brooks, Stanford University Press, 1997.）讲述道教的历史也是从公元前 4 世纪的战国开始的。很多西方学者理解的“道教”（Taoism），通常都包含老庄在内。

“道家”和“道教”之辨，最初是出于对“道教”一词界定的需要。“道家是哲学，道教是宗教”这一中性的分际，其实来自更早的一种带有价值判断的观念：道家是纯粹而高尚的哲理，道教是迷信而低俗的宗教。在 17—19 世纪，后一种认识不仅是留在西方传教士头脑中的深刻印象，而且是当时中国上层社会文化精英的共识，并传续到近代以来的中国学者的文化意识之中。从索安对日本与道教关系的概述，及事后的论战过程可看出，历史上部分日本学者一方面承认日本接受了中国道家思想的影响，一方面又否认有中国道教的传入，其原因恐怕与道教从 17 世纪开始就长期被视为低俗的迷信有关。有些日本学者正是因为将道教视为落后中国的象征物，而不承认日本曾经受过道教影响。日本历史上是否接受过道教，是另一个复杂的问题，暂置不论。但显然，这种因对道教的偏见而做出的“道家”与“道教”之分，意在对两者做一严格的分割，强调的是二者的彼此独立性和相互对立性。

偏见总会被消除，但问题的复杂性还来自中国古人使用这两个词时的不确定性。所谓“道家”一词，司马谈本是用以指称汉初的黄老学，刘向、班固以降则逐渐将“道家”指定为先秦老庄一系，后人更将历代以老庄思想为基础再做铺衍的思想学派概称为“道家”。但近年来中外学者都逐渐发现，先秦两汉时期的“道家”，不仅有纯粹的哲学思考，更与数术、方技之学的背景密切相关，其哲理很早就开始指导实践，或附着具体的实用技术，且这些实践活动，又与后世道教的技术有承续关系。因此，将“道家”单单视作先秦两汉一个哲学派别的观点与事实不符。进而在六朝，“道家”一词又被用来确指我们今天理解的“道教”。所谓“道教”一词，最初也并不是指今天学者们所说的这种宗教形态，而是指代表了最高真理“道”的圣人的教化。正是从这个角度来说，儒教和佛教也都曾被中国古人称作“道教”。在现代学术概念确立之前，中国从未将“道教”一词用来区分“道家”这种哲学思想和“道教”这种宗教形态。

其实，像这样从中国古籍中追寻“道家”和“道教”概念演变史的工作，酒井忠夫和福井文雅氏确实很早就做过，他们也早就对“道家是哲学，道教是宗教”这种省略和通俗说法予以明确的否定。不过他们所反对的是那种在二者之间一刀切式的严格分隔，认为只是由于“道”这个概念的特殊性，才使得人们找不到很恰当的词来为二者做出清晰的界定，所以现在“道家”与“道教”的区分只是一种约定俗成，使用时要注意这种区分的局限性。尤其是福井氏有关的论述，从 1970 年代以来，已是多次重复强调，但仍不过时（较容易见到的版本是朱越利等译《道教》第一卷中的《什么是道教》一文。）这在日本道教学界也已得到普遍的认同，并值得中国学者给予充分重视（这种观点似乎最近才启发了某些中国学者，开始力证先秦两汉的“道家”与我们惯称的“道教”其实是一回事）。但确如索安说的，很多现代中、日、欧美学者在明晰“道家”与“道教”两词在历史上的概念演变后，仍然会使用“道家”和“道教”的区分。这是为什么？

如上所述，古往今来，将“道家”与“道教”分开使用共有三种情况。其一是中国古人因为对“道家”和“道教”的概念并不明确和固定，所以对这两个词的使用也没有一定之规。其二是近世以来中外知识阶层对逐渐没落的道教产生的偏见，在“道家”和“道教”之间人为地做出一种优劣、高下的价值判断。其三，许多现代学者仍会在不同程度上强调二者的区别。但他们既非因为概念不清，也不是因抱有偏见，只是因为他们感到现在似乎还需要这种权宜的区分。中国古人使用“道家”和“道教”两词时，无论是“道”字还是“教”字，都有与现代学术概念很不相同的意义。如小林正美氏早就指出，六朝时儒释道三教的“教”字，从本质上看，还是圣人之教导或教化，并不是我们今天理解的具备组织、经典、仪式等要素的宗教之意（《三教交涉における「教」の觀念》，1977年初刊，收入《六朝道教史研究》，此据四川人民出版社，2001年中译本，第486—514页）。甚至直到梁启超，他最初对“宗教”的认识，也还是把“教”理解为“教学”“文明”“思想”，乃至“意识形态”，后来才有西方宗教意义上的理解（Marianne Bastid- Bruguiere著，张广达译：《梁启超与宗教问题》，《东方学报》第70册，1998年，第329—373页）。日本思想界在20世纪初也强调东方的“宗教”概念与西方不同——东方的“宗教”不一定意味着礼拜的仪式，甚至连“神”的概念也不包括。凡能够超越世俗的信念，即可理解为“宗教”（福永光司《冈仓天心与道教》，《日本学者论中国哲学史》，北京：中华书局，1986年，第496—513页）。至于“道”字，涵义更是多达几十种，而其中构成老庄哲学理论基础核心的“道”，既是宇宙的根源，又是宇宙的终极真理。老庄道家基本上没有赋予“道”以最高神格的地位，也就谈不上会对“道”有宗教信徒崇拜本教主神般的顶礼膜拜（《庄子》晚出篇章中的“道”稍显此意）。是否崇拜人格化和神学化的“道”，应该是“道教”与“道家”的一个重要区别。例如，在“道家”那里，是老子提出“道”这个抽象的哲学概念；而在“道教”那里，老子变成道教主神之一，甚至就是“道”的化身，更极端的说法会认为老子比“道”更具本源性。“道教”的“道”显然与老庄时代“道”的宗旨大异其趣。就“道”的神化程度而言，“道家”与“道教”的区分，按照现代学术概念来看，确实有些“哲学”与“宗教”区分的意味。当然这并不意味着两者之间是彼此独立，截然对立，平行发展的。恰恰相反，“道家”的哲学理论发展到一定程度时，才成为“道教”神学的理论资源之一。

即如索安的“teaching of the Tao”，此“Tao”的含义究竟是《老子》中的那个不可言说的“常道”，还是六朝道经里化生宇宙和道教诸神的人格化“大道”？而“teaching”是该理解为中国传统的圣人教导、教化，还是对具有共同崇拜对象和仪式、教义的宗教团体所施的教化？索安把“老庄精神”单作一章，其后又承认“有组织的道教史从汉末开始”，显然也是意识到老庄的“道教”与汉末开始的“道教”有一些区别。这也是长久以来人们区分“道家”与“道教”的首要标志，即看是否形成明确的宗教组织。以往认为“道”的神格化和人格化，是随着汉末道教组织的形成而进行的，现在对此问题则需要重新加以考虑。与其笼统使用“道教”一词而容易使人将这种区别误解为“道教的哲学”与“道教的宗教”，不如更准确地说这是“哲学学术之道”和“宗教神学之道”的区别。只要预先明确各自所使用概念的内涵，似乎不一定要否定“道家”和“道教”这两词的权宜性区分。

索安大作中当然还有许多精义值得我们品味和汲纳，但现在必须转向对两种中译本的评价了。

翻译一部本身严谨而优秀的学术著作，译文的准确性、专业性和规范性是最基本的要求。遗憾的是，蒋译本对这三点无一能够达到，我宁愿相信这是译者力不从心所致。首先为人诟病的是其对人名和专有名词术语翻译的不准确和随意性，对此，皮庆生有《勿将译事当儿戏》(《中华读书报》2001 年 3 月 7 日，我根据的是该报网络版）予以批评，此不赘述。但问题还远不止此——如果将蒋译本与索安原文和吕译本对照着读，就会发现蒋译本的误译和疏漏之多，简直令人难以置信。绝不仅仅是文意表达不畅，很多地方完全是误解甚至歪曲了索安的原意，几乎要到了错漏盈篇、无页无错的地步。这些错漏也不仅是因为译者在语言方面对原文的诸多误解、在道教专业知识方面的极度贫乏和没有遵守学术规范的自觉——即便再有比这更多更大的问题，如果不是因为译者的“儿戏”心态，是无论如何不会把这样的一个译本拿来出版的。如在译文一开始，就将原意为巴瑞特（Barrett）概述马伯乐以来的道教研究，误作“马伯乐、巴瑞特已勾勒了”云云。将“天上和地下阴间的官僚机构”，译作“神圣的、来自下层社会的官僚机构”。将“彼岸世界”直译作“其他世界”。将神化的圣人老子向张陵显圣，译作“天师张道陵以神化的圣人老子自居”。将顾恺之以张道陵考验弟子赵升为主题而画云台山图，译作“张道陵曾以这幅画的主题是什么来考问学生赵升”。将唐初高道梵译《道德经》时向玄奘的解释，译成向“玄宗”解释。凡此种种，不胜枚举。还有多处将 HY 哈佛—燕京学社的《道藏子目引得》序号，误作 TH 敦煌写经的编号。索安原文都用括注提示参考文献，而蒋译本在第 7 页以前既用括注又用脚注，自第 8 页起，又都一律改为括注。虽然译文出自两人合作，但如此明显的体例不协调，不仅是译者，就连责编也听之任之，实在不该。取蒋译本与其 1994 年文章比较，译文的质量几乎没有明显的提高。

最令人失望的是对书后所附参考文献的处理。蒋译本“中译”得很是彻底，除了参考文献中出现学者名字的原文外，全书几乎再难见到原文。参考论著的题目和出处，一概不附原文，再加上生硬、晦涩的翻译，使得蒋译本书后所附参考文献，对于读者来说简直是毫无用处。由此也就不必深究在其中莫名其妙地至少删去了 5 位学者的名字和他们的著作，以及毫无道理地将 13 位学者的近 20 种论著隐没不宣。虽然其艰涩的译文可以激发具备相关背景知识的读者触类旁通似地浮想联翩，其不规范的译名也会令人在阅读时不断体验到猜中谜底般地莫名兴奋，但阅读这样的译文对大多数读者而言不会有多大帮助，反倒像是在考验道教研究者所应具备的专业知识功底和阅读原始文献的极度耐心。蒋译本就像一个非道教专业的翻译新手所作的初译稿——至多是个半成品，无论如何也不该就这样正式出版。不明确地向读者宣告这是一个非常失败的译本，就不足以维护索安原作的严肃性。当然，蒋译本确实在一些局部词句的翻译处理上略优于吕译本。而且，蒋译本还可以作为一个例证——它至少可以使我们部分地理解为何索安当年会对中国道教研究采取那样激烈的批评态度。以蒋译本这样的翻译水平，不读原文的中国学者恐怕真的不会知道索安在其原文中都说了些什么。

所幸的是，我们还有吕译本。即便不用蒋译本作对照，吕译本译文的准确性、规范性和专业水平也足可称道。这是因为译者很难得地兼具外语能力和道教专业知识，且明悉国际学术的规范，又借着留学法国之机，实地参见了大量《研究史》中所涉及的西文文献。当然吕译本仍难免会有稍许不当，甚或错误之处。如原题的“Chronicle”似不应直译为“编年史”（虽然日文《东方宗教》对此篇也译作《编年史》），它也有“纪录”之意。我觉得书题还是以蒋译本的《研究史》为佳。还有将“Iconography”译作“肖像”，不如译作“图像”更接近现在学界的通行说法。又如说到道家在汉武帝时输给儒家和法家时，译文作“从此以后，中国历史上的科举取仕几乎毫无例外地只涉及儒家经书和诗歌”。这里的“科举取仕”就不如蒋译本“通向士宦之道”来得贴切。吕译本的参考文献中，也有部分篇章的汉译不准确，如将鲍则岳 1982 年文题译作“《以马王堆帛书为据的想尔老子的宗教和哲学意义》”，应为《从马王堆帛书看〈老子想尔注〉的宗教和哲学意义》。没有注意韩禄伯 1989 年书题是依马王堆帛书《老子》的篇目次序特意作“《德道经》”，而误将其改回《道德经》。将坎德尔 1979 年书题译作“《有关公共福利的经典之起源与传授》”，实即《关于〈太平经〉的起源与传授》。文中误译或表述不准确的地方也还有一些，但基本还在读者可以谅解和接受的范围之内。不过，对原文敏感内容的删除，显得比蒋译本更具魄力，至少有 3 处原文都被整段整段地删掉。其实，应该有更好办法处理这些逆耳忠言。此外，在外国学者的汉名方面，吕译本已经尽了最大的努力，这也是讲究学术规范的一种体现，值得鼓励，但无法强求。对于书中提及的外国学者的汉名，我于此只能稍作补充：如 Richard Mather 汉名为“马瑞志”，Lothar Falkenhausen 汉名为“罗泰”。吕译本的两个《附录》都非常有必要，不过《附录一》所选的 *Taoist Resources* 3.2(1992) 上的索安论著目录，却明显不如译者同时提到的 *Cahier d'Extreme- Asie* 8,(1995) 上提供的目录完整。《附录二》不仅可以使读者明白，围绕索安这篇遗作所展开的笔战中，有多少来自学术之外的因素；同时也表明，不同语言文化间学术沟通方面的困难，在西方和日本学者那里同样是存在的。

至此，吕译本完全可以被视为一本合格的译作。我们可以明显感到译者不仅已经具备相对充分，甚至是相对优越的客观条件，而且更难得的是译者有追求学术高标准和高规格的自觉（同译者还为国内学界贡献了《法国道教研究文献目录（1831—2002）》，《法国汉学》第七辑，北京：中华书局，2002 年，第 448—519 页）。但一部合格的中译本可以晚出 10 年，我们所需要了解的西方道教研究状况却不应只停留在索安《研究史》本身和 1990 年。对这一已经超出译作本身的后续工作要求，当然也不应再包含在对吕译本的评价之内。但作为一篇有时效性的研究综述的译本，特别是面对如此适合的译者，读者很自然会要求更多一些。

本来，索安对自己的这篇《研究史》采取的是足够开放的态度，事先预留了日后进行修正与完善的空间。她在《序》中表示：鼓励读者的批评并提供拾遗补阙的材料。她甚至考虑到在随后几期 *Cahier d'Extreme- Asie* 中就要对此篇做出补正和更新，只可惜她没有来得及这样做。而在最近的 10 年中，西方道教学界的发展也颇为迅速，值得我们给予持续地关注。索安辞世后至今，还有几种可供我们了解西方道教研究进展的作品值得注意。

（1）施舟人（Kristofer Schipper），"The History of

Taoist Studies in Europe”， *Europe Studies China: Papers from an International Conference on the History of European Sinology,* ed. by Ming Wilson and John Cayley, London: Han-Shan Tang Books, 1995，pp.467-491. 这是 1992 年在台北举办的一次汉学会议的论文。

（2）欧大年（Daniel L. Overmyer）等人的“Chinese Religions——The State of the Field” Part Ⅰ，Ⅱ，*The Journal of Asian Studies*,54, 1995,no.1, 124-160；no.2,314-395。其 Part Ⅱ有傅飞岚（Franciscus Verellen）执笔的关于道教思想与实践、道教历史和道教史料这三个方面研究的概述，所附参考文献截止 1994 年。

（3）现已过世的 Julian F. Pas 于 1997 年出版其 *A Select Bibliography on Taoism*（Saskatoon China Pavilion,1997）的第二次增订版，所收论著截止在 1995 年，间或有 1996 年的著作。但这只是一个文献目录，没有做评介。

（4）Livia Kohn, ed., *Daoism Handbook*，Leiden: E. J. Brill, 2000。这是一部 914 页的鸿篇巨制，分 28 章几乎涵盖了道教的各个方面，而每章后面都附有长长的相关参考文献。从中可找到近几年西方道教研究的最新进展。

值得期待的还有即将出版的 Fabrizio Pregadio ed., *Encyclopaedia of Taoism*（London: Curzon Press)，和由施舟人领衔的、吊足读者胃口的 *Handbook of the Daoist Canon* (Chicago: University of Chicago Press) 等。

此外，当年曾经受过索安教益的一批学者和学生，已经成为当前西方道教学界的主要力量。他们近年来进行的研究，有相当多的题目似乎就是专为填补索安《研究史》中所指出的薄弱环节或真空领域。索安在《研究史》中明确涉及的一些具体题目，现在基本上都有人做了。如柏夷（Stephen R. Bokenkamp），*Early Daoist Scriptures*（University of California Press,1997）是对一批早期道典的精心译注；Robert Ford Campany，*To Live as Long as Heaven and Earth: Ge Hong's Traditions of Divine Transcendents. (University of California Press,2002)* 是响应索安对《神仙传》重新做学术性注释的号召；Livia Kohn，*Laughing at the Tao: Debates among Buddhists and Taoists in Medieval China.*(Princeton University Press,1995) 则可看作是对索安提倡对《笑道论》《辩正论》等佛道论衡著作做出译注的回应；至于道教图像学与艺术领域，更有 Stephen Little ed.，*Taoism and the Arts of China*（The Art Institute of Chicago,2000）引人瞩目。还有诸如敦煌道经、陕西的北朝道教造像、道教的山岳巡礼等专题，也有越来越多的西方学者开始乐在其中，还不包括一直层出不穷的日文论著。

当然，最需要与以上内容相匹配的，也许还是中国道教学研究在最近 10 年来的快速发展。对此，吕译本《译者前言》略有涉及，但还不足以改变《研究史》留给读者关于中国道教研究的初步印象。读者可以参考陈敏的《20世纪中国道教学研究》（载《中国宗教研究年鉴·1997—1998年》，北京：宗教文化出版社，2000年，第262—315页）和朱越利、陈敏著《道教学》（北京：当代世界出版社，2000年，第316—368页）。还有吕鹏志《20世纪中国道教哲学研究》（《中国宗教研究年鉴·1997—1998年》，第316—344页）和同氏的《本世纪道教哲学研究的进展》（《四川大学学报》2000年第6期，第35—47页）等一批综述中国道教研究成果的文章。

假如索安的《研究史》晚出10年，她一定不会错过近年来中国道教学者大批或许未必完全符合西方学者的口味，但却越来越显示出不可替代性的重要研究成果。其实，中国学者对自己的道教学术研究一贯持有很强的自信，这在现今似乎表现得尤为明显。但不应忘记，索安在10年前对这一领域并无恶意的有意简化，无异于将当时中国道教研究放置在西方与日本道教学术对话之外的尴尬境地。这种情况目前也难说有明显地改变。例如，从1995年起，美日两国的中青年道教学者之间定期举行双边的道教研究会议，仍然没有中国学者参加。这说明国内和国际道教学界之间仍然存在着无形的分际。我们宁愿将其归结为是双方对学术研究采取的评价标准和研究旨趣不尽相同。尽管西方学术的那套规范和标准未必是唯一正确的、适合的，但它成为国际学术通行的游戏规则已是不争的事实。中国道教研究要想真正纳入国际学术发展之中——谁会认为这是大可不必的呢？——则了解国际学术的规则和规范，以及虚心地做到知己知彼是必要的前提。其实这并非盲从某种潮流，学习别人长处是为了更好地提升我们自己的道教研究质量。仅从索安这部 10 年前旧作就可知道，有多少国外重要的优秀成果和极富启发性的学术观点，是我们有太多必要去加以了解和体会的！国内的道教后学们，只要认真研读过本书，就不会怀疑自己是否应该进一步去找寻相关的西方和日本研究论著。

最后，西方学界曾有编辑出版索安论文集的计划，但至今没有进一步的消息。现下管见所知国内对其大作的几篇译文就已近 20 万字篇幅，若将已发表的译文精心修订，再由国内年轻学者分工合作，更多选择索安重要的论著进行汉译，则编出一部可以反映其杰出学术成就的中文版论文集，并非难事。这将不单单是对索安最好的纪念——她当然并非唯一应该以这种形式加以纪念的西方学者——对其成果进行系统地译介，应该是更为系统化和规模化译介西方一流道教学者作品计划的第一步。假如对索安作品的译介与研读，能够成为越来越多的未来中国道教学者自觉、主动地与国际学术接轨、沟通的良好开端与基石，则中国道教学研究在国际学术界必将获得更多和更具实质意义的尊重和认可。类似的发展态势，我们已经有过 1980 年代以降的中国敦煌学发展作为先例了。

评《道教研究论集》

“精明的读者肯定会注意到，写作书评通常是‘鸣’的一种形式，并伴随着不同程度的当众炫耀”。这是柏夷（Stephen R. Bokenkamp）先生（以下省略敬称）在对高德耀（Robert Joe Cutter）关于中国斗鸡研究的书评结尾的一句话（第 249 页注 1）。我之所以写这篇书评，却没有一丁点“当众炫耀”的成分。因为柏夷对于中国道教研究是如此的重要，不仅是美国近二十年来研究中国道教的标志性人物，也是与中国道教学界来往最密切的外国学者之一，但他的论著却还是第一次被集中译介给中国读者。任何想要通过对他大著的品头论足来炫耀自己的企图，无疑都是班门弄斧。也正因为柏夷是如此的重要，所以在他的第一部中译本著作出版之际，中国学术界理应及时地有所反响。这样做，与其说是品评，不如说是致敬。十几年来，我一直是硬着头皮去啃读柏夷的英文原著，无数次受他笔尖流露出的奇思妙想所启发或激发，对他收入本集的多篇论文也多有拜读。这次通过多位译者和校者的辛勤努力，能够完整而顺畅地重新拜读柏夷的这些重要论文，所感所想，也必定与多年来时断时续地阅读领会大有不同。因此，写作本文的初衷，仍然是向本书作者和读者汇报学习柏夷道教研究的点滴心得。

柏夷《道教研究论集》，由柏夷自选了其在 1986—2011 年之间正式发表的论文 14 篇，作者对这些论文的重新编排，自有他的原则和标准。在我看来，这 14 篇论文主要包含四方面的内容：一是以六朝古灵宝经为中心的研究，有 7 篇之多；二是道教对唐代历史和文化的影响，3 篇；三是对道教某些方面概观性的认识与总结，2 篇；四是有关文学和诗学的研究，2 篇。下面就按照这四方面的内容向作者和读者汇报我的研读体会。

关于灵宝经的研究，虽然没有被作者选入本集，但我认为柏夷 1983 年的“Sources of the *Ling-pao Scriptures*”（已有吴思远的中译文，载《弘道》2013 年第 1 期，第 1—35 页）至今仍然具经典意义。30 年前的文章以现在的眼光来看，或许有需要修订之处，但那篇依然是关于灵宝经研究，谁也绕不开的基础性成果。其中发现和讨论到的问题，至今仍有价值。柏夷在本书中的 7 篇有关灵宝经的论文，至少有 5 篇都关涉到同一个主题：如何准确描述并恰当评价灵宝经与佛教的关系？六朝时代的古灵宝经中有明显来自佛教的名词、术语和概念、教义，早年研究灵宝

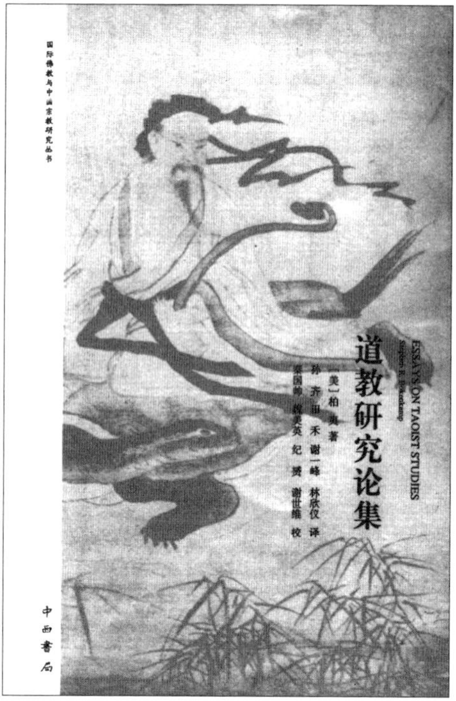

《道教研究论集》，柏夷著，孙齐、田禾、谢一峰、林欣仪译，秦国帅、魏美英、纪赟、谢世维校，上海：中西书局，2015年7月

经的学者，往往把这种现象看作是“佛教影响灵宝经”，或是把灵宝经看作是一种“佛道混合体”。这其中不自觉地隐含了这样一种观念：佛教与灵宝经派是两个独立的宗教实体，为了竞争，理论贫乏的灵宝经就窃取佛教的部分教义来充实自己的经教。但这样的看法除了加深我们对道教的负面印象之外，还能带来什么有价值的认识？柏夷对此给出了一系列令人眼前一亮的回答。

《蚕与菩提树：灵宝派取代佛教的尝试以及我们定位灵宝道教的尝试》（2004 年初刊），柏夷在此文中首先反思了西方道教研究的方法论范式问题，即认为道教起源于对老子《道德经》思想的崇奉，《道德经》是纯正的，道教原本也是纯洁而高贵的；后来道教吸收杂糅了包括佛教在内的多种思想和信仰来源，在“借用”和“影响”之中，逐渐被“玷污”了，所以才变成了驱神捉鬼、画符念咒之类等而下之术的混合体。使用“纯正”和“玷污”这两个词，实际上隐含了一种宗教中人才应该关切的价值判断。但不幸的是，很多学者也受此感染。柏夷在此不仅提出了一个对于认识中国道教而言带有根本性的反思，而且继续带着这种反思意识来重新考察灵宝经与佛教的关系问题：如果道家是“纯正”的，道教就是“玷污”的吗？道教是因为像灵宝经这样大肆“混合”与“折中”，才导致了“玷污”吗？相对道教而言，佛教就是“纯正”的吗？为什么带有融合性质的道教总是被贴上“玷污”或“堕落”的标签？他在此提出了对灵宝经的两个基本看法，值得重视：一是“灵宝经的创作，是期望用更高或更恒久的真理，来取代此前所有的精神知识”。（第 11 页）亦即说，佛教也是灵宝经欲图超越的对象。二是“我们不如更准确地（以及更富有成果地）把灵宝道教视为中国改造佛教的多种形式之一”。（第 15 页）这将使我们更多地关注到灵宝经在佛教本土化过程中所起到的推波助澜之功。通过柏夷的阐发，灵宝经或许不再只是个别低俗道士抄袭、剽窃佛经的结果，而是中国本土信仰试图融合佛教来形成一种以本土立场为主体的新的信仰体系。当然，灵宝经作者们这样努力的结果，可能在客观上的确有益于佛教在中国的传播；但其主观上的目标，显然并未能够全然达到。无论如何，柏夷提示的这两点，都是以往灵宝经研究中尚未被充分重视的新角度，相对于以往只关注到灵宝经对佛教的处处模仿而言，无疑是一种认识上的提升，或许能够对今后灵宝经的研究起到方向性指引的作用。而文中关于灵宝经“愿”的研究，也足以启发一个有意义的新话题。

柏夷在此篇中对灵宝经还有一个基本的观点，即“元始旧经”和“仙公新经”这两部分灵宝经，虽然描述的神话时间背景明显不同，但却都是要降示给葛玄，并经由葛玄之手传下来的（第 12 页）。柏夷并没有给出具体的证据来支持他的论点，我对此问题有不同的理解，在此不拟展开论述。我觉得柏夷提醒我们：在陆修静眼里这两组灵宝经是不可分割的一个整体，这是不错的；但不应过分强调陆修静而削弱对葛巢甫的关注。即便在现有条件下，对葛巢甫造作灵宝经问题，也还是可以有不同于柏夷在文中所批评的那种模式的理解。葛玄有没有领受“元始旧经”，虽然只是灵宝经中的一个神话问题，但却是关系到如何看待灵宝经形成历程的一个关键环节。

《佛教须达拏太子本生故事与其道教版本》（2006 年初刊），此文是有关灵宝经汲取佛教因素的一个颇具典型意义的例证。须达拏太子以极端的方式积累布施之功德，是佛经中常见的佛本生故事之一。早有学者注意到灵宝经《智慧定志通微经》中的元始天尊的前身乐静信及左玄真人、右玄真人的故事，可以看成是须达拏故事的道教版本；也试图从佛经中寻找道教版本的源头，但最终发现只能从佛经中看到这一道教版本若有若无的蛛丝马迹，却无法找到可以直接对应的文本和字句。灵宝经的作者通常不是直接根据某部佛经的文本来改编成灵宝道教的版本，当然也有例外，如柏夷在其 1983 年文中发现的《五称符上经》的十方真人名号直接挪用改写自支谦译《菩萨本业经》的例子。但更多情况是，明明知道灵宝经的某些内容一定是来自佛教的影响，却往往在佛经中找不到直接对应的文本。对此现象，许理和（Erik Zürcher）在其 1980 年的名篇（“Buddhist Influence on Early Taoism”）中早已指出：这表明灵宝经作者对于佛教的了解，并不是来自某种固定的汉译佛经文本，而很可能是来自简单的、被过滤的、世俗佛教的一般性知识。在指出“佛教影响”确实存在，也尽可能地追踪到道教版本在佛经中可能的源头之外，柏夷在此篇中对这种佛道比较研究又有一个重要推进，即揭示出佛道两个版本的须达拏故事的差异性何在，以及这种差异产生的原因。柏夷将此道教版本与现知的三种汉译佛经文本进行了结构性的对比，这项工作凸显了他在研究佛道交融方面的独特优势——当年的印第安纳大学会聚了柏夷、康儒博（Robert F. Campany）、马克瑞（John MacRae）和那体慧（Jan Nattier）等东亚宗教研究的优秀学者，并能做到在学术上互通有无。柏夷不仅比较出佛道之间的不同，还比较出三种不同的汉译佛经文本之间的细微区别。简言之，道教版本比佛教版本更加注重“家庭协商”和所谓的“情感校准”（那体慧语，29 页）。佛教版本中，须达拏的布施行为在绝大多数情况下，只是服务于他个人修行的需要，他可以把妻子儿女也布施出去。这与中国本土强调家庭观念的传统显然格格不入，所以三个不同的佛经汉译本都要考虑到中国人的接受程度，不断做出些许改订和润色。而在道教版本中，左玄真人法解在将妻儿布施给人方面，丝毫不逊色于须达拏。不同之处在于，法解的布施行为，得到了全体家庭成员（甚至包括被他布施出去的幼子）的谅解和协助。灵宝经似乎认为：所有家庭成员都应该在家庭共同的福田功德上有所贡献，这样才能使家庭中的每个人都得享福业。这也可以理解为灵宝经在汲取佛教福田观念的同时，又保留了重视家庭与血缘关系的本土文化特色。不言而喻，灵宝经比汉译佛经更要考虑到经本受众的接受程度。由此也就不难理解为何我们在佛经中找不到道教版本的直接文字证据，法解的故事当然不会是照着现成的某种佛经文本来改编的。前述许理和关于灵宝经佛教知识来源的论断至今仍是不刊之论，而柏夷则进一步揭示出灵宝经作者对佛教文化采取的有意为之的本土化改编策略。这或许是此一研究的典型意义所在。

不过，《智慧定志通微经》所反映的这样的观念，并不是六朝道教的统一认识。灵宝经在面对佛教理论对家庭和血亲关系的冲击时，似乎曾有过反复。除了柏夷在文中举出的陆修静不顾女儿病危拂袖而去的极端例子外（第39页），属于“新经”的《智慧本愿大戒上品经》说：“夫为父母、兄弟、姊妹、夫妻、君臣、师保、朋友，皆前世（敦煌本作“先身”）所念，愿为因缘，展转相生也，莫不有对者哉。”（《道藏》6册，文物出版社、上海书店、天津古籍出版社，1988年影印本，页156b。）按照这种轮回观和因缘论，家庭成员之间的关系不是由历代家族延续的血缘关系决定的，个人的因缘愿念决定了其在每次轮回中的地位和角色。这或许可以为须达拏（法解）和陆修静的极端行为提供说辞，但事实上须达拏（法解）和陆修静的故事中都没有援引这套理论。无论如何，“新经”对中国传统的家庭血亲关系有如此骇人视听的理解，而属于“旧经”的《智慧定志通微经》却又重归重视家庭和血亲的传统，其间的变化值得玩味。

《早期灵宝经与道教寺院主义的起源》（2011年初刊），柏夷在此篇想探讨的是：道教的寺院主义，即建立专门的道教宫观来供道士出家修道的模式，多大程度上是模仿佛教寺庙出家制度而来的？在灵宝经几乎满篇皆见佛教因素的背景下，人们自然会认为道教的宫观建设是受佛教寺院制度影响才产生的。但当柏夷从身份的获取、外在标志、修道场所和职责等方面，对早期灵宝经中的“灵宝法师”进行一番讨论后却发现：灵宝法师“借取于中国传统较之于佛教似乎至少一样多”。（第68页）在道教的授度仪中，只有“保师”的角色可能受到佛教制度的启发，此外的授度仪主要体现了道教对本土传统的继承。在4、5世纪的早期灵宝经中，看不到有意识地建立专门给道士出家修道用的道教寺院之设想；而到6世纪的《太上洞玄灵宝业报因缘经》，明确出现了“置观度人”的观念；再到唐初出现了《三洞奉道科诫仪范》那样详细规划道观内部建筑的作品。此外，柏夷还提到了灵宝经欲图对天师道的超越，甚至提出灵宝经有意使天师道信徒“改宗”的问题，都值得进一步探讨。

柏夷在此篇中所利用的主要材料，是陆修静的《太上洞玄灵宝授度仪》，他认为这是陆氏在450—460年代的作品。柏夷提出了需要辨别《授度仪》中哪些是对既有经典的引述，哪些是陆氏自己创作的段落，为此列出三个标准，这是很见文献功底的一种尝试（第 44 页）。但是，这样做的前提必须是确认整篇《授度仪》都是出自陆修静一个人的手笔，而施舟人（Kristofer Schipper）注意到《授度仪》中出现了“某府县乡里”的字句（*The Taoist Canon*, p. 257），所以认为今本《授度仪》已经过唐宋时代道士的改编。我曾论证《授度仪》应该是陆氏在 437 年的作品（《论古灵宝经“出者三分”说》,《国学的传承与创新》,上海古籍出版社，2013 年，第 1252—1256 页），柏夷此篇中至少有两处无意间提出了对我不利的反证。一是他辨识出《授度仪》中的“宝珠之口”的典故，是来自《度人经》；而我认为《度人经》不会早在 437 年《灵宝经目序》之前就作出。二是他列举了《授度仪》中的《师告丹水文》，法师在向弟子授予灵宝经时，已经把元始天尊在历劫之前开创的灵宝经，与葛仙公在赤乌年间领受的灵宝经等同起来；而我认为即便在灵宝经的神话中，葛仙公也没有领受过元始天尊所传的灵宝经。这两个例子都是来自被柏夷认定为陆修静自己创作的段落，但施舟人疑为后人添笔的“府县乡里”那段话，恰恰是紧随在《师告丹水文》之后的弟子说辞。如果弟子说的话有可能被后人添笔，则前面与之相配套的法师话是否还保持六朝原初之貌，也就变得可疑了。我仍寄望于将来能有更多的证据把这两例看作是后人对《授度仪》润色时才加进去的。

此外，柏夷说他在早期灵宝经中，只找到一例道观的“观”字用例，即《太上玄一真人说三涂五苦劝戒经》中的“精舍、灵观”，而在可以对应的敦煌本中，却不是“观”字。所以他认为“对于同时期人间修行实践来说，早期灵宝经中从未用如馆、观、宫、殿、楼、台等词来描述仪式空间”。（第57页）我要补充的是：《太上洞玄灵宝智慧上品大戒经》的敦煌本P.2461，在“智慧功德报应上品戒”中有云：“施散财宝，营造观宇，一钱以上，皆二万四千倍报，功多报多，世世贤明，翫好不绝，七祖皆得入无患之国。”这显然是号召信道者布施财物来营建道观。这段话在《道藏》本中是没有的。通常在这种情况下，还是应以六朝隋唐时的写本敦煌本为准。按我的看法，《智慧上品大戒经》就是在471年还被认为是“未出一卷”，大概到宋文明之前才被造出（《古灵宝经“未出一卷”考论》，《中华文史论丛》2010年第4期，第81—103页）。亦即说，它应该是470—550年代之间的作品，是相对晚出的一部古灵宝经。所以，柏夷说早期灵宝经没有营建道观的意识，还是可以成立的。

《成仙之阶：道经中“地”的概念》（1990年初刊），“地”是对梵文bh ū mi的意译，指的是菩萨在成佛过程中必定要经历的不同阶位，通常称“十地”或“十住”，在中国佛教中有多至42或52个不同的阶位。此概念在佛经系统中就极其复杂，而柏夷在此篇中显示了他对相关佛教知识驾轻就熟的能力。他以佛教关于“十地”概念的不同时代经本为参照，分别讨论了4—5世纪的灵宝经对《菩萨本业经》的袭用，6世纪的《本相经》对《华严经》的袭用，以及7世纪的《海空智藏经》对《菩萨璎珞本业经》袭用的情况。《本相经》和《海空智藏经》都可以找到直接与佛经对应的道教版“十地”概念，且在佛教的批判下，道教还做出了不同程度的修改，这方面证据确凿，无需多言。

现存最早介绍“十地”概念的汉译佛经，是支谦译《菩萨本业经》。早在1983年的文章中，柏夷就注意到《五称符上经》对这部支谦译经的部分直接取用。因此，他认为出现在灵宝经中的“十转弟子”、“仙王”等语，就是受到支谦译经中“十地”和“法王”概念的影响。柏夷在此的论述自有他的道理，但我却略感迟疑。在接触佛教之前，本土的仙道传统已有把仙人分成三六九等的观念，这种预先固定化和等级化的设计，是否足以为接受佛教的“十地”观念大开方便之门？佛教的修行以成佛为最终目的，“十地”的不同阶位都指向成佛这一终极目标。而道教的成仙之路却很难有一个类似的终极目标。比如，道教的元始天尊和太上大道君这样的神格地位，不是任何一个低等级的仙人想努力修行就能达到并取代的。一般而言，成仙不死就是求仙的终极目的，但能位居哪一级的仙阶，基本上要由成仙之前的修行状况所决定。举例说，至诚至真之士，因缘具足时可一日飞升为天仙；因各种因缘不足而不能成为天仙的，就成了地仙。灵宝经如果有“十地”的概念，应该是解决类似如何从地仙转变成天仙的。但事实上，成了地仙后再想变成天仙，道经中似乎没有这方面的经验介绍。柏夷举例葛仙公在成仙之前最近的九次转生之例（第 83—84 页），认为每次转生都比前一次有更好的功业和物质福佑，这就说明葛玄经历了“十转”而最终成仙。但在《本行因缘经》中，葛玄说自己曾经历了无数次的转生，经中具体列举出其中的十六、七次转生。似乎《本行因缘经》的作者也没有着意强调相对晚近的这九次转生对葛玄成仙具有什么特别的意义。况且，葛玄成仙后，位居太极左仙公，这是一个地位并不高的仙界职称，他也就到了漫漫成仙路途的尽头，没有机会再通过进一步的修行再变成更高位阶的仙人了。我不是想否认灵宝经中受到了佛教“十地”观念影响的可能性，而是想说葛玄成仙的例子，可能并不是按照道教版“十地”的概念来设计的。灵宝经“十转”这样的概念，的确很容易与佛教的“十地”相联系，但出现“十转”概念的灵宝经毕竟极少，历经“十转”后才能成仙，至少不是灵宝经多元化的成仙路径中最主要的一条。

《姚伯多造像碑：早期灵宝经中“道—佛主义”的证据》（1997 年初刊），496 年的姚伯多造像碑早已被众多学者反复讨论过，柏夷此篇堪称首次从道教教义角度解读此碑的力作。凭着对灵宝经多年的研读，柏夷虽然认为很难区分出此碑依据了哪一具体的经典文本，但还是为我们指出此碑的发愿文中至少体现了《明真科》《度人经》《五炼生尸经》等灵宝经的教义思想。这几部灵宝经都属于“元始旧经”，因提供了救度祖先和亡者的理论与仪式，故得以广泛流传。地处关中北地的姚伯多碑，如此纯熟地运用了创作于南方的灵宝经教义，无疑是5世纪末北方道教接受南方道教经教的实证。柏夷也同时提醒我们，灵宝经是尊奉元始天尊的，但姚伯多碑却仍然以太上老君为至尊，这应该看成是关中道教在接受南方灵宝经教时，仍有坚持自己信仰传统的一面。姚伯多碑证明了南北方的宗教经典和教义流通并没有受到政治力量对峙影响，也说明了区分南北方道教传统的尝试还是有价值的。碑文并没有体现出明显的佛教印记，但碑文依据的灵宝经是“佛道混合”的产物，而关中地区还有众多佛道混合造像碑的实例。从索安（Anna K. Seidel）开始，就尝试在灵宝经或佛教疑伪经中找出制作佛道混合造像碑的经典依据，正因此，柏夷将姚伯多碑看作是实践灵宝经“道—佛主义”的例证。

除认同柏夷在此篇的基本论述外，我想提醒读者两点：一是历来都把碑文中的姚氏家族当作是姚秦王族的后裔，这是基于对碑文泐字之处引发的误解。我认为至少从碑文字面上看，姚氏没有自称是姚秦后裔的意图（详见拙著《神格与地域》，上海人民出版社，2011年，第288—

293 页）。强调这一点是因为碑文中还提及“老子化胡说”，如果认为姚氏是姚秦羌人，是否他们自己主动接受并宣扬老子教化边夷之说，就是一个并非无关紧要的问题。二是关中道教造像，包括出现佛道混合造像的原因，可能远比考虑有多少经典文本的依据更为复杂，特别是社邑组织在造像活动中所起的作用，到目前还没有在关中道教造像研究中被充分重视和深入发掘。

《桃花源与洞天》（1986 年初刊），陶渊明《桃花源记》本是一篇文学佳作，从文学角度的研究连篇累牍，无需多言。陈寅恪、唐长孺先生先后据以讨论汉晋时期民众避乱自发组成的坞壁、坞保这一社会历史现象，亦是别开生面。柏夷此篇着力从道教资源中寻找桃花源的可能原型，认为《道藏》中的《太上灵宝五符序》，记载了龙威丈人在包山洞穴中发现大禹治水所用的灵宝五符，取回奉献给吴王阖闾的故事。这部道书的时代（柏夷认为是 3 世纪末或 4 世纪初）早于陶渊明（365—427），所以认为道书中“洞天思想”对《桃花源记》产生了直接的影响。这项工作一定程度上弥补了此前有关《桃花源记》研究中的一个明显的缺失，至今也还只有个别学者关注到“桃花源”的原型与道教洞天思想的关系（如张松辉在《宗教学研究》1994 年第 1 期的文章）。我在一篇小文中提出，所谓《越绝书》《吴越春秋》记载了“灵宝五符”之说不可信，《抱朴子内篇》与《太上灵宝五符序》关于“灵宝五符”的记述也不是一脉相承的（《古灵宝经形成之前的灵宝五符》，提交 2013 年 5 月在北京召开的“东岳信仰与北京东岳庙”学术研讨会。因我的疏忽，当时没有参考柏夷这篇大作）。这样一来，《太上灵宝五符序》就不一定早于《桃花源记》。但相关的基本史料只有这些，一旦对某一条史料的定年意见不同，随之的解读也肯定大相径庭。在此只是提示做另一理解的可能，并不想得出非此即彼的判断。

《麻布与灰——涂炭斋中的自我与家族》（2005 年初刊），这是本书中又一篇令人击节称叹的佳作。自马伯乐（Henri Maspero）以来的西方道教研究者，习惯于从基督教通过肉体苦行和公开忏悔来实现个人赎罪的角度来理解道教的涂炭斋，并认为此仪式所具有的狂热性也是道教吸引信众的重要手段之一。甚至在翻译时有意无意地把涂炭斋的忏悔者原本在额头涂抹的“黄泥”，替换成更加符合基督教仪式的前额抹“灰”。柏夷注意到涂炭斋最原始的道教文本，即陆修静的《洞玄灵宝五感文》，所表达的意思不是为个人而是为家族成员赎罪。由此，他强烈质疑那种“轻易把现代、西方的象征结构强加在对中国仪式的描述上”（第 263 页）的做法。通过细绎《五感文》的原文，他对涂炭斋给出了全新的解读：涂炭斋的本质是一种代为祈请仪式，而非狂热的群众集会或哗众取宠的闹剧。参与者以黄泥涂额，和口中衔璧、披发等行为一样，都是在模仿墓中的死者。仪式中需要为之赎罪的，是死去的祖先和父母，而非举行仪式的道士或法师个人。法师和道士在仪式中所起的作用，“几乎不是新教意义上的那种个人的公开悔罪，反而是个人促使自己成为宗亲家族的代表，将他们的集体罪愆引为己任”。（第 272 页）父母为养育儿女而不得不犯下诸多过错，也有的已逝祖先确有行为不端甚至罪责，死后都会面临地下的冢讼。因而活在世上的子女有义务为父母和祖先举行赎罪的仪式。但并非任何人都可以举行这样的仪式，这时就凸显了灵宝道士的社会功能。由此也可看到如何处理个人与家族家庭的关系，恐怕是灵宝经最主要的关注点之一。根据灵宝经的教义，法师和道士们之所以敢于在这样的仪式上“让自己代替他们（既指道士自己也指普通民众）有罪的祖先受苦”，是因为灵宝法师和道士领受了灵宝经，这种特殊地位使他们可以只是象征性地代人受苦而已。

柏夷这项研究给我们的启示是多方面的。首先，理解一种宗教仪式，搞清其仪节程序固然重要，但更重要的是理解仪式行为所蕴含的意义，而这绝不能离开仪式特定的文化背景和语境。目前灵宝经的仪式研究已越来越受到国内研究者的重视，本篇堪称这方面研究的一个杰出范例。其次，西方宗教仪式理论的研究，对于东方宗教仪式而言，更多是参照，不能从西方仪式研究中得出一套所谓普遍适用的理论，套用在所有的宗教仪式之上。仪式是为教义服务的，教义不同，仪式的意义也不同。复次，甄别研究所用材料的可靠程度，比较一手史料、二手和三手史料之间的异同，在任何时候、任何场合都不应被看成是过分或过时的要求。为何此前学者对涂炭斋有如此大的误解？除了不自觉地以他们熟悉的西方宗教仪式理论和实践来衡量涂炭斋外，还有部分原因是他们轻信了佛教方面带有明显倾向性的记载，正是佛教文献将道教的涂炭斋描述为一种道教自我丑化的闹剧。佛教的记载明明晚出且带有偏见，但众多学者都是用而不察，遂使谬误流传这么久才被廓清。

关于道教对唐代历史文化的影响，柏夷的 3 篇论文正好分别以李渊、武则天和李白这三位重要历史人物为研究对象。**《屡现的预言：道教末世论和唐王朝的建立》**（1994 年初刊），这篇文章处理的重要论题是：道教的末世论及其对李渊建唐的影响。末世论或称“终末论”，也是在受到西方宗教观念影响下，才成为中国宗教研究中的一个重要概念。柏夷在此篇提出东西方宗教关于末世论的背景不同：犹太教和基督教的千禧年主义的前提，是人类历史注定会发展到一个终结点，即末日审判的到来；而中国的文化只有宇宙和历史的不同阶段周期循环更替的理论，从没有设立一个类似末日审判的终点。这一差异使得柏夷很小心地重新界定了他所使用的“千禧年”一词在本文的内涵（第 180 页注 1），这也提醒我们应尽量避免照搬西方的末世论来剪裁东方宗教有关末世的想象。从柏夷在文中的追溯可知，中国本土的末世论植根于儒家循环更替的历史观，这套观念关注的只是王朝天命的更替，不一定强调天命轮替时会伴随大灾大难。为了显得有理有据，就尽量将其数理化，使发生循环更替的时间看起来是可以根据数理推衍预测的。道教提供的末世论，根源也是来自儒家的理论资源，区别在于为普通百姓也提供了末日大灾来临时的选择，即信道成为“种民”可以度过劫灾。所以，“末日来临的观念只不过是作为个人救世戏剧的一幕背景而已”。（第 187 页）道教的确不太关心天地灾变的降临，甚至抱持翘首以盼的态度来看待灾变的将临。只有出现了天地灾变，才能消除不信道的恶民，才可迎来真君李弘之类的圣君降临，从而进入太平盛世。从 4 世纪的上清经开始，道经中多次出现预告真君降世时间的努力，虽然一次次都失效了，但在近 300 年的时间里，不仅宗教中人总是渲染末世将临的思想，连帝王将相也深受这种社会流行观念的感染。

杨隋和李唐统治者与佛道二教的关系，特别是某位皇帝个人对宗教的态度如何，往往是中国学者津津乐道的话题。柏夷在此篇中明言：“探究个人信仰，并不一定值得当作历史问题研究的主题。”（第 179—180 页）具体到李渊的例子，他认为“李渊是否相信那些对他显现的预兆，实在无关紧要。……不管李渊的个人信仰如何，他登上皇位时，正处在王权观念被道教深刻改变之际。特别是对太平盛世的期盼高涨，除了顺应潮流，塑造一个响应这些期盼的形象外，李渊别无他法。”（第 180 页）他分析了温大雅《大唐创业起居注》记载的 6 首太原童谣，指出其中的“洪水”和“童子”，应该是有道典依据的来自道教的意象；而裴寂等人三次对李渊的劝进，也正是基于当时社会上普遍存在的真君降世、太平可期的思潮。在这个似乎有点老旧的话题上，柏夷采取了新的切入点，他避开了李渊是否有意策划和利用这些有利于自己谶谣的传布，或是李渊到底把自己作为道教的李弘出世还是佛教的弥勒出世之类一般学者都会着手的问题，指出当时的社会普遍期待一个圣君的出现，他关注的是李渊如何应对这样的舆论期待。我想，隋末起义中不少领袖人物也刻意让人相信自己就是这样的圣君，李渊也不是例外。至于李渊是主动还是被动这样去做，似乎无需争辩，关键在于李渊如何能让大家相信是他，而非别人，才是这位屡屡爽约的圣君？唐史研究表明，那些被认为是在李渊建唐过程中，老子或道教对李氏父子表达支持的故事，实际上很多细节都是唐高宗开始才被人为塑造或补充的。《大唐创业起居注》里面有没有类似的问题存在？这部书其实并不是严格意义上李渊在太原时期的原始记录，而是温大雅根据自己在李渊身边的见闻，于武德年间写成的回忆录，书中的记述是在作者已知李渊建唐之结果的情况下所写。对相关史料进行甄别，或许还能带给我们对这一老问题的某些新认识。

《中古时期对中国世界秩序的女性主义批判：以武

曌（690—705 年在位）为例》（1998 年初刊），武曌如何利用佛、道教理论为其以周代唐作宣传，也是唐史研究中一个老话题。最初，学者们强调的是佛教《大云经疏》对武曌称帝提供的助力，后来注意到武曌并没有排他性的信仰，对儒、释、道的理论资源都有汲用。但考察这一问题时往往聚焦在以周代唐的前后几年。柏夷关注的时限更长，他注意到武曌在以周代唐前超过 30 年的准备期，就有意识地为自己能在男权统治的文化中获取权力而寻求合法化的理论。666 年，高宗在泰山举行封禅大典，武曌向高宗建言并获准，空前绝后地以皇后的身份作为“禅地”仪式的主角登场。“武曌在此远非背离传统，而是将阴阳、天地以及男、女‘配’之间有互相关系的宇宙观完全落实”。（第 254 页）此后，她更注重强调传统理论资源中的“阴”同“内”和“中”之间的联系。柏夷由此推测武曌之所以如此重视在中岳嵩山举行封禅大典，以至于高宗在世时就屡有动议而未果行，到她正式登基后仍然要实践这一盛典。原因即在于：“‘内’、‘中’是女性之位。因为‘内’也可以被看成是生命开始的秘密处所。如果从空间方面而言，即是天地交感之所；如果从宇宙的层面而言，则是道开始孳生万物。”（第 262 页）柏夷此篇或堪与饶宗颐先生和富安敦（Antonino Forte）的相关研究并举，使我们知晓武曌不仅从佛、道教中汲取有用之需，中国本土传统的理论和信仰，也是她建构自己作为女主君临天下合法性的重要资源。

柏夷在此篇谈到武曌从传统资源中借用了伏羲、女娲合体形象，合体后称作“元皇”，是“三皇”之一，甚至联想到武周创制新字也是效仿伏羲、女娲造字的传说（第255—256页）。但古代“三皇”的说法不一，“元皇”通常只是出现在谶纬文献和道教虚构的老子化现神话中，作为“三皇”之一的说法很难见到。伏羲、女娲通常是作为“三皇”中的两皇，而不是合体作为“三皇”中的一皇。创制文字的功劳通常也只归于伏羲。或许柏夷在此依据的材料是我未见到的？

《李白、黄山和炼丹术》（2007年初刊），李白与道教的关系是李白研究中诸多重要话题之一。柏夷此篇关注到李白几首与黄山有关的诗作，并从中看出了李白可能从事炼丹活动的踪迹。此篇的雏形是其1982年的一篇研究生习作，当时他认为李白曾在黄山炼丹，李白之死也与服食丹药有关。修改后的此篇文章，主旨已变为“提供对李白写作有关黄山诗文的动机、意义和机遇尚合情理的依据”。（第203—204页）对于李白是否曾在黄山完成炼丹并死于服丹，采取了“无从得知”但又没有彻底放弃的态度（第223页）。李白死于服食丹药之说，对于中国的李白研究学者而言，的确还是一个相对陌生的说法。诚如柏夷已然注意到的（第211—213页），不少学者研究李白与道教的关系时，都发现李白诗作中透露大量来自上清经的概念和意象，乃至于认定李白与上清派道士交往密切。李白所交游的道士多为领受上清法箓的高级道士，但从唐代道教经教法位体制来说，他们并不是所谓的“上清派”。经教道教的特点就是不再以炼丹飞升作为求仙的最终目的，高级道士的修行也多采取存思内观的方式，这在李白诗中也多有体现。如何看待李白诗作中透露出不同的道教修行理念与实践？哪些来自他的修道实践？哪些只是他取自道教资源中的某些意象和符号？这还要建立在对每首诗的写作背景有充分的了解，而做到这一步的前提是对每首要讨论的诗作，都要有相对可靠的系年，这恰恰是目前最难解决的问题。因此，相关的讨论恐怕也很难得出一个统一的答案。

关于道教的概观性认识，**《道教神系》**（2010年初刊），也是颇具理论反思意识的一篇力作。从18世纪以来，西方宗教学理论认为：世界上大多数宗教的神谱“都普遍模仿了创造它们的世界中世俗权力的官僚制组织形式”。（第108页）此后受到一神论的影响，宗教学领域对各宗教神谱的研究几乎是停滞不前的。以至于马克斯·韦伯（Max Weber）对理想官僚制的理论，被轻易地挪用来解说宗教神谱通常都是在模仿现世官僚机构的严格等级结构。柏夷首先质疑的是：在道教神系中，所谓的官僚制的等级性特征，真有我们想象中的那样严格和明显吗？他从《真灵位业图》这一关于道教神系最直接的材料入手，结合前人的研究，指出今本的《真灵位业图》已非陶弘景时期的原貌，它反映的很可能只是唐代道士的意识；陶弘景原本不一定有意识地总合成一个体系完备、阶层分明的道教神系。所以，《真灵位业图》反映的道教诸神层级结构，并不是六朝道教关于神谱建构的真实情况。由此，柏夷提出道教神系具有与理想化官僚制完全相反的特征：流动性、无序性、不稳定性。对道教神系看起来杂乱原因的解说，此前大体有三种，即：道教派别多，故神灵杂乱；要调和民间神祇，故无所不包；创造出这些神灵的道士们水平不高，故从来源上就很混乱。柏夷认为以上这些解释都有偏颇，道教实际上不仅容忍这种神系上的混乱状态，而且似乎有意做成这样的局面（第 122—123 页）。这可以说是此篇提供给我们认识道教神系的一个新视角。随后，柏夷又选取了道教神系形成中的三个不同阶段为例，来阐明自己的主张。他在此注意到有关天师道、上清经和灵宝经中不同的神灵观念，非常值得仔细体会。而通过这些具体的例证，提出道教这种“不一致且开放的神系，其意图在于涵盖与之竞争的宇宙论，而不是排斥”。（第 136 页）此篇或可对今后道教神系的研究具有重要理论指引作用。对柏夷这一理论最好的注脚，可能就是永乐宫三清殿的《朝元图》壁画，从儒家先圣到道家诸子，从汉代就有的西王母到唐宋时才兴盛起来的太乙救苦天尊，居然都可以秩序井然地出现在同一场景之中。

《何为道之体?》(2007年初刊),此篇名汉译得有些过于抽象,实际上柏夷讨论的就是道教的身体观问题,而不是抽象的"道体"问题,由此引出对现代学者研究方法上的一些反思。柏夷注意到,如果阅读有关早期中国哲学的论著,似乎找不到诸如"自我""灵魂""身体"之类的概念术语,但这仅限于以儒家为主体的早期中国哲学;道家和道教有着与儒家思想完全不同的起源和背景,这使得"道教的人体学看起来就像闯入中国思想景象中的异类"。(140—141页)为了不至于迷失在有关道教身体观的庞杂而多端的文献材料中,柏夷借用了认知语言学和语言哲学家乔治·莱考夫(George Lakoff)和马克·约翰逊(Mark Johnson)的理论和概念,即关于"主体—自我"的隐喻,以对应道教"多重精神(神格)的身体"观念中最核心的概念之一,一种类似"本质的自我"概念,如"神""真身"等。并指出这样的概念"从未被任何我们常译为'灵魂'的词所界定。它既不是'魂',也不是'魄',……也不是主导身体的'心'"。(第152页)所谓"多重精神的身体",在柏夷看来"只是道教徒讨论自我时采取的一个隐喻"(第141页),意指道教徒相信自己的身体不是由单一的灵魂来主导,而是由多重的精神(spirit或spirits)所构成。这是一个复杂而专门的道教概念,柏夷在此仅强调了这一概念的两个方面:一是中国古代基于同源同构理论而产生的人体内在小宇宙与外在的国家官僚机构、大宇宙之间对应关系，认为人身中各个器官都对应着一种神灵或精神，形成不同的力量中心；二是在众多身体中的神灵当中，总会有一个"本质的自我"负责掌控众神，而修道的要义也就在于保护这一"本质的自我"，或通过这一"本质的自我"统一身体中多种力量去对抗身心的衰败。最后，柏夷指出这样的传统早在"前道教"时代就已存在于中国的思想界，但研究早期中国思想的现代学者，却往往对此视而不见。此篇中有关"神明"一词的讨论，也是对一个中国哲学中非常重要概念的争论，因为郭店楚简《太一生水》中的"神明"一词的含义，似乎至今也难有定论。

关于文学和诗学的研究，**《再看中国的隐喻：阅读与理解——中国诗学传统中的比喻》**（1989 年初刊），此篇主要是针对余宝琳（Pauline Yu）提出的西方修辞学"隐喻并不适应于汉语"（第 228 页）的论断所展开的商榷，同时也陈述了柏夷自己对中国诗学传统中比喻的理解。柏夷找到了长期被人所忽视的 9 世纪早期的作品《赋谱》，里面有"明比喻"和"暗比喻"之说，并认为这就是分别指"显喻"和"隐喻"。他指出有大量的道教文献中使用譬喻的例子，但在此篇中却并未列举道教文献中的例子，而是重点列举了三个来自梵文的不同佛教术语，都有"比喻"之意。此篇实际上是有关诗学和修辞学的讨论，我不能再多置喙。不过，关于余宝琳的代表作（*The Reading of Imagery in the Chinese Poetic Tradition*, Princeton University

Press, 1987）对中国诗歌中讽喻和隐喻的论断，的确引起美国汉学界的不小争议。可参看苏源熙（Haun Saussy）的 *The Problem of A Chinese Aesthetic*（Stanford University Press, 1993）以及 Dore J. Levy 在 *Chinese Literature: Essays, Articles, Reviews,* 17, 1995, pp. 133-137 对苏书的书评。

《带距之笔：高德耀关于中国斗鸡的研究》（1993 年初刊），高德耀原书的英文标题是 *The Brush and the Spur: Chinese Culture and the Cockfight*，而柏夷有意将此篇书评论文的正题写作“A Brush with the Spur”。Spur 汉译为“距”，即鸡距，指的是公鸡的鸡爪后面长出的刺状物。斗鸡时，主人会在此处装上锋利的尖刃以达到刺伤对手（公鸡）的目的。我不清楚柏夷是在怎样的情境下以看似游戏的姿态来写这篇书评的，他甚至以和高德耀进行一场斗鸡比赛来“隐喻”自己对高德耀著作的评论。我不能在自己的这篇书评中对柏夷评价高德耀的书评再做评论。与此篇中提出的诸如“我们今天接受中国古代文学的可能性，以及尝试这样做的重要性”（第 242 页），或“对斗鸡这一尚武（武）运动进行文学（文）处理，然后翻转这一隐喻，展露出这种最文雅（文）的追求中的竞争（武）层面”（第 243—244 页）这样高尚而典雅的学术目标相比，我更感兴趣的是柏夷提供了高德耀未曾注意的一份重要材料，即浩虚舟在 822 年应试进士科考时的作品《木鸡赋》。这份材料显然也是柏夷在高德耀面前“炫耀”的资本——在短短 6 页不到的书评原文中，对《木鸡赋》的译释和讨论就有将近 4 页之多。

如果了解柏夷 1986 年申请博士的学位论文是关于唐代赋的研究，就不会惊诧在他的研究中展现出对中国文学和古典文献的熟谙程度，而其著作又无处不在地体现了西方人文社会科学特有的理论关注和思维向度。像柏夷这样的道教学者，在当今国际道教学界并不多见。因此他的成果不仅是重要的，而且是独特的。在分别汇报了学习柏夷以上 14 篇大作的感想后，我还有三个突出的感受。

第一，读者可能会注意到，我在本篇书评中能提供具体评论意见的，主要是针对柏夷研究中所使用的部分具体中文文献材料，而对他所涉猎、援引的各种西方人文科学理论，我通常不具评判的资格。这种差别在一定程度上也反映了目前中国和西方道教学者治学方法上的不同。我的感觉是，西方学术的人文科学理论比中国要丰富和发达，且理论的更新换代也很快。例如，我们最近一些年才开始译介伊利亚德（Mircea Eliade, 1907—1986）的宗教学理论著作，而在美国早已出现了对伊利亚德理论的反思和批判。柏夷的著作援引了不少宗教学之外的西方人文科学理论，我猜想这样做的目的之一，是为了把对中国道教具体问题的研讨，有效地纳入西方学术的话语体系之中。他写作时用的是英文，发表时预想到的也是英语世界的读者。这些理论对于西方学界的读者而言，似乎是习以为常的。

我们并不具备这样的理论环境和话语氛围，所以读起来难免感到吃力，就像国外学者读我们纯粹的文献考证性文章也会感到费解一样，双方都不必过于自责。但谁能做到博取众家之长，谁就最有可能做出超越众家的成果来。西方学者不可能把所有中国的具体现象都研究到，而是要通过一些个案研究来建立起足以解释相同或相类中国现象的理论模式。无论是简单地用西方理论的视角来看待或解释中国的现象，还是如柏夷在他的研究中多次提醒读者——不能拿西方现成的理论来套用在中国或东方宗教之上，要注意到中国宗教自身的特性——都是一种理论模式。在学术研究领域中提出的各种理论，都只是一种认识和解释研究对象的工具、手段或途径。理论是多变的，万变不离其宗的"宗"，应该是研究对象的基本事实与状态，这应是一切理论的基石。所以，我奉行的"理论"就是：先搞清基本事实，再从大量的例证中提升出适合的理论解释。对于中国道教研究而言，现在欠缺的是基于大量具体研究之上归纳总结出的、符合中国道教实际的"理论"。在这方面，中国的道教学者理应承担起大部分工作。

第二，西方对中国道教的理解，最初是基于沙畹（Edouard Chavannes, 1865—1918）那一代学者的认知，即"道教是不识字的民众和文化水平不高的道士所参与的一种'粗鄙迷信的大杂烩'"（第178—179页）。因为当时的西方学者根据所能观察到的实际情况，着眼于道教在中国社会底层民众中所存在的状态。从石泰安（Rolf Alfred Stein, 1911—1999）那一代学者开始，对此就有所反省。到索安、柏夷这一代道教学者，似乎在对道教的认识上发生了一个重大转变，即尝试将道教从与民间信仰和各种“杂烩”在一起的文化传统中区分出来，强调其原本具有作为一种“非官方的高级宗教”（索安语）的特性，如“将道教观念和中国古代最严肃的文化活动——建立理想的帝国秩序——联系起来”（第179页）。柏夷在本书《前言》中说：“道教，自古就存在于华夏文明的髓心与肌腠之中。它不仅是中国的本土民族宗教，也是中国文化中人本主义内在动力与道德准则的最佳体现。……毫不夸张地说，道教代表了古代中国的精魂与力量。”（第2页）这实际上也是他们这一代西方道教学者对中国道教的普遍认知。西方学者对中国道教做出这样高的评价，当然会令部分中国道教学者感到鼓舞。但是，大多数中国学者却往往并不觉得道教在古代中国曾经有过像外国学者所认定的那种重要地位，这只要看看中国学者投入道教研究的力量和所做出的成果就一目了然。这本身就是一个有意思的现象。到底是中国学者低估了自己曾经优良的传统，还是外国学者高估了道教这一复杂的东方宗教？为何会产生这样大的认识差异？柏夷表述他自己研究道教的态度：“作为一名学者，我的工作并非评价道教，而是试图理解为何道教在历史长河中一直以不同形式存在着；试图领会中国人传统上从道教中汲取了哪些养分。……我无法评定道教中的真理与假说。”（第 2 页）但显然柏夷还是多少要受到前述他自己对道教在中国文化中定位的影响。读他的著作，有时会明显感受到他对中国道教有超出常人的“理解与同情之心”，有时甚至会觉得也许他才是能够了解古代道士们苦心孤诣的千年之下的知音。认识到中外学者对中国道教认知的不同，或许正可以“中和”过度贬损和极致褒扬这两种各显极端的评价，有利于对道教做出各方都能接受的定位与评价。不管怎样，柏夷揭示出中国道教的一大特性是“面对其他宗教时，道教可以采纳它们中对自身有益的部分，并几乎毫无冲突地接纳它们”（第 2—3 页）。道教是怎样做到这一点的？道士们是否有意识地这样做？如果是，说明了什么？如果不是，为什么客观结果如此？这些实在值得中国学者站在中国文化的立场上去一探究竟。

第三，在柏夷著作中时常见到对一些人们习以为常、用而不疑的名词、术语进行追根究底。如讨论灵宝经对佛教的借鉴，总要用到诸如“影响”“编造”等词语。柏夷对“影响”一词所表达意义的准确性提出了质疑（第 7—8 页）。这并不是柏夷个人的吹毛求疵，因为在展开讨论之前，先要对自己所使用的概念、术语做出明确的界定，这正是西方学术精准化的特点和被证明行之有效的方法论之一。与之相比，我们很多时候在用词表述上带有模糊性和随意性，似是而非的地方太多了。与此相关的一个话题是，福井文雅当年留学法国的动因，就是因为西方学者批评日本学者写文章，只有知识的罗列，而没有学术研究的方法。所以他的目的就是要学到法国汉学的研究方法。多年后，他总结出从法国学习所得的研究方法，“首先是要正确地理解引起问题的术语，必须坚持该术语的定义”。（福井文雅《汉字文化圈的思想与宗教——儒家、佛教、道教》，1998年日文初版，此据徐水生、张谷译，武汉大学出版社，2010年，第269页）并认为这是母语并非中文的法国学者之所以能在道教研究上做出超越中日学者成就的重要研究方法之一。我们现在强调学习西方的学术规范，似乎还没有把对要讨论问题的名词概念的界定，提升到像要求做学术史调查和规范注释格式那样重要的程度。至于说柏夷的研究中常可见到对西方汉学界重量级学者观点的质疑和批评，更是学术研究的应有之义，自然无需赘言。

即便是读现在的中译本，也需要读者紧紧跟随作者的思路，须臾不得偷闲，否则就有可能需要重头读过才能理解作者的用意。由此可想见翻译柏夷的著作是怎样一种极具挑战性的工作，本书的几位年轻译者和校者必定为此付出了大量的辛劳！在向他们致谢的同时，也很有必要提出我阅读时发现的一些瑕疵。这既是对作者，也是对译者工作的一种尊重。

柏夷习惯于在行文中将灵宝经分作A、B两部分，对应的就是灵宝经目录的“元始旧经”和“仙公新经”两个部分，本书的译者们，有时译作“第一部分”、“第二部分”，有时又译作 A 部分、B 部分，可能会对不太熟悉灵宝经背景的读者稍微造成困惑。

第 11 页注 2，敦煌写本编号“S1361”，应为 S.1351，这是作者原误。

第 14 页，“它们可以无偿得到经典”，“它们”应为“他们”。

第 16 页，“某家忆曾万祖”，“忆”应为“亿”。

第 27 页，对法解故事的概述有些表述不清，最后一行的“道教徒”容易被理解为对道教信仰者的概称，实际上是指故事中接受法解布施而继续举行仪式的道士们。

第 45 页，“LB#1《度人经》”也是作者的偶误。按照《道藏》的编号，应是“HY1《度人经》”，按照柏夷自己给灵宝经的编号，应是“LB#15”。

第 54 页，插图中造像主尊应为天尊像，图片说明文字是老君像，作者原文配图不误。

第 79 页，两处译作“不可见领域”，似乎有些太过直译了。

第 85 页注 3，两处“《本行经》”，都应为“《本相经》”；《上清道类事项》的“项”应为“相”。

第 132 页，“神灵名背单”，“背”应为衍字。

第 152 页，“王向”和“王官”系统，应为“王相”系统。

第 164 页，“太和阴阳之氧”，“氧”应为“气”。

第 184 页，两处“减去 57 个灾年”，都应改为“加上”57 个灾年。

第 200 页注 4，“有关于另一首卫元嵩所作献给武曌的诗”，容易引起误解，实际上是说有另一首归名于卫元嵩所作的诗，被献给武曌。

第 202 页，“这本期刊（指《通报》——译者注）”，应指的是 *T'ang Studies*《唐研究学报》，而非 *T'oung Pao*《通报》。

第 223 页注 2，“慰迟酣”，应作“尉迟酣”。

第 227 页，“他的构想值得关注”，“他”应作“她”，指余宝琳。

第 233 页注 3，“马伯乐改写”，应为“转述（意译）了马伯乐的原意”。

第 252 页，不知为何要用“李哲”作唐中宗的名字，而不用“李显”?

第 255 页，伏羲女娲“一般被描绘成半人半龙的形象”，应是“半人半蛇”。

第 277 页，“与其说此处发话的对象是天帝和众仙真，还不如说是尘世的帝王来得恰当”。这里可能把意思搞反了，应该是道士以“臣”的谦称向众仙真发愿，而非向人间帝王祈愿。

毫无疑问，柏夷的著作被译成中文出版，对于我们学习国外道教研究有代表性的重要成果,是一个极好的契机。无论是宗教学、历史学、文学、语言学、哲学的学者，都应该可以从他广博的研究成果中各自汲取到有用之需。因此，对柏夷此书的评介，不应只有我这一篇才对。

评《六朝道教史研究》（中译本）

小林正美氏的《六朝道教史研究》(日文版，东京：创文社，1990年初版；李庆中译本，成都：四川人民出版社，2001年）是研究六朝前期道教经典、思想与历史的一部道教学专著。六朝时期佛、道二教开始盛行并深深影响到中国社会，这也是六朝隋唐历史发展的一个重要方面。另外，六朝历史文献传至今日者屈指可数，而《道藏》中大量的六朝道典则是尚待中古史研究者发掘的另一丰富且价值不菲的资料宝库。因而本书无论对于道教学者，还是亟欲扩展六朝文献阅读视野的中古史学者，都具有重要参考价值。

然而，此书又是近十年来国际道教学界颇有争议的一部著作。至今，日本和欧美学者仍不时对此书的具体观点提出种种异议。由于在接受国际学术信息方面的脱节与滞后，在此书开始受到国际道教学界广泛关注并引发争论的 1990 年代初，国内却很少有人看到此书，更不要说参与讨论。后学寡陋如我者，更是迟至 1994 年才听说此书，到 1996 年北图购入此书方得拜读。现在，由供职于日本金泽大学，并译介过大批日本道学论著的李庆先生，为国内学界奉献此书的中译本，从翻译的质量来说肯定是令人放心的。但毕竟中译本的出版距其日文初版已有十年，读者如对由本书产生的种种争议缺乏了解，又不加甄别地接受本书的结论和使用其研究方法，无异于把自己带回十年前的学术境地，将会大大降低此中译本的价值和意义。因此，拙文将在充分肯定此书对学术史所做贡献的前提下，尽可能指出书中不足之处和原因，以期有裨于读者更好利用这一中译本。

本书前有《中译版弁言》和《中译本前言》，介绍中译本出版的原委、译者翻译的情况等。其后为作者原书的《前言》《凡例》和《绪言》，以及三大编共 17 章（含补论 5 章）的正文，后附《后记》《参考文献目录》等。因篇幅所限，在此不能逐章一一评述，仅依小林先生（以下省略敬称）重点讨论的三个核心问题：即六朝道教的经典、教派和思想，分成三个方面对全书内容试作一评介。

作者在《前言》中指出："对于道教史研究来说，当务之急就是必须进行推断道典编纂时期的文献学式的研究。"这也决定了本书就是从"道典的文献学研究"出发的。道教研究已经进行了近百年，但现在还是不能放松

《六朝道教史研究》，〔日〕小林正美，李庆译，成都：四川人民出版社，2001 年

“文献学式”的基础研究。正如索安（Anna K. Seidel）在《西方道教研究史》中指出：传世《道藏》、敦煌道经，以及历代传流下来的庞大的道教石刻资料库，仍然是道教学者今后最值得重视和努力的方向[1]。由于道经大都没有年代和不署撰者，利用起来极为不便，而最初的道教史框架是借助于正史和一般传世文献，再结合少量的、个别的道经所建构起来的。这并不是站在道教自身立场上、基于道教自己的经典而作成的道教史。在这样的框架下，我们现在已经能够把道教研究引向另一层面，即通过详细考察个别道经的成书时代和经过，建立起适合理解这些特定经典的具体而微的道教史背景。反过来，这样具体而微的背景逐渐多起来，自然会加深或拓宽现有的道教史背景，从而把道教研究推向更高水平和更深层次。因此，对道教经典的文献学研究与对道教史背景的重新建构是相得益彰的。就本书而言，作者所论的六朝道教道派、思想和历史，无不是建立在对道典定年研究的基础之上。因而作者对于道教史研究中“文献学研究”的强调和本书强烈的“文献学研究”色彩都是完全可以理解的。

但毫不夸张地说，围绕本书所产生的种种批评，大多是为着作者采取的“文献学研究”方法而来的。作者在

①Anna K. Seidel，“Chronicle of Taoist Studies in the West:1950–1990”,*Cahiers d'Extreme-Asie*,5,1989-1990, pp.223-347

《绪言》中总结出了六种判定道典年代的方法，并在书中都有实践的范例。本书以专论、补论或附带提及的形式，一下子对几十部六朝道典提出了相对具体的定年意见，其具体的程度在以往研究中是难以想象的。如作者认为《太上灵宝五符序》最初是“经”与“序”并行独立的，约在317—350年之间现世；而在350—400年之间，“经”“序”合并，又加入华子期的部分，成为二卷本；在410年前后，加入乐子长部分，形成现在《道藏》的三卷本。以往对于《灵宝五符序》的研究也很多，但都没能像本书这样将其成书时代精确到如此地步。书中所讨论的道典大多都是给出这样清晰的定年，这在整个道教研究史上都是罕见的。在本书出版以前，除了史料中有明确纪年或是极个别经过专门考证的道书之外，对于道典的年代，人们一般只能给出“汉代”“魏晋时期”“六朝”“南北朝时期”或是某一世纪的“前期”“中期”“末期”等等比较笼统的说法。本书应该说是开启道典定年研究新阶段的奠基性著作之一。正因能够给如此众多的道典以如此明确而坚定的定年结论，以致初读此书的人，大都有耳目一新之感，甚至会不由感叹：“原来道教文献定年研究是可以做到这样程度的！”但越是具体而明晰的结论，越需要格外的审慎态度和严谨而充分的论证，否则就容易偏离历史事实本身。而在这方面，作者那套单一和略显机械性的“文献学式研究”方法，有时就显得力不从心。

问题之一，对相关材料缺乏历时性的考察。例如，在讨论《灵宝五符序》时，牵涉到《三洞奉道科诫仪范》之成书年代问题，这是有着纷纭众说的一个重要问题。因陆修静《灵宝经目》所言灵宝经尚有15卷“未出”，而在所谓“宋文明《通门论》”（549—551年左右成书）里，就变成“14卷犹隐天宫”，即有一卷道经在陆修静以后、宋文明之前，新近从“天宫”问世人间。这一卷，小林认为就是《洞玄灵宝天地运度自然妙经》，其在《灵宝经目》中尚属“未出”之列，而最迟在570年代《无上秘要》成书时已被征引，则尚未著录《天地运度自然妙经》的《中盟经目》应在《通门论》作成之前。这本来只可证明《中盟经目》有可能早于《通门论》，而小林却据此将《奉道科诫》进一步精确为536—549年之间成书。据大渊忍尔氏的意见，在《灵宝经目》中未出、而在《无上秘要》中已经被摘录的灵宝经，除了《天地运度自然妙经》，还有《变化空洞经》和《智慧罪根经》下卷，故所差的一卷，未必就是《天地运度自然妙经》。大渊转以《太上业报因缘经》为基准，认为《业报因缘经》作成于南北朝末年，则著录此经的《奉道科诫》应该是隋代的作品[1]。近来还

[1] 大渊忍尔：《道教とその经典》，东京：创文社，1997年，第557—589页。关于《业报因缘经》，目前至少有中嶋隆藏、小林正美、山田俊等人都认为是梁代成书。且小林在《中国の道

有德国学者常志静氏（Florian C. Reiter）直接将《奉道科诫》看作是唐初道教规范和整齐道士活动的作品[①]。常氏的根据是：他发现唐代道士王悬河所编的《三洞珠囊》和《上清道类事相》两书原本很可能是一书（我认为两书俱为680年代的作品），都是摘编已有的关于道教仪式和道士生活规范的条文编成的类书，而《奉道科诫》则给出现实生活中道士所应遵循的各种理想化的具体规范。这三书在体例、内容和类目设置上都有相近或相对应的地方，因而常氏认为此书出于唐代的意见也颇值重视。为何一部道典会有梁末、隋代和唐初三种不同的定年？我更倾向于科恩（Livia Khon）的看法：《三洞奉道科诫仪范》最初的蓝本很可能是作于梁代（550年代），但在隋末和唐初又有重编，它是逐步形成现在《道藏》本样子的[②]。现在诸位各执一词，也许都只过分看重了其成书过程的一个阶段而已。"梁末说"和"隋代说"主要靠的是考察个别经典是否在其他已定年文献中出现，作为判定此道典时代的主要依据，这种单纯依靠"文献学"的著录或征引的对证方法，

教》，东京：创文社，1998年，第354—357页中，针对大渊的批评逐条展开驳论。

①Florian C. Reiter, *The Aspirations and Standards of Taoist Priests in the Early T'ang Period*, Wiesbaden, 1998.

② Livia Khon, "The Date and Compilation of the *Fengdao Kejie*", *East Asian History* 13/14(1997):91-118.

缺乏对道典文本流变过程的历时性考察，很难说是全面和可靠的一种方法。类似的例子还有本书对《玄妙内篇》的考察，作者认为此书在东晋末期成书，时代比《三天内解经》早。这个结论是可以接受的，但由于作者没有做严密的文本对证，缺乏对各个时代的文本材料所做的细密爬梳，对《玄妙内篇》成书以后到唐初又有新的文本变化则基本未予考虑。我在一篇近作中对此问题有所说明[①]。

问题之二，有在尚未确认的前提下继续进行推论的情况。如作者指出《灵宝赤书五篇真文》强调的是五篇真文的咒力效验，与其他灵宝经具有“大乘救济”思想不同，因而必定有成书先后之分；对传统认为葛巢甫在隆安末年“造构”出整批古灵宝经之说提出异议，认为只有这部《灵宝赤书五篇真文》是葛巢甫所造，其成书时间约在太元末至隆安年间；把此经之外的首批灵宝经出世时间从传统认为的隆安年间（397—401年）推迟至永初元年（420）左右。作者指出《五篇真文》与其他灵宝经的思想有差别，这是可以肯定的。但他对葛巢甫“造构灵宝”一说的新解却很难使人信服。《五篇真文》与其他灵宝经思想不同，不一定非要从成书先后的角度来理解，而这几乎是作者论

① 刘屹：《〈玄妙内篇〉考：六朝至唐初道典文本变化之一例》，郝春文主编，《敦煌文献论集》，沈阳：辽宁人民出版社，2001年，第614—634页。

证《五篇真文》成书比其他灵宝经早的唯一证据；此问题尚难坐实，就以此为前提论证葛巢甫只作了这一部灵宝经，又进而推论除了《五篇真文》之外的灵宝经，都是在 420 年左右出世的。作者之所以否认传统的葛巢甫在隆安末年造灵宝经之说，是因他认为 401—407 年鸠摩罗什入关中译经，是佛教“大乘主义”影响中国的开始，具有“大乘救济”思想的灵宝经，怎么可能在此前就被葛巢甫造出？但大渊指出：佛教“大乘主义”不是在罗什入关后马上就影响到江东，而要从 420 年以后算起，且元始系灵宝经的“大乘主义”不是佛教本来意义的“大乘”，恰恰是佛教的“小乘”之学[①]。小林仅根据“大乘”一语来自佛教，就认定灵宝经只有受到佛教影响之后才会造出。而柏夷（S. R. Bokenkamp）的研究使我们相信：灵宝经中很多看似与佛教相同的概念、名词，其实都有道教自己的理解和特殊意义[②]。灵宝经的作者们很可能是在佛教中人都尚未真正理解“大乘”涵义之时就凭自己的理解使用“大乘”一词了，因此鸠摩罗什入关与灵宝经的大乘思想未必有直接的因果

① 大渊忍尔：《道教とその经典》，第 186—203 页。小林在《中国の道教》，第 342—346 页对大渊所论又逐一展开驳论，可参。

②S. R. Bokenkamp，“The Yao Boduo Stele as Evidence for the Dao-Buddhism of the Early Lingbao Scriptures”, *Cahiers d'Extreme-Asie*, Vol.9，1996-1997，pp.55-67.

关系。如此，小林关于元始系灵宝经迟至420年左右才出世的第一个主要证据实际上是站不住脚的。他的第二个证据是以《三天内解经》中“九尾狐至，灵宝出世”作为灵宝经在420年左右问世的证据。关于这里的“灵宝出世”，索安也曾经将此“灵宝”理解为灵宝经[①]，吉川忠夫氏对小林此书的书评则指出此“灵宝”是一种祥瑞而非道经[②]。不过我现在认为“灵宝出世”作为刘宋建立的祥瑞，应该是指“元始旧经”，而不包括“仙公新经”在内。小林在认定“元始旧经”早于“仙公新经”的前提下，把“灵宝出世”当作全部灵宝经出世的时间，就非常值得商榷了。

又如对《河上真人章句》的考察，作者认为汉末先作成了《河上丈人注》，西晋末变成了《河上公注》，刘宋时变成《河上真人章句》，入隋唐后又变为《河上公章句》；这些是在名称上的变化，而内容上只在刘宋时加入道教的“治身说”和体内神观念，从而形成《河上真人章句》。小林将发生变化的具体时间考订为420—470年间。不过，关于《河上真人章句》与此前汉晋本在内容上存在差别这一点，作者或许是直接接受了楠山春树氏的现成观点，并

① 见氏著“Imperial Treasures and Taoist Sacraments”, *Tantric and Taoist Studies*, Ⅱ, 1983；拙译载《法国汉学》第四辑，北京：中华书局，1999年，第42—127，特别是第83—84页。
② 见《东方宗教》第78号，1991年，第88—97页。

未在本章中就此给以明确的论证，而这本应是作者全章论证的先决和前提。韩国学者吴相武认为：楠山和小林将“治身说”和体内神视作刘宋时期才加入的内容是不能成立的[①]。这就动摇了小林此章论证的根基。如果这个前提得不到确认，作者全章所论的实际上只是篇名的变化，而非内容的增衍，所谓《河上真人章句》的出现就只是刘宋时的一次篇名改换而已。

问题之三，对有些附带提及的道典，几乎是未加论证就给出一个定年的结论。如对《玄都律文》，小林将其定年为刘宋末年至梁代成书，而书中关于这样一部重要道书的定年只用了寥寥几百字，只是说从时代背景上看，《玄都律文》应该是刘宋末年整理天师道秩序的产物，也没有做十分必要的文本对证工作。近有王承文先生通过细密的文献考证，认为《玄都律文》的成书年代为401—410年之间[②]。两者对照，相信读者自能判别出谁的考证更令人放心，哪种方法更可靠一些。还有《老君变化无极经》，作者几乎未加任何论证就断定这是“刘宋时期天师道”经

① 吴相武：《关于〈河上公注〉成书年代》，《道家文化研究》15辑，北京：三联书店，1999年，第224—232页。当然吴氏认为《河上公注》成于两汉之际，也没有很坚实的证据，我还是接受东汉末成书说。

② 王承文：《古灵宝经的斋官制度与天师道及佛教的关系》，《敦煌吐鲁番研究》第六卷，北京大学出版社，2002年。

典，而 A. Dudink 最近则有力地论证此书为 357 年以后不久东晋时期的作品[①]。正因为作者没有、也不可能将书中牵涉到的每部道典都做出专论性质的研究，所以有时就只能抓住一些外在的和孤立的几点证据，就匆匆给一部道书的年代下了定语。当然，以现在的眼光苛求十年前作者这样的处理，是毫无意义的，但读者应该充分认识到此点，对作者论证不详的道典要格外留心。而对那些作者进行专论的道典，也要注意分析其论证的思路和切入点是否合理，方法是否妥当可靠，只有经过自己证明的结论，才可以信从。

当然，作者在道典定年部分仍不乏值得肯定的地方。首先是提出某些细部的问题，颇值关注和继续阐发。如对道书中个别观念如“五老”“元始”“元始天尊”“太上无上三天无极大道”等的追根溯源，关于《洞渊神咒经》中“三洞说”和陆修静时代“三洞说”的不同等等。还有关于天师道与房中术的关系问题，作者认为三张时代的米道，并未以房中术为主要教法，进入东晋以后，天师道才积极采用房中术，并将其归于张陵的名下，此说也颇值注意。现在对于天师道的房中术存在一些误解，如直接将晋宋时期天师道“黄赤交接之道”与汉魏房中术等同而视，这并

①A. Dudink，“The Poem *Laojun Bianhua Wuji Jing*”，*Linked Faiths: Essays on Chinese Religions and Traditional Culture in Honour of Kristofer Schipper,* Leiden，2000,pp.53–147.

不准确。王卡先生曾明确指出：天师道的黄赤交接术与战国秦汉以降流行的神仙家的房中养生术有所区别[①]。而柏夷先生也将天师道的“合气”之术径称为“婚姻仪式”[②]。都可说是看到了仙道传统（个人求仙）与天师道实践（公共仪式）的区别。汉中米道时代未必广泛流传属于仙道方术范畴的房中术，但因米道杂合许多西南少数族，难免受到他们落后婚姻形态的影响，在男女关系上比较随意，从而给人以米道男女猥杂的印象。故而辨析天师道男女“合气”与仙道房中术的区别是很有必要的。此外，对《老子道德经序诀》的成书经过的考证，我以为也是较为可信的，因为作者在此特别注意深究各个概念的流变，而非轻易地指定某个并不牢靠的基点来展开庞大的论证。可惜，这样的考证方法，只应用于本书众多道典定年中很少的一部分。

其次是对一些道典的定年，虽然在论证方法上有些让人不放心，但其结论至少在目前来说还不失为一种可以接受的选择。如《想尔注》，作者论证其成书在刘宋中后期，而我本人目前也是倾向于这个结论的。小林在此的论证也

① 王卡：《〈黄书〉考源》，《世界宗教研究》1997 年第 2 期，第 65—73 页。

② 柏夷：《天师道婚姻仪式“合气”在上清、灵宝派的演变》，《道家文化研究》第 16 辑，北京：三联书店，1999 年，第 241—248 页。

许并不全面，很多对他有利的证据他并未利用。像福永光司氏就注意到《想尔注》所用的思想语汇多与康僧铠于曹魏嘉平年间（249—254）——这要晚于张鲁的卒年——始译出的《佛说无量寿经》相同，而福永氏据此把《想尔注》看作是魏晋时代天师道的作品[①]。又如都筑晶子氏注意到《想尔注》中的一些观念与《正一天师教诫科经》和《真诰》等六朝道书的观念相同，与《抱朴子》尚且明显不同，更不要说汉末了[②]。至少从他们的论证中可以感到：《想尔注》所用的语汇和概念，有很多不是汉末三张时代所通行，反而是魏晋时代以后常见的。小林详细考察了《想尔注》中七个概念，也从多个角度证明了《想尔注》的诸多概念，不会是汉末能有的东西。他提到的一点很重要，即东晋以前没有以“道”为人格神的用法。从现有的材料来看，此说是完全应该成立的。不过他对《老子圣母碑》的解释却有些牵强。他认为《圣母碑》虽然说老子和“道”是同体的，但仍然没有把“道”神格化和拟人化。难道把老子等同于“道”还不算是“道”的人格化？小林的牵强解说是因他依据的是楠山春树对《圣母碑》年代的考订，说此碑

① 福永光司：《佛教与道教——以汉译〈佛说无量寿经〉为例》，《中日佛教学术会议论文集》，北京：中国社会科学出版社，1997 年，第 105—114 页。
② 都筑晶子：《六朝时代における个人と「家」》，《名古屋大学东洋史研究报告》，第 14 号，1989 年，第 19—50 页。

是西晋永兴元年（304）。他们都意识到以老子为“道”的做法不太可能是汉代的观念，所以两人都不相信明言“老子者，道也”的《圣母碑》作于东汉永兴元年（153），但采取“西晋说”实在是立碑时间与碑文思想内容矛盾无法解决的委曲之策，并未找到问题的根源所在。我认为永兴元年只能是153年而非304年，但《圣母碑》文却已是唐代重立之碑文，不能直接看作汉碑原文①。关于《想尔注》批评“世间伪伎”中的“房中术”，小林认为这是反对“天师道三洞派”的道派批判陆修静为首的“天师道三洞派”。实际上，“伪伎”指明是那些依托黄帝、玄素和容成之术，如前所述，这些是仙道传统的房中术，与天师道所倡导的男女“合气”仪式不同。与其说这是天师道内部派别的不同意见，不如说是天师道与仙道传统之间的分歧。其他的“伪伎”也不乏与晋宋时期道教所反对的“邪伪之道”相通之处。

《想尔注》的年代问题是早期道教研究中的焦点问题。国内学者一般都遵从饶宗颐先生的论断，很少有人自己进行重新定年的尝试。这么多年来，可供定年的线索几乎都被人使用过了，很难再找出新的切入点来做出全新的论证。持“汉末说”的学者认为“晚出说”所考察的思想

① 刘屹:《老子母碑考论》,《首都师范大学学报》1998年第4期，第34—41页。

和概念，都是建立在另外一些时代尚有疑问的材料基础上，他们认为所有这些“晚出说”的种种论证，都还无法动摇“汉末说”。因而现今，《想尔注》的年代问题仍然呈现着“汉末说”和“晚出说”互不相让的局面。我本人并非无条件地接受“晚出说”的结论，而是从汉末老子神化的具体问题入手，做过一系列的个案考察。从这一条线索来看，至少《想尔注》的“太上老君”之称不会是汉末三张时代就有的。从考古材料来看，“太上老君”也几乎是突然出现在 5 世纪南方的墓券中的。而更多像前述福永光司和都筑晶子那样的分散研究表明：要证明《想尔注》的语境是汉末三张时代，比说其是晋宋时期要困难得多。虽然“晚出说”依据的大批道典年代尚待进一步确定，但总是东晋南北朝前期应无大错，而《想尔注》的语汇和思想多与这个时代的道典相合。“汉末说”所能凭借的材料实在是太有限了，不仅要证明《想尔注》的思想和语词在汉末就有可能出现，更要证明它们是怎样从汉末一直传续到南北朝时代的。现在的研究显然无法弥补汉末与晋宋之间的缺失。我目前倾向于“晚出说”，认为小林的“刘宋中后期成书说”也可算是“晚出说”中比较可靠的一种。当然，这未必是最终的结论。与《想尔注》连带的是《大道家令戒》的成书时代，作者论证其成于刘宋末期。他将《大道家令戒》与时代相对明确的《三天内解经》相对比，也是从几个重要的概念入手，论证《三天内解经》早于《大道家令戒》。我认为这个结论也可以接受。不过对于《大道家令戒》里出现的曹魏年号，目前只能说成是“假托”，这还不能算是令人满意的解答，这也是《想尔注》和《家令戒》“晚出说”无法回避的一个弱点。此外，作者还考证了《妙真经》《黄庭经》《上清黄书过度仪》《太上洞渊神咒经》《女青鬼律》《太上正一咒鬼经》等道典的时代，虽然论证过于简单化和模式化，但其结论在目前尚缺乏对这些道经进行充分个案研究的情况下，也是可以暂时接受的，至少提供了一个继续探讨的基础。

作者正是依托以上这些全新定年的道典探讨了六朝时期，主要是晋宋时期江南道教的教派和思想。他接着福井康顺氏曾经使用过的“道流”一词，在本书中提出要“从道流的观点来把握六朝道教史”。按照他的解释，“道流”是：“共同尊尚特定的道典、共同信仰特定的神格、共同实践特定仙术的人的派别和这些人的思想系脉。”（见本书《绪言》，第5页。）六朝隋唐文献中的确有“道流”一词，但那是个一般性的泛指的名词。“流”是“支流、流派”的意思，据此，“道流”就是“道派”。如果不能说是“道教”派别，也可说是信仰“道”的人的派别。甚至，“道流”就可说是“信道之辈”和“信道之人”，不必非有“道派”之意。而作者把它作为具有特指意义的专有名词，意在以“道流”和“道教”相对照，显示道教形成过程中的不同阶段性。此点早在吉川忠夫氏的书评中就已婉转提出批评意见，但小林在其新著《中国の道教》中，就吉川的意见做了辩解，仍然坚持使用“道流”一词。至今，像他这样使用“道流”一词的学者肯定是极少数的。作者将“道流”具体指为天师道、葛氏道和上清派这三派。“上清派”要到陶弘景时代才可正式称为道派，而“葛氏道”则是个含糊和权宜的概念——除了明显带有神话色彩的灵宝经传承谱系之外，“葛氏道”还存在于何处？学界承认葛洪的思想与葛巢甫“造构灵宝”所反映的思想已大不相同，那么我们更应看重的是葛洪与葛巢甫之间的思想差异，还是他们之间的家族关系？果如王承文先生在其近来的系列论文中所论证的那样：古灵宝经与天师道的密切关系是超出我们以往认识程度的，则制造“仙公系”灵宝经的“葛氏道”与天师道有多大程度上是重合的？似乎不能简单说只是葛氏道“吸取”某种天师道因素而造成的，甚至对于“葛氏道”一词都有重加界定的必要。至于天师道，虽然一般都认为晋宋天师道是接续汉中米道而来的，但这其间有很大的缺环。在这样尚不明朗的背景下，作者努力将批量定年出来的道书一一归附于某个道派，有时就会顾此失彼，难以自圆其说。

如作者指出葛洪之后，葛氏道的思想观念发生了明显变化：葛洪反对祭祀鬼神、否定诵经咒术、强调道德的重要性、特重金丹法，而到东晋、刘宋时期的葛氏道，咒术色彩明显增强，金丹法不再被提及，体内存思术和服饵草木仙药以及符咒和祭祀等重新得到重视。作者将这种变化的原因归为葛氏道与重视咒术祭祀的天师道和重视诵经存思的上清派合流，以及东晋中期道教信徒中蔓延的“终末观”的影响。并说刘宋末年，葛氏道就消融于天师道之中。将葛氏道作为一个特定的道派来看待，而其前后思想观念竟会发生如此截然相反的转变，且其结局竟被天师道所融合掉了，这样的解释中推想的成份过多，令人生疑。又如作者关于《想尔注》出于刘宋时期的结论，我可以接受，但对其关于《想尔注》作者和所属派别为“天师道三洞派”的推论则难以接受。不仅“天师道三洞派”是作者自己命名的，而且作《想尔注》批判“三洞派”的那个派别甚至连名字也没有，作者称之为“别派”。更为奇特的是，最终“三洞派”还兼容了这个反对派，把原本批评自己的《想尔注》也纳入三洞经教体系，转为己用。这样的解释中缺环太多，难以使人信服。其实不仅是《想尔注》，本书中几乎所有经典的作者及其派别归属都存在这样的问题。从名词和思想、概念导出的作者归属，一般只能落到“道派”这一层面，而这些“道派”首先就是需要重新甄别的。毕竟，我们连《三天内解经》明确署为“三天弟子”的“徐氏”是谁，都无从得知。所以在“道派”这个层面上，目前的道教史背景还处于像本书这样的努力建设中，要做肯定或否定的结论都还尚早。

至于思想的层面，如果暂时抛开微观的道典定年和道派归属问题，书中讨论的“终末论”和“种民说”“三天说”“六天说”等等观念，是基本可以确认为晋宋时期道教才有的东西，也是最能反映晋宋时期道教特色的重要思想观念之一。这些概念在国内以往的研究中是很少涉及的，所以这部分对读者应有很大的借鉴意义。但也存在着遗漏重要的研究成果和已有新的成果可以补充的情况，在此不一一罗列。作者在全书最后讨论的是三教交涉中的“教”的概念，这是非常有意义且值得重视的一个话题，可使我们对儒道释三教的理解更贴近当时的历史实际。作者指出，六朝时代人们对“教”的判断基于两条：一是教主的资格，二是经典的真伪。而从这两个角度来判断的“教”本质上仍是“圣人之教导或教化”，这是当时“三教”中“教”的真实涵义，与我们今天从西方借用的“宗教”概念之“教”是不同的。由此联想到关于儒家是否算作宗教的争论，是否也该首先站在古人的立场上去理解当时人的概念范畴？假如辨析“教”字可以加深我们对三教真实涵义的理解，我觉得对于道教而言，辨析“道”字要比“教”字更显重要。“道”字的涵义太多太广，正因为对于“道教”之中的“道”字未加辨析，所以才导致现在出现道教起源和形成的种种新说，各有道理，因为每种说法所理解的“道教”都是不同的。

给我留下深刻印象的是小林在《前言》中说的一句话：“道教史研究中至今还没有可称得上‘定说’的东西。”

（《前言》，第 1 页。）这一多少令人有些瞠目的话，显示了他对以往研究成果的决然怀疑，和对自己研究工作的充分自信。这句话可以看作是他写此书乃至目前为止，他的全部道教研究的前提和基点。在本书中，他还只是突破传统观点中对个别道典成书年代的判定，在此后近十年的研究中，他就进而直接要否定一直被奉为“定说”的道教“汉末形成说”，转而确立道教的“晋宋时期形成说”①。其实，小林这句话如果改作“道教史中还没有可称得上将是‘永远定说’的东西”，也许更合适一些。现在有些中国学者“颠覆传统”的愿望似乎也很强烈，如把道教史开端从汉末提早到东汉初年乃至周秦时代，同样也是否认既有“定说”的表现。人们往往乐于宽容地对待把道教起源提前的做法，而对像小林这样把道教史开端推后之举则大不以为然。其实，两种倾向都反映了对既有“定说”的不满，从本质上说，二者本无区别。而对“定说”的否定与

① 他在本书之后关于道教形成问题的讨论主要见于“The Celestial Masters Under the Eastern Jin and Liu-Song Dynasties.” *Taoist Resources* Vol.3,No.2, 1992, pp.17-45. *“The Establishment of the Taoist Religion and its Structure.” Acta Asiatica* No.68, 1995, pp.19-36.《三洞四辅与“道教”的成立》,《道家文化研究》第 16 辑，1999 年，第 10—21 页;《「道教」の构造と历史》,《东洋の思想と宗教》第 13 号，1996 年;《刘宋の天师道の思想》和《刘宋の天师道の成立》，俱载《东洋の思想と宗教》第 15 号，1998 年。以及其 1998 年的新著《中国の道教》。

突破，并不是道教学的悲哀，反而是道教学兴盛的前兆。现在谁都难以把自己的结论当作新的“定说”——只有经历了学术史检验的观点才有资格成为阶段性的“定说”。身在其中的我们，未必是评判这些新观点、旧定说之是是非非的最佳人选，还是留待学术史和后人去评判吧！我们要看的是这样的观点对于当时的学术研究是否有推进作用，如果有，哪怕是日后被证明错误的观点，也应给以学术史上应有的地位。

十多年后的今天来看此书，应该承认书中一些观点已经过时，还有一些观点尚未得到人们的充分重视。但即便本书有再大的问题与缺陷，其对于六朝道典研究的推动意义也是首先应该给予正确评价的。实际上，我们现在之所以能够以如此挑剔的眼光评价小林这部著作，很重要的一个客观条件，是我们能够从此书所引发的对六朝道典研讨的新热潮，以及由此产生的大批研究成果中汲取有用之需。而这在作者当年做研究时显然是不具备的。从这个角度来讲，无论读者从拙文中看到对此书是毁是誉，都不会影响到本书在学术史上本应有的地位。我认为小林正美氏此书的贡献在于：第一，使人们意识到看似纷杂、了无头绪的道经，居然也可以做到相对精确的定年，并做出一系列具体的范例。第二，引发了新一轮关于中古道教研究的热潮。人们正是在对其近乎大胆的颠覆性结论进行辩驳的同时，加深了对六朝道教史的认识。

评《六朝南方神仙道教与文学》

在中国中古文学研究领域中，“道教与文学”一直是个引人关注的主题。从以往的研究来看，“道教”与“文学”各有各的立场和出发点，研究者总要有所侧重。如李丰楙先生在其早年，就是立足于道教来研究“游仙诗”和“仙道类文学”，并取得丰硕成果。更多的研究者是从文学史的立场，以具体的文学作品参照现成的道教史背景来展开研究，对道教史本身远不及对文学作品本身着力多。本书作者赵益先生似乎不能算是一个专门的道教研究者，但他从文献学和文学史研究立场来审视现有的道教史，竟然颇有重要的新见。可以说，本书以一个看似“外行”的角度，对早期道教史本身提出了一系列十分“内行”的反思；同时也对六朝文学研究，从基本理论到具体个案，都提出一些新看法，因而很值得中古道教学界和文学界给予足够的重视。

本书列入《中国典籍与文化研究丛书》第一辑，书前有周勋初先生的《序》。全书分为内、外两篇。内篇是全书的主体，又分为六章：第一章《导论》，讨论了相关研究方法和理论依据。第二章《六朝南方神仙道教：来源、整合及发展》、第三章《南方新神仙道教上清系的若干考察：历史与宗教特色》，这两章主要探讨汉魏六朝时期道教的渊源、实况及社会影响、精英思想及世俗信仰与道教的关系等历史问题。第四章《神仙世界的构造：六朝神仙传记考察》、第五章《怪力乱神的回归：神仙道教与小说的兴起》、第六章《宗教体验的艺术表达：六朝南方神仙道教与诗歌》，这三章重在讨论六朝时期诗的宗教体验和宗教内容、神话遗存及宗教史传的喻义与文学表现、意象的生成、小说的兴起与宗教基本母题的关系等文学本身的问题。外篇是与本书主题紧密相关的四个具体而微的个案研究。后附《引用及参考文献》《后记》。由于我的学术兴趣和所受训练所限，在此可能更多偏重于书中对道教史反思方面的评论。

首先，作者很注重对研究方法和理论的关注。由于本书论题的“跨专业性”，书中要同时关注宗教、文学与历史等相关概念和理论，试图在缕清各个概念的基本内涵与外延后，再展开相关的讨论。因而这样的做法对作者本身的学养和能力是一种挑战。在《导论》中，作者通过比较前贤的研究成果，确认自己将按照陈寅恪“文史互证”的

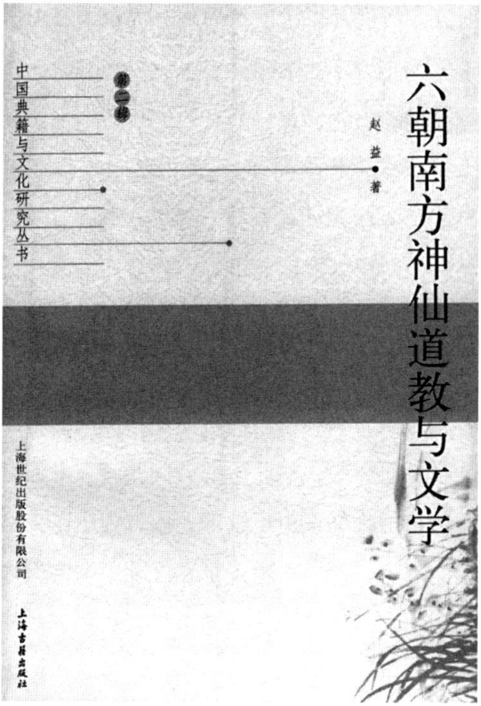

《六朝南方神仙道教与文学》,赵益著,
上海古籍出版社,2006 年 4 月

研究方法展开讨论。然后逐一界定了书中所使用的几个基本术语概念如“六朝”“宗教”“道教”“文学”“宗教诗歌”等的内涵，意在“有效地建立学术研究的真切的语义系统或概念系统”。但我觉得其中一些基本概念，并非都是能够越辨越明的。如“宗教”和“道教”，在现阶段保持一定的模糊性反而更好。作者还提出几条基本的文献学原则，其中不要轻易将“宗教内史”当作信史来使用的原则，尤值得道教研究者重视。所谓的“宗教内史”当然并不是没有一点利用价值，需要具体问题具体分析。但在当前道教研究中，一些研究者确实就在未加辨析地使用那些看似能够弥补正史之缺的“宗教内史”来增添道教史的篇章。本书一些观点也正是在破除了“宗教内史”建构的虚幻历史之后才显现出来的。

本书涉及对早期道教史的反思，主要集中在从汉末五斗米道到东晋上清系形成这一历史阶段。作者首先对“道教的形成”说提出质疑。现有道教史通常以汉末太平道和五斗米道为“形成”的标志，但作者强调的是：道教是发展中的包合体，从酝酿到整合的过程都呈现多元和混杂的特色，直到后期，仍然在教义、仪式、组织形式等方面处于复杂多变之中。作者据此认为历史上道教就没有正式地“形成”过。我并不认同此说。作者之所以对道教有这样的观感，是因为作者对道教的认识，从本质上说还是基于一种“合”的立场和视角，即道教就是中国文化中所有纯粹的儒家和佛教之外的，特别是民俗信仰方面的大杂烩。在这一点上，与现行道教史强调历史上的道教“无所不包”和“古今贯通”的立场，其实并无本质上的差别。但作者能注意到并强调出历史上前、后期道教的巨大差异，而现有的道教史大都对这种差异，见怪不怪。在我看来，对待道教这种历史差异的可取态度，应该是尝试新的解释途径，而非从根本上怀疑道教是否“形成”。要解决这个难题，还是要回到什么是“道教”的基本认识上去。这在现在还不是个可以轻易解决的问题。

其次，针对现有中国道教历史的“五斗米道（天师道）一元单线发展观”（这是我所做的概括），作者提出早期道教应该是“多元多线”产生发展的观点。我对此深表赞同。通常认为：三张所创的“五斗米道”同时又叫“天师道”，而“天师道”又是整个中国道教的主要源头。道教学界曾有人提出“五斗米道”是汉末的用法，东晋南朝才出现“天师道”的用法，但此说并不受人重视。本书作者认为“五斗米道”是张陵、张鲁祖孙在汉末巴蜀汉中的教团组织；而张陵被尊为“天师”，是在西晋中期以后的事情；“天师道”本是泛称，直到南北朝初，“天师道”也仍没有用来特指三张五斗米道；到唐初修史时，唐人才将“天师道”与三张的“五斗米道”混同。换句话说，作者怀疑我们现在看到唐修《晋书》和《南史》中“五斗米道”和“天师道”同一不二的现象，并非东晋南朝时人的真实认识，而是被唐人有意无意搞混了。在此，作者也注意到刘宋何法盛《晋中兴书》有云："郗愔及弟昙奉天师道。"（见《世说新语·排调》刘孝标注，此据余嘉锡《世说新语笺疏》，上海古籍出版社，1993年，第814页）说明刘宋时人已有称"天师道"者，而一般认为郗氏与琅琊王氏应该同属"五斗米道"。但作者认为这只是孤证，难以为据。其实，唐修《晋书》以南齐臧荣绪《晋书》为蓝本，兼采笔记小说，稍加增饰。今见何法盛《晋中兴书》又云孙氏"世奉事五斗米道"。（见《北堂书钞》卷一二三《武功部》十一《刀》三十五，叶六；《太平御览》卷三四五，中华书局影印本，1960年，页1587a作"北斗之道"，应为"五斗米道"之误）刘宋王韶之《晋安帝纪》云王凝之"事五斗米道"。（见《世说新语·言语》刘孝标注，此据《世说新语笺疏》，第131页）又云孙泰"事五斗米道"。（见《世说新语·德行》刘孝标注，此据《世说新语笺疏》，第49页）南陈马枢的《道学传》则说殷仲堪"少事天师道"。（见《三洞珠囊》卷一《救导品》，《道藏》，文物出版社、上海书店、天津古籍出版社，1988年影印本，第25册，页298a）这些"五斗米道"和"天师道"的用法，唐修《晋书》都一仍其旧，基本未有改易。究竟在晋宋时代，"五斗米道"和"天师道"确已同指三张教团？抑或郗氏、殷氏之"天师道"与王氏、孙氏之"五斗米道"在当时还是各有不同？作者在此的怀疑提出了很好的引人深入的问题。

作者又强调六朝南方神仙道教与巴蜀五斗米道“绝不存在直线的血缘关系”（第 58 页），认为东部滨海地区完全可以在原有基础上生发出新的道教，而这才是六朝江南神仙道教的直接源头之一。现有道教史认为上清系的魏华存、许氏家族都受到从巴蜀传来的天师道影响。而作者认为上清系的渊源应该更多从江南和东部地域固有的传统去寻找。上清系是杨羲、许氏等人，以滨海地域道教传统为根基，远袭楚文化的萨满降神传统，近取帛家道、李家道等仙道团体，又依据新道教理论进行了改造与革新而形成的。尤值注意的是，作者强调以往被认为属于五斗米道标志性东西，如“祭酒”“静室”“治”等，也都是江南道教自有传统，并非五斗米道所专有。这些认识与我近来一再宣扬的：应该注意早期道教史上的“东部传统”颇有相合之处。不过，作者一方面认为现有的材料不足以证明五斗米道在西晋平吴之后传到江东的传统看法，另一方面却认为所谓的“正一系”天师道经典，在两晋时已传到并影响了江东。其根据就是《正一法文天师教戒科经》中的《大道家令戒》。作者对这部经典并没有自己的专门考证，主要参考前贤的纷纭众说，导致书中对此似有前后不一的认识。如说此经“相当可能是成于东晋以前而可定为张鲁后裔所撰。”（第 73 页）但其后又对唐长孺、小林正美关于此经不早于苻秦、刘宋的结论表示认同（第 331 页）。进而，从道藏“三洞四辅”形成的历史来看，以“正一法文”为经题的一系列经典，并非作者认为的在张鲁之后的西晋时期形成，应该是在南朝后期的齐梁时代才正式形成的。《大道家令戒》显然也属于“宗教内史”，但作者在使用它时却没有坚持自己在《导论》中提出的原则。

作者进而论证：反映了南方士人阶层信仰的上清系，是在北人南渡的大背景下，以南方士人为主导，通过融汇南北方道教信仰而产生了南方新神仙道教，并非如此前道教史所认为的主要来自五斗米道或天师道的影响。从本质上说，《真诰》中提及的李东、华侨、杨羲等人，都是“神媒”。从杨羲开始，对旧有的“神灵附体”式的人神交接方式，从形式到内容都有了革新。即“人神交接”不再是控制事物的巫术手段，而成为一种救赎与解脱的理想表现。我认为，作者强调的这一点，也正是六朝经教道教与战国以来民间信仰的主要区别。杨许时代的仙真世界最高神，还是汉魏传统中的西王母，而非后来的道教“三清”主神；上清经教人的主要修行方式还是如房中、存思、服食、金丹等汉魏以来的传统道术。所以东晋中叶上清经的出现，只表明汉魏仙道传统，在江南新的自然和人文环境下，开始向经教道教转化，而并不意味着中古经教道教正式建立。应该注意到杨许时代最早的上清经，与其后成为三洞最高的上清经之间的区别。

作者在第四章以下，讨论了《列仙传》《神仙传》《汉武帝内传》、上清系诸真传、《洞仙传》《道学传》等作品的时代和内容；还从“小说”的概念入手，对现有的“仙道类小说”的提法和分类提出了质疑；对“志人小说”和“志怪小说”“小说”和“逸史”的关系提出了自己的见解；讨论了“游仙诗”、《真诰》中的诗歌以及六朝山水诗的兴起等问题。因这几章的内容主要是文学史方面的，又涉及颇多的文学史概念和对一些前贤意见的商榷，故我不敢过多置喙。

值得注意的是，作者强调《真诰》的产生“毫无疑问是人的作品”（第 151 页），指出《真诰》中的诗也大都是成熟的五言诗，肯定是由当时人所作——逯钦立早已将这些诗作当作杨羲、许谧等人的作品。道教中人往往把道经假托为天宫的神书玉字，经过天真降笔和神媒转写才流布人间。像《真诰》所载这种由仙真直接口授、杨羲笔录而成是一种情况，更多是号称通过所谓的“扶乩降笔”而成。扶乩活动在某些场合中确有一些无法解释的神秘性，似不能将扶乩全部认定是荒唐骗人的把戏。但也不能因此就认为道经的产生，只要和扶乩等仙真降笔活动扯上关系，就可大大降低对其制造来源的怀疑。道经的成书年代和作者不清，是困扰道教研究的一大难题。有研究者在百般无法破解道经制作谜团之际，只好将其归于神秘的扶乩降笔，似乎其来源本就是神秘不可知的，也就没必要和没办法去搞清楚它的来历。但研究者应该坚信一点：绝大多数道经都是人为创制的，根本不应该有什么神秘难解的来源！关于上清系的神真降告神话大多出于杨羲、许谧这两个凡人的精心策划，见王家葵《陶弘景丛考》（济南：齐鲁书社，2003 年）中的相关论述。经过陶弘景甄别和整理的《真诰》，被奉为上清系的神圣天启，似乎其真实性就不再成为问题。事实上，杨、许等凡人将自己的作品假托为仙真之诰，这本身就是“不真”之举。陶弘景在整理过程中也难免会有用他那个时代才有的观念来解读杨许所留真迹的情况。《真诰》尚且如此，其他道经何遑更论！至于那些号称历劫以来藏于天宫、运期来临才降临人间的“天文玉字”或神授天书，更应该看到其背后人为造作的本质。惟其如此，才能够在“不真”的经典中，找寻切实可信的道教历史发展轨迹，而不是被道教的“内史”牵着鼻子走，这才是道教研究者应有的客观立场。

外篇分别讨论了“天师”与“天师道”这两个名词的来历；《真诰》的版本问题；《抱朴子·遐览》所载道书并非郑隐、葛洪所掌握道书的全部；《汉武帝内传》与《神仙传》之间的关系等，此不赘述。

书中有一些不该有的错误：首先是错字失校，如第 40 页的“很难成立”误作“很能成立”；第 42 页“百二十官”误作“百二十宫”；第 121 页“楚庄王”误作“楚壮王”等等。无论是正文还是书后所附参考文献，都把“龙显昭”误作“尤显昭”。再就是第 343 页将“本际经”认作佛教阿含经典之《本际经》，实应为道教的《太玄真一本际经》。

另外，本书作者是非专业的道教研究者，因而虽然在搜寻相关道教研究信息方面做了很大的努力，但仍有一些重要的遗漏。不过，也正因作者这种非专业道教研究立场，使他没有被某些先入为主的道教史的条条框框所局限，方能以自己的角度对道教学界耳熟能详的那些基本材料得出新的解读，对早期道教史有较深的反思和质疑。有人说：不突破旧的学术框架和格局，就无法诞生新的学术大师。能否成为“大师”，要看后人在学术史上的评价。是否有勇气和能力“突破格局”，才是人文科学的研究者所应有的独立精神在当下的体现。

评《敦煌古灵宝经与晋唐道教》

敦煌藏经洞发现一百多年来，敦煌道教文献的研究大体经历了两个方面的转变：其一是从最早的关注子部道家老庄之书向关注纯粹的道教经典转变；其二是研究者的立场和视角从游离于道教之外转向深入道教内部，开始对道教持有“理解之同情”态度。而对敦煌道经研究的角度，又不外乎文献学的文本探讨、历史学的道教史背景建构和宗教哲学的义学理论阐发这三个层面。在以往的研究当中，偏重于道教文献文本学和宗教义理学的研究，很多精深和细致的个案研究，都是依凭传统的道教史框架，充其量是为旧的框架增添未必相配的崭新材料和例证。而将特定的道教经典作为研究对象，从浩繁艰涩的道经文字本身出发来读出道教史的变动轨迹，这样的研究具有很高的难度，但却是今后道教研究寻求突破的一个不可回避的重要途径。在这方面，王承文先生的这部 65 万字、850 多页的巨著，不仅自觉随应并充分体现了敦煌道书研究学术旨趣的转变，也比较成功地综合了文献学、历史学和宗教学的方方面面。体现了作者相当高的学术素养和埋首穷经的治学毅力，这是首先应向作者致敬的！其次，本书对已有的道教史虽以充实补葺为主，但又不乏突破与创新。书中所论的问题，基本上都是深入道经内部，对原始材料掌握到相当精深的程度才能发现的问题和做出的论证，一般的泛泛之论者不可与之同日而语。相信这是一部对于敦煌学和道教学来说都非常有意义的重要著作，也将会是在学术史上产生一定影响的著作。

本书作为由北大东方学研究院、上海龙华古寺与中华书局合作出版的《华林博士文库》之第 3 种，前有季羡林先生的《总序》和照诚法师的《前言》，讲述本丛书的缘起。其后是本书的篇章目录，可惜只有纲目而未附相应的页码。以下，作者分六章，以 836 页的篇幅，“从东晋末年的一批古灵宝经来探究晋唐时代道教演变的轨迹以及这批经典在中古道教史上的历史意义”。（第 825 页）最后是《参考文献》和《跋》。

第一章《绪论》，先按照通行的道教史勾勒了从东汉中后期到晋宋时期道教发展的历史大势，接着概述了 20 世纪国内外对敦煌古灵宝经相关研究的成果和不足。其中对国外研究状况的评介显示了作者对国际学术动态的洞察和掌握，而这往往是国内同类论著中所缺乏的。下面分六个方面指出在古灵宝经研究方面存在的不足，并相应地总

《敦煌古灵宝经与晋唐道教》，
王承文著，北京：中华书局，
2002年11月

括出本书六个方面的主要内容。强调本书要立足于“文本的批判”；并突出古灵宝经的“经教神学体系”和“晋唐道教的整合”两方面的重点。经教神学方面包含对古灵宝经“真文”“三洞（经书）”和元始天尊等神学概念的探究；晋唐道教整合方面则着重反映古灵宝经与汉晋天师道，与佛教，以及南北道教之间教义、教法的交流与整合。最终说明东晋南朝之际道教变革对于中古道教产生深远的影响，由此展开了“晋唐时代，道教由教派并立进而整合成一种统一文化整体的一段波澜壮阔的历程”。（第 29 页）其中，汉末三张道教与上清、灵宝经法的关系，中古时期南北道教关系，都是目前中古道教史研究中极富兴味的热点问题，也是以往道教史重视不够的问题。本书对这些问题的探讨，对构建新的道教史背景无疑是极有价值的。

第二章，从《灵宝威仪经诀上》和《太极左仙公请问经》这两部只在敦煌道书中保留下来的古灵宝经入手，讨论中古早期佛道关系。古灵宝经与佛教的关系，是国际学界很早就注意到并有大批重要而优秀的研究成果涌现。但前贤的研究侧重于揭示古灵宝经如何借鉴佛教因素，即道教从佛教中学到了什么。而本书要说明的是：“早期灵宝经在借鉴大乘佛教教义的同时，实际上保持了极其强烈的文化本位意识。”（第 59 页）具体体现在古灵宝经一方面吸收了佛教的“缘起”“轮回”“三世”等概念以改造和发展自己的道教神学理论，强调宗教义理的探索，和内在精神的修养，使道教更具有大乘度人色彩。另一方面，又在强调儒释道三教并存的同时，坚持道教高于佛教的文化本位意识；还把佛教徒也纳入灵宝教法的传授范围。说明在一定程度上，早期佛道关系直到东晋末年，还不能清晰地割裂为彼此对立争胜的两个宗派。从道教来说，对佛教教义的汲纳是堂而皇之、名正言顺的，“道本佛末”的关系也是理所当然、天经地义的。作者据此对敦煌道经写本中大量的佛道并举、仙佛齐重的现象，以及从胡适以来关于陶弘景《真诰》与佛教关系的理解，都做出了比较符合历史实际的解说。

本章论述到葛玄与佛教中人有密切交往，并说葛洪也曾吸取佛教思想，由此来证明灵宝经吸取佛教教义的渊源甚早。但作者考证葛玄与佛教的关系，所依据的材料主要来自晋末宋初成书的古灵宝经和其他一些晚出的仙传。究竟这些材料证明了葛玄在世时与佛教交往的事实，或只是古灵宝经等道书所刻意渲染的一种观念和传说？不只是本书作者，在史料相对匮乏的早期道教历史研究中，学者们往往会把明显是后世道教神话的记述当作信史来用，这应该引起道教研究者的注意。作者考证葛洪与佛教关系时所用到的《抱朴密言》《元始上真众仙记》等，其作者是否确认为葛洪，学界尚无定论，暂置不论。而其引用7世纪玄嶷的《甄正论》来说明葛洪《字苑》直接借鉴过佛经，至少从本书引述的文字来看，玄嶷虽指明葛洪从佛经上录“梵”训为“净”，但并未提到葛洪的《字苑》。严格说来，葛洪著有《字苑》，与玄嶷说葛洪采录“梵”字，是两回事。况且，白安敦（Antonello Palumbo）已经证明：历来以为从道教阵营中叛投佛教的玄嶷，其《甄正论》对道教的描述应该是相对可靠的，然考虑到当时正是薛怀义横行一时之际，《甄正论》对道教的批判在此高压下作成，难免有失客观公允，故其所言不可尽信无疑。（见 “On the Author and Date of the *Zhenzheng lun*: An Obscure Page in the Struggle between Buddhists and Taoists in Medieval China”, *Annali dell'Istituto Orientale di Napoli*, L Ⅶ, Napoli, 2000.）

此外，本章还对全书研究的基本材料古灵宝经的文本产生的情况进行了解释。自小林正美《六朝道教史研究》（东京：创文社，1990 年；成都：四川人民出版社，2001 年）对陆修静《灵宝经目》中“元始旧经”和“仙公新经”产生过程提出解说以来，所见大都是国外学者对其论点的商榷意见。本书是国内第一个比较明确而全面地响应国际学界对此问题争论的论著。作者提出敦煌本宋文明《通门论》所引的陆修静《灵宝经目》是陆氏作于 437 年的目录，而其 471 年的《三洞经书目录》中的洞玄灵宝经目仍然是这份《灵宝经目》（第 93、250 页）。故 437 年可以作为这批古灵宝经中已经“出世”经书成书的时间下限。而葛巢甫造作了当时“出世”的“元始旧经”中的 21 卷，其后的早期灵宝派人则完成了“仙公新经”11卷（第245、249页）。“仙公新经”的问世明显晚于“元始旧经”。本书列举了几部“仙公新经”，或是可以看到从其各自对应的“元始旧经”发展改造来的痕迹，或是明显吸取了418年才译出的佛经，从而为这一争论划上了句号。不过，这样基础性的文本研究，没有放在全书最突出的位置，而是埋没于各章具体问题的论述之中了。

第三章，探寻古灵宝经中“三洞”思想和“三洞经书”的渊源与演变，指出《三皇经》最早只有“三洞尊神”，到古灵宝经《九天生神章经》开始以“三洞经书”指称上清、灵宝、三皇这三组道经，它们共同都是“大乘”，其共同本源则是《灵宝赤书五篇真文》等灵宝天文，共同教主则是灵宝经中的元始天尊。虽然以往研究多强调上清经对“三洞”和“三洞经书”形成的影响，但作者发现这些上清经大都出于南朝初年，它们正是从东晋末成书的古灵宝经中借用了“三洞经书”的概念，转而在这三组经书之中进行大、中、小乘判教的区分。作者进而解说了“三洞法师”和“三洞弟子”，认为这里的“三洞”既指传授洞真、洞玄、洞神的三洞经典，又指专门传授《灵宝赤书五篇真文》。在此基础上，作者又对陆修静的“三洞”思想进行重新评价，认为陆氏并非“三洞”学说的创立者，而只是继承了古灵宝经的“三洞”思想。这些观点值得重视和肯定。此外，作者于此强调古灵宝经与民间巫道信仰的对立与批判，近来已经越来越成为国际道教学界的一种共识。国内学界应据此重新理解早期道教历史中所谓的“民间道教”之含义。

谈及古灵宝经对道家思想的融摄，不可避免地涉及《想尔注》。作者先否定了所谓“杨羲手书张镇南古本《五千文》”即《想尔注》的看法，这使得《想尔注》从汉末到晋宋的流传线索又少了一个重要环节。而对《想尔注》与《老子内解》的关系，除了作者的解释外，还应参见王卡:《敦煌本〈老子节解〉残页考释》(《敦煌吐鲁番研究》第6卷，北京大学出版社，2002年，第81—100页)。关于灵宝经对《庄子》的援入，作者说就目前史料而言，以“南华”称庄子最早见于古灵宝经应该可信。较近的研究也只将“南华”一称追溯到梁代(杨思范《“南华”起源考》,《中国道教》2002年3期，第38—39页)。但说《太极真人敷灵宝斋戒威仪诸经要诀》援引佛教“三世”和“劫运”观念比附《庄子》的思想，则略显牵强。进而说陆修静著作中以佛理比附《庄子》的做法也是源于古灵宝经，则有些低估陆氏作为一代宗师的学理修养。在这里，作者可能太偏重于强调古灵宝经对其后道教经教义学的影响了。作者又指出《九天生神章经》出现“理微太幽，道达重玄”，是中古道经第一次明确借用和表达“重玄”的思想(第291—292页)。类似的例子还有时代更早一些的《晋书·隐逸·索袭传》所谓“兼重玄于众妙之内”，而这里出现的“重玄”二字，同样很难说就是后来道教重玄学的滥觞。实际上，作者在第二章论述《太极左仙公请问经》时的“道为无心说”时还只承认这是道教向“治心”“练心”和“内教”发展的远源，怎能说早出的“元始系”《九天生神章经》就有了重玄学思想，而到晚出的“仙公系”《请问经》反而又是“远源”？更不好解释的是，葛氏道对《老子》五千文态度的转变。作者通过《九天生神章经》《灵书度命妙经》这些元始旧经强调灵宝经大肆渲染的灵宝真文、天文的重要性，从而将灵宝经视作三洞经教之根源。而到仙公系的《太极左仙公请问经》又转而突出“道家经之大者，莫过《五千文》”、“《五千文》是道德之祖宗，真中之真”。对于古灵宝经内部这种明显的矛盾，作者也谈到这是因为葛氏道后来融摄了天师道教法，意即在葛氏道的立场上兼取天师道法。不过从强调灵宝经到强调《五千文》，这显然已是立场上的转变，恐怕不单单是葛氏道人主动吸纳天师道法那样简单。

第四章，讲古灵宝经对汉魏天师道法的扬弃。这是理解从汉末到晋宋道教历史演变的重要一环，既是本书对现有道教史框架的重要补充和完善，也是对国际道教学界一贯只强调灵宝经吸取大乘佛教认识的一种纠偏。作者指出古灵宝经较多地保持了汉魏天师道的传统，反映出灵宝经有着更为深厚的本土道教和本土文化传统。本章所论的几个问题，都是以往道教史所未涉及或没有正面讨论的，因而具有开创意义。如张道陵天师在古灵宝经中的地位问题，具有汉魏天师道与灵宝经法整合的象征意义，作者以此为切入点，不能不说是慧眼独具。由此论证晋末宋初的这批古灵宝经中“正一盟威之道”、定期斋戒和“斋直”、道教出家理论等实际上都是经过了对汉魏天师道所传的厨会、斋法、合气等传统的继承和改善而来的。这就具体说明了汉魏天师道与晋宋道教之间的历史承续关系，填补了现有道教史的空缺。不过在细部的论证过程中，也不乏一些可商之处。

其一是说张道陵首先出现在古灵宝经《太上灵宝五符序》中，即所谓“钟山真人告夏禹有言：陵昔闻之于东海小童”的“陵”究竟是不是张道陵？小林正美氏认为这里的“陵”是钟山真人华子期的自称，本书作者不认同此点，认为应是指张陵，显示古灵宝经很早就与汉中天师道传统有关。但首先要认定这段话（《道藏》6册，第336页）是钟山真人自述，还是引述？从上下文来看，总共四次出现“陵”，贯穿整段话始终。假如理解为钟山真人向大禹转述张道陵的事迹，则前无铺垫，后无转承，于理不通。故此“陵”应该就是钟山真人的自称。但如作者所言，钟山是昆仑山，钟山真人是与天真皇人一样在昆仑山传授灵宝天文的仙真（第328、706页）。而张道陵在道教传统中似乎从未被认为是钟山真人，且汉天师张道陵无论在怎样的道教神话中，也不应该去向大禹传授灵宝五符。作者之所以确认此“陵”是张道陵，可能主要是因为《神仙传·张道陵传》中确实讲到：道陵于鹄鸣山迎接自称东海小童的天人下降。但这个《神仙传》的文本最早见于《艺文类聚》，康儒博（Robert Ford Campany）将其视作是唐以前《神仙传》较早的文本，而非葛洪《神仙传》最早的文本（见 *To Live as Long as Heaven and Earth: Ge Hong's Traditions of Divine Transcendents*，University of California Press,2002，p.531）。特别值得注意的是，429 年裴松之注《三国志》时引到了 4 条《神仙传》的材料，但却没有在记述汉中米道历史的部分引到这个《神仙传·张道陵传》。所以，张道陵与东海小童的神话关系，也许不会很早就出现。

其二，为何属于“元始旧经”的《真一劝诫法轮妙经》和《智慧本愿大戒上品经》中都只讲葛玄精思，引得太极真人和三真人下降，而到同为“元始旧经”《玉京山步虚经》就加入了“正一真人无上三天法师张道陵”？且在《玉京山步虚经》（“元始旧经”）和《仙公请问众圣难经》（“仙公新经”）中，都说张道陵地位比葛玄要高？假如同一批“元始旧经”出自同一人（按本书的看法应该是葛巢甫）之手，为何会有这样的差别？他为何会在“元始旧经”中将张道陵抬高到自己祖先葛玄之上的地位？如果按本书所论“正一盟威之道”是太上老君传给张道陵的天师道法，为何确认无疑是葛巢甫所作的《灵宝五篇真文》

又会讲“正一盟威太上无为大道”是“道中之道”，即众道之首？（第335页）这是否会与本书作者所说的古灵宝经着意突出自己的天文、真文的灵宝经教相矛盾？再加上前述灵宝经中也有对《老子》五千文的推崇，看来古灵宝经内部还是有很大的意见分歧，把一批古灵宝经归于某一个人的造构，显然有一些无法解释的矛盾。

此外，对于旨教斋和涂炭斋源自汉天师张道陵的论述，书中所引材料最早亦是4世纪末5世纪初的古灵宝经。关于张道陵创制斋法缘起的记载，或是来自道经所述的神话，或是出于佛徒攻难之辞，而引及具体的《旨教经》内容已是唐宋时代的道教类书。当然不是说不能用后出的史料来解释早期的历史，本书这部分也确实有很多精彩之论，但关于三张米道时代的教法，以本书所引材料来看，道教对汉末三张（严格说来只是张道陵一人）比较详细的记载，大都出在晋宋之时。这些究竟是汉末历史的真实写照，还是晋宋时代道教中人的观念之物？联系到所谓的三张天师世系到曹魏实际已一度中断，到晋宋之际却又凸现张道陵的神话地位，而在南朝道书中对张天师世系记载的凌乱，更到唐代才又重新确立其家世传承谱系。（详见 T. H. Barrett，“The Emergence of the Taoist Papacy in the T’ang Dynasty”，*Asia Major*, 3rd, Vol.7, No. 1,1994, pp. 89-106.）很难不使人怀疑所谓的汉末三张教法有相当部分是后世道教比附上去的，未必是汉末历史的实际。

第五章，讲古灵宝经《洞玄灵宝三元威仪自然真经》《灵宝赤书五篇真文》等对于晋唐道教科仪的影响，具体论述了其中的“斋官”制度来源于东晋末年的天师道经典《玄都律》，并受到汉晋兴盛的儒家讲经制度的影响。《玄都律文》的时代也是众说纷纭，作者在此的考证原本可以令人信服。但联系本书前后的篇章，又会生出一些疑问。如《玄都律文》中提到了“天尊”和“三洞禁经”（第479页），而在前面讨论“三洞经书”概念时，作者只讨论到三皇经、灵宝经和上清经的“三洞”。依作者的考证，《玄都律文》的时代是东晋末年，这就会与三皇经和第一批古灵宝经的时代都有重迭，如此是否需要考虑到天师道中有无“三洞”观念？而在后面讨论元始天尊时，作者指出是灵宝经借鉴佛教的世尊观念才有道教的“天尊”，可是既然《玄都律文》也有“天尊”，究竟是天师道，还是灵宝经先有“天尊”？还是说现在的《玄都律文》已经受到晋宋三洞经教的熏染？果真如此，不仅其文本变化就更加复杂化，而且究竟是谁影响谁，也要重新考虑了。作者论古灵宝经的礼灯科仪、斋坛法式和投龙简仪的形成和发展，也较国内专门研究道教科仪的论著显得更有深度。

第六章，通过解读《隋书·经籍志·道经序》，强调了古灵宝经在隋唐道教中的地位。作者详尽分析了《道经序》的文本，对其中的几乎每个概念、名词都征引大量相关文献进行释证，在文本解说的基础上指出：《道经序》并非如前人所说的根据《无上秘要》，而是根据古灵宝经写成的；此序集中反映了南北朝至隋唐间道教整合与发展的重要方面。主要体现在：一，元始天尊作为全国统一的道教教主地位在此时正式确立；二，灵宝天文奠定了统一的经教体系的基础；三，古灵宝经确立的斋醮科仪成为中古道教的主流道法。这部分文献释证与历史背景的发掘相得益彰，比前人的相关论述要有深度。其中涉及南北道教的交流，特别是关于寇谦之时代北方道教吸取南方道教的论述，有些具体问题可与刘屹《寇谦之的家世与生平》（《华林》第二卷，2002年，第271—281页）、《寇谦之与南方道教的关系》（《中国中古史研究》第二期，2003年，第71—99页）、《寇谦之身后的北天师道》（《首都师范大学学报》2003年1期，第15—25页）等相参照。此外，作者强调灵宝“天文”是整个灵宝经信仰的核心，因为它是“道”的本体和表现形式，既是宇宙万化之源，又是三洞经书和道教所有经典科教的本源。由此从神学理论上确立“三洞经书”和道教经典科教统一的基础及其神圣地位。作者认为从唐代开始，古灵宝经中的《度人经》渐受重视，至宋代则被放置在道藏第一经的显著地位。从道教神学理论的角度来说明《度人经》的特殊地位是很必要的，不过，为何在晋宋时期灵宝经中强调《五篇真文赤书》是最重要和基本的灵宝经，到唐宋又转而强调《度人经》？这其中应该有某种值得探求的道教历史变迁痕迹。而作者相信唐末间丘方远关于《度人经》当时已有 58 卷之说，从而得出在宋真宗时《度人经》就已跃居《道藏》之首的结论。这个意见似还不能动摇司马虚（M. Strickmann）对此的经典性论述（见“The Longest Taoist Scripture”，英文 1978 年初刊，现有刘屹中译文，载《法国汉学》7 辑，2002 年，第 188—211 页）。61 卷本的《度人经》被放置在《道藏》之首，从而打乱了六朝以来形成的道藏经教三洞四辅的序列，在一定程度上应该看作是北宋末年道教对六朝隋唐道教传统的一种背离，而不应该是简单重复晋宋时代道教的灵宝传统。

本书《后论》，再次重申全书的主旨：强调东晋末年古灵宝经问世之初，就具有明显的整合道教各派，以建立道教统一经教体系的倾向和特点。中古道教有关宇宙化源、天地开辟、劫运观念、教法本起和以元始天尊为核心的神真体系等等，基本上都是以古灵宝经为基础来建构道教的基本框架的。而灵宝经整合天师道法和吸取大乘佛教，也更鲜明地展示了其本土宗教和文化本位的立场和特色。由此进一步阐发了陈寅恪先生关于“道教之真精神”的著名论题。

总的来看，王承文这部大著，十分鲜明地突出了古灵宝经在中古道教经教体系中的地位和影响，除了根据道教的神学理论来说明灵宝天文在整个中古道教经教体系中所占的重要地位外，更重要的是从许多具体的经教传统和斋醮科仪方面，论证了古灵宝经不仅仅是与上清、三皇或天师道经典并列的一个一般性道经集成，而是具有整合晋唐之间各派道教经教传统的平台和载体。它继承和发扬了汉魏道教的传统，也开启了中古经教道教的新局面。本书在一定程度上纠正了现有道教史中机械地按照所谓道派划分来割裂道教史的做法，同时也为传统的道教史添补了多处缺环，甚至增添了一些新的篇章。但假如上面提到的那些疑问果有稍许价值的话，可能说明不只是本书作者的局部论证存在问题，而且实在是他所依凭的这个道教史背景，颇有与新材料不合之处。实际上，作者着力刻画的东晋南朝之际道教变革的深度与广度，及其对中古道教的深远影响，已经越来越成为理解中古道教不可或缺的重要一环。不搞清这个时段中道教如何地继往开来，广纳众家，就很难接近中古道教的实质，进而认清中古道教与近世道教的不同面貌。在这方面，本书作者为我们做出了相当宝贵的探索和尝试。

最后，还是不得不钦佩作者驾驭这些令人望而却步的《道藏》材料的能力和勇气，书中对晋宋至明的《道藏》材料的使用，就如同唐史学者运用两《唐书》和《通鉴》史料一般地信手拈来。而要做到这一点，不知需要披阅多少倍于本书篇幅的原始材料！仅就此点而言，本书作者为我们做出了表率。而对这些原始材料的运用，也使本书的很多专题论证达到前所未有的深度和广度。不过，作者可能也想让读者分享阅读《道藏》材料的辛苦和不易——读这部书的确需要一定的耐心和相当的兴趣。

评《唐前道教仪式史纲》

吕鹏志博士的这部《唐前道教仪式史纲》，内容上虽然是讲汉魏六朝道教仪式发展的，但对于读者了解唐代道教仪式，仍然具有不可或缺的重要参考价值。这主要有两方面原因。

首先，在道教仪式史上，陆修静（406—477）、张万福（7世纪末至8世纪前期）、杜光庭（850—933）被称为“科教三师”。这是因为《道藏》中保存下了一批署名这三位高道所作的道教仪范书，使后人对他们在道教科仪发展史上的贡献有所了解。张万福是盛唐时人，杜光庭是唐末五代人。有唐一代就出了两位科教大师，自然也是与道教在唐代的兴盛发展互为因果。张氏总结与继承六朝传统，杜氏规整与开启后世的道教仪范。但张、杜二人对道教科仪规范的整理和制订，主要都是在刘宋陆修静所奠定的基础上做出的。以往研究过多地强调了陆修静在很多方面的开创性，但在陆氏之前，道教已有悠久的仪式传统和资源。所以，陆修静所做的，有不少也是对既有的汉晋道教传统删繁补阙、去伪存真的工作。当然汉晋道教仪式的确是经过陆氏之手后，才定型并产生深远影响的。这就决定了要谈唐代道教仪式的丰富与齐备，乃至唐代道教仪式对后代的影响，就不能不回到唐前道教仪式发展的历史上，去看汉末至晋宋之际，道教仪式是如何产生、发展和定型的；南北朝时期，道教科仪又经过怎样一番发展态势，而形成大唐统一的国家道教仪式。或者说，只有把汉唐之间道教仪式的发展脉络搞清了，才能对唐代道教仪式有全面的了解；只有对陆修静的工作给予充分的理解，才能对张万福和杜光庭的贡献有准确的评价。

其次，本书关于唐以前道教仪式发展流变的基本观点是：汉末至东晋，原本有天师道仪式和方士仪式两大传统各自发展；晋宋时代出现了融汇这两大仪式传统和佛教因素的灵宝科仪；经过陆修静的整理，南北朝时，灵宝科仪愈发丰富而完备，不仅盛行于南方，也逐渐影响到北方；南北道教混同为一后，唐代道教仪式实际上是以灵宝科仪为主流。这样一种关于汉唐间道教仪式总体发展的趋势化描述，在此前的研究中几乎没有看到。因此，这也许是本书的一大贡献。而关于六朝隋唐道教仪式的发展是以灵宝科仪为主流的论断，相信对于探讨中古时期南北方文化互动发展，或论证唐代文化主流明显继承自南朝的学者而言，也是很有参考价值的。此前，王承文先生《敦煌古灵宝经

《唐前道教仪式史纲》，吕鹏志著，北京：中华书局，2008年12月

与晋唐道教》（北京：中华书局，2002 年）一书，系统阐述了古灵宝经对中古道教的深刻影响，而本书则从仪式史的角度，再度强调了灵宝经教给予晋唐道教的深深烙印。可以说，古灵宝经的经教思想和科仪规范，对包括唐代在内的中古道教，产生过决定性的影响。

本书的篇幅虽然不是很大，却份量实足。从目前学术界的研究来看，对道教仪式的研究显然还处于薄弱环节。虽有学者记录和分析了大量的现当代道教，特别是所谓民间道教的仪式，但这些工作，更多是一种人类学或考古学上的田野调查记录，还缺乏对照道教仪式发展史所做的更深层次研讨。现当代的道教科仪固然有继承汉唐道教仪式的一面，但也有自元明以后损益变通的一面。两者间的异同才应是考察的重点之一。也正因为道教学界对历史上的道教仪式，素来缺乏全面的清理和深度的关注，使得这一领域中的先行研究成果，存在明显的缺失。吕鹏志具备优异的外语能力和哲学思维训练的素养，又得以长期与劳格文（John Lagerwey）教授等这样一批一流的道教学者论学，而劳格文恰恰是国际道教学界很早就关注道教仪式研究的专家。这些便利条件，使得本书完全可以胜任作者在“自序”中所期望的：“这个领域一直缺乏真正的通论性著作。本书不仅试图填补这项空白，且有补偏纠弊的用意。”（2 页）本书在填补道教仪式史空白方面的意义自不必多言。至于“补偏纠弊”的作用，我也深有同感。像汉唐道教仪式史这样重要的一个领域，直到现在才有吕鹏志的大著来填补空白，可见道教研究的学术积累是多么的不充分和不均衡！在这种情况下，对既有的、尚不充分的研究成果做出怎样的“补偏纠弊”之举，都不为过。因为那些成果很多都是由个别先行者提出，既没有经过其他人的讨论，也没有经过学术史检验。我甚至觉得：目前道教史的研究，在太多方面都可说是“一旦深究，几无定论”。本书能在一些关键性的认识上，坚持自己的新看法，而不盲从既有的传统观点，这是值得充分肯定的；而作者敢于直言要“补偏纠弊”，也显示了他对自己观点的充分自信。既能填补空白，又能言之凿凿地新意频出，这样的论著无疑具有很高的学术质量。

从本书的论述和作者多篇已刊论文可以看出，吕鹏志博士的研究方法具有注重文本整理、靠材料说话和注意史料辨析的特点，这是使得本书具有上乘学术质量的另一个重要保证。与道教经典相比，道教仪式的研究具有更大的难度。首先是因为在不同仪式上有很多相近或相同的内容，彼此不易分辨出源流脉系。再就是传世经本中记载的仪式，与实际操作的仪程之间很可能有差距，但现在却只能通过传世的文本来了解历史上的道教仪式。所以若不先从本就杂乱无章的道教文献中清理出各种记载道教仪式的文本，缕清其彼此的前后关联，道教仪式的研究几乎无从谈起。不仅是本书，作者在近年来所处理的一系列具体论题中，都十分注意对每一问题的相关文献资料先做一通盘的搜集，在对基础文本整理和校刊工作的基础上，再探究文本所反映的内容和流变。书中最典型的例子是他对《上元金箓简文》的辑佚（第144—158页），这样重要的一部古灵宝经已经散佚，作者通过敦煌残本、《永乐大典》残本和传世道典的征引，号称复原出原书的四分之三内容。作者以此亲手复原的文本为依据，再讨论《上元金箓简文》的相关问题，就应该是最有发言权的了。可以看出，作者近年来的每个论题，都是立足于翔实而具体的文献材料，而不是泛泛而谈。踏踏实实从文本出发、不务空谈、有一分材料说一分话的研究方法和态度，在目前的道教学界很有推而广之的必要。这种看似最费时费力的方法，实际上是最可靠和最有效的方法。更为难得的是，作者还强调了对所使用的道教文献，要善于辨析真伪。例如关于早期天师道的历史，作者明确提出应该“剔除晚出史料中增益附会的内容”，并认为“将东汉天师道描述成历史较为清楚且教制教义也相当完备的一个教团，这样的描述很可能与实际情况并不完全相符”。（第12页）他认为可信的早期天师道史料，只是有限的几种，那些明显出自后人伪托的作品，不能作为复原早期天师道历史的依据。这些认识，对廓清早期天师道历史上的一些似是而非的观点，是非常有建设性的。

作者在书中还提出了一系列对道教仪式的新见解。我印象最深的至少有两方面。一是他总结概括出纷繁的道教仪式的种类和基本结构，为不熟悉道教仪式的读者提供了重要的指引。如他将道教的基本仪式总结为五种：朝仪、章仪、传授仪、斋仪、醮仪（第275页）。而在很多的仪式中，他都发现了所谓“节次对应性结构”，如前有“发炉”，后必有“复炉”；前有“入户”，后必有“出户”等。认清这种对称性结构，是认识烦琐枯燥的道教仪程的关键。至少我本人就通过作者的这些论述，感觉到原本一直让我敬而远之的道教仪式，其实并不那么神秘难测和枯燥无味。二是作者突出强调了以往被弱化甚至忽视的南方方士传统在道教仪式形成过程中的作用。他从祭醮、斋戒、传授仪式、天文观念、召神问卜、存思法等诸多方面，论证东晋南朝的上清、灵宝、三皇等三洞经书的内容，其实包含了很多来自南方方士的传统，而这些又都被融化进逐渐完备的灵宝科仪中去。作者在这方面的论述，对于探究灵宝科仪一些具体仪式的来源问题，是很有帮助的。也使以往一味强调汉末天师道与晋宋上清、灵宝、三皇经教之间直线的、有些勉强的传承脉络，显得更加丰富和贴近实际。

此外，作者在书中还借鉴吸收了大量的西文和日文的研究成果，这使得本书关于海外道教的研究信息得到异常丰富的呈现。尤值一提的是书中对法文论著的引用。法国学者对中国道教的研究，几乎可以说是伴随着欧洲汉学的诞生而开端，几代法国道教学者前赴后继地做出了很多优秀的研究成果。但是由于国内道教研究者长期以来很少有人能读法文的原著，所以法国学者一些重要的著作，或是根本不知，纵然知道，也无法了解和掌握。例如已故的康德谟（Maxime Kaltenmark）、司马虚（Michel Strickmann）和贺碧来（Isabelle Robinet）等人的研究，虽然有部分英文的著作，但他们最精华的成果，目前还都是法文的。作者在书中对这些法文论著的运用显得游刃有余，为中国道教学者研读法文道教研究原著做出了典范。正因为站在康德谟、司马虚、贺碧来这些巨人的肩上，吕鹏志的研究，乃至他书中的很多观点，也就更加值得重视和尊重。

由于学术界内外至今对道教仍或多或少存有偏见，所以道教研究历来居于学术研究的核心区域之外。这导致了相对于其他学科或专业而言，道教研究整体的学术积累还是很不足的。以唐史为例，大多数学术问题都经过了几代人、中外学者反复的讨论。同一个问题，不同学者从各个面向上的认知，都达到了相当深入的程度。经过这样讨论过的问题，大家所能形成的共识，自然也经得起学术史检验。这就是我强调的一个专业研究领域的学术积累。道教研究领域不乏重要的专家学者，但由于道教研究的特殊性，《道藏》材料的复杂性，个人的学术能力再超群拔萃，也不能取代或拔升整个专业领域的学术积累。而很多学术问题的真正解决，还是要等此专业的整体学术积累到了一定程度后才能做到。在道教研究领域中，如前所述，有一部分论题能够有这样的学术积累，但更多的问题都处在缺乏对话和商榷，缺乏学术史检验的境地。如果认同本书具有填补空白的意义，那也就同时意味着，无论是现在还是将来，此书都不可避免地要面临一些商榷和质疑，这也是最正常不过的事情。

如前所述，学界目前对早期天师道历史的可信度和史料范围的认定，是颇为不同的。而这就决定了对于早期天师道历史、晋宋古灵宝经历史的认知，都还存在一些明显的不确定性。在这种情况下，这部专门讨论天师道和灵宝经仪式的著作，必然要为日后道教史背景的重新认定，留下修缮补葺的空间。这一点毋庸赘言。虽然作者具有史料批判的精神，但在我看来，这种批判精神还不够彻底。这仍然主要集中在早期天师道历史部分，例如，作者认为《想尔注》《千二百官仪》《汉中入治朝静法》这三种文献，是目前可以确认为汉末三张天师道的东西；而《大道家令戒》和《阳平治》则是 3—4 世纪北方天师道留下的唯一教内文献。我对此仍表怀疑。例如，《典略》是最可靠的关于五斗米道的记载，其中说到五斗米道信徒得病，主要有两种处理方式：一是要病人自己在静室思过，二是由祭酒为病人上三官手书。但何种情况下思过，何种情况下上书？并没有说明。个人思过，就不需要祭酒在旁。甚至如太平道一样：病能好，是因为信道虔诚；病不能好，是因为信道不虔诚，这都与祭酒无关。三官手书有战国末年的秦骃华山玉版为例，可知只是对天帝服罪，请求解除病患，而不会有如《千二百官仪》那样，通过祭酒上章，出祭酒身中之官，上达天曹，再请天神派遣神兵神将来捉杀病鬼，这样病人才能痊愈。《千二百官仪》的观念与三官手书的观念，显然不应是一个历史阶段的。当然，早期天师道历史现在仍然是谜团重重，难有定论。作者剔除很多晚出材料中对早期天师道历史记载的做法，如果能得到学界的普遍认可，才有可能进一步讨论以上这几种史料对于了解天师道历史的真正意义。

进而，书中一些具体论断还有待进一步斟酌。其中既是本书最大亮点之一，同时也可能最容易引起异议的，是关于方士传统部分。我并不否认作者揭出方士传统，对于了解道教仪式，特别是灵宝科仪形成过程的重要意义，但在方士传统的认定和评价方面，可能还有需要进一步完善之处。例如，书中讲到所谓的方士传统，是包括了《汉书·艺文志》中“方技略”和“术数略”这两大类、十家的传统。并说：方士传统发端于战国，后来成了道教的重要组成部分（第 8 页）。其实按照李零先生的说法，“方技”（医经、经方、房中、神仙）是关于生命的学问，“术数”（天文、历谱、五行、蓍龟、杂占、形法）是关于天道的学问。我认为，汉代方技与术数的理论根基在“天崇拜”，而六朝道教讲的是“道崇拜”。所以，在六朝道教那里，关于天道的学问自六朝以降，可以说随着佛教教义影响到道教的宇宙观和世界观，已经逐渐不再被重视了。本书第46页征引《抱朴子内篇·杂应》的一大段文字，正说明仰观天文、俯察地理、占风气、布筹算、推三棊、步九宫、检八卦等等这些汉代传统的术数之学，在葛洪那里已经成了“下术常伎，疲劳而难恃。”此外，《陆先生道门科略》《三天内解经》中还有反对医巫和卜筮问神的内容，即便是方技中的房中术，在六朝道教中也与在汉代方技传统中相比有了变化。这说明六朝道教对汉代方士传统的继承，并不是直接和全盘接受的。本书强调六朝道教仪式继承了自汉代以来的南方方士传统，但南方方士传统的产生必然是在汉末三国以后，其与《汉书·艺文志》或《后汉书·方技列传》所载的汉代方士传统有哪些异同？在没有新的信仰体系形成之前，江南地区如何在汉代传统的影响下形成具有地方特色的南方方士传统？这些可能是要确立起方士传统作为灵宝科仪重要来源之一时，应该有所交待的。

不得不指出，本书在充分注重国外学者研究成果的同时，反而对国内学者，特别是中文研究论著的关注存在缺失。例如，关于孙恩、卢循起义是否是天师道起义，黎志添先生有英文专文做过讨论，认为不宜再将孙、卢之乱贴上天师道起义的标签。关于《上清黄书过度仪》和《洞真黄书》的研究，本书也根本没提王卡、葛兆光两位先生的先行研究。而作者在书中多次明确否认《老君音诵诫经》和《魏书·释老志》反映出北方天师道接受南方道教的影响，实际上，我和王承文先生都有专文对此做过论述。我们都认为：北方道教从寇谦之本人开始，就已接受了南方经教的影响。而北方道教受到南方经教影响的最早实证，应该是496年的姚伯多造像碑，而非505年的冯神育造像碑。进而，由南方经教对北方天师道的影响，论及中古道教的南朝化趋势，实际上就是经教化的命题，我也在不只一篇文章中提到，但都没有被纳入作者的学术视野。这些情况，我相信是因为作者长期在国外，对国内的中文研究资料不能及时掌握。像寇谦之与南方道教关系这样的问题，作者没有看到已有的研究，就容易得出让人意外的结论。

此外，本书还有很多优长之处在此不及展开论述，例如关于灵宝科仪对佛教仪式的借鉴，也是本书的一大贡献之处。但同时，本书似乎对于各种道教仪式所具有的象征意义，又鲜有涉及。凡此等等，不一而足。总之，本书在给人不断带来巨大惊喜的同时，也还留有一些遗憾。有鉴于此，我认为对本书恰当的评价或许是：对汉唐间道教仪式的来源和形成过程、发展脉络和主要趋势做出了比较准确的描述，可以成为这个领域中的奠基之作。今后有志于道教仪式研究的学者，或对道教仪式有兴趣的读者，可将本书作为最好的入门指引。

我对道教仪式的研究素有畏难情绪，从本书中，我的确学习到了很多新东西。作者的很多观点虽然和我的想法不同，却也激发了我新的思考。因此，本书也将是我今后要经常参阅的重要论著。我更希望吕鹏志博士能在本书的基础上，继续潜心研究，在不久的将来，贡献给学界一部真正可以被奉为道教仪式研究的“金科玉律”式的大著。现在看来，他无疑是最有条件做到这一步的学者。

评《〈道教义枢〉研究》

正如王宗昱先生（以下省略敬称）在书中自述，他从中国哲学史本业转入宗教学意义上的道教研究，只是近十几年的事情。但由于他得到汤一介、施舟人等国内外前辈大师的指点，并注重吸收国际道教学术研究的新成果，所以他的研究正在成为目前中国大陆道教研究中自有特色的、颇值注意的一家之言。《〈道教义枢〉研究》就在一定程度上体现了作者深厚的哲学史功底和与众不同的宗教学感悟力。

本书列于汤一介、陈鼓应先生主编的《道教文化研究》丛书第一辑中，故书前有汤一介先生为丛书写的《总序》和专为本书所写的《序》，其后是作者的正文，共分四章。附录是对《道藏》本《道教义枢》所做的校勘。而目录上所列的《主要参考书目》和《本书引用道藏内经典目录》两项竟然成为虚目——附录校勘之后直接是本书最后的作者《后记》。这显然不是作者出的纰漏。但这使读者错过了欣赏作者展示搜罗国内外相关研究成果的机会，多少影响了这部很有水平的学术著作的完整性。

《道教义枢》是武则天时期青溪道士孟安排，在隋代成书的《玄门大义》基础上删改编辑而成的一部道书。历来认为此书在一定程度上可以代表唐初道教的经教体系，具有极高的学术价值。故从1950年代起，就先后有吉冈义丰、大渊忍尔、麦谷邦夫和卢国龙等中日学者的悉心钻研。他们或是因受佛学训练而不自觉地把书中很多因素都归于佛教的影响，过分强调此书是在唐初佛道论衡的背景下，为应对佛教攻难而作出的响应；或是重在考究作者和成书时代，而略于探究义理；或是偏重书中的重玄义理，而未遑顾及其他方面教义的建树。总之，前贤的研究多少都存有缺憾。本书是在充分吸收以上研究成果的基础上，重点在《道教义枢》的文本、基本内容和历史背景等三方面做出的新的探索。文本整理即附录的校勘，而对基本内容的剖析和对历史背景的考察，都包含在正文四章中。

第一章《〈道教义枢〉的成书》，重点讨论《道教义枢》成书的历史背景。作者首先介绍学界关于孟安排及其著作的研究状况，并坦言自己没有发现新的史料，故而对此问题只能接受成说。与作者这种诚实和严谨相对的是最近的一篇短文（《孟安排及青溪山道教》，《中国道教》2002年1期，第24—26页），既未充分吸取前贤研究成果，也没有提供任何新的材料，完全是在做重复劳动。在

《〈道教义枢〉研究》，王宗昱著，
上海文化出版社，2001 年 1 月

目前的道教研究中，有能力、有条件接触国外研究信息的人，往往没有搜集和利用的自觉意识；而有这种学术规范自觉的人，却往往是尚不具备此种能力和资格的。还有不少人则是根本不顾基本的学术规范。像王宗昱这样既有条件又有学术自觉的人，在国内目前的道教研究者中还不占多数。

其次，尽管对于《道教义枢》的作者和成书时代没有新说，但王宗昱对于《道教义枢》所处的时代背景，却有不同众说的见解。此前的研究大多从佛道论争角度理解《道教义枢》的成书，且把书中很多与佛教相似的思想观念，都归于道教对佛教的袭取。王宗昱认为：日本学者把道教发展放在佛道关系的背景下考虑，确使相关研究得到了很大的拓展，但不应夸大《道教义枢》和《玄门大义》在此方面的意义；对于《道教义枢》的时代背景，完全可以有不同角度的考察。这一“不同的角度”，就是从道教自身教义逻辑发展的内在线索去寻找《道教义枢》诸思想的根源。作者为理解《道教义枢》所建立的历史背景，是从北周末年的《无上秘要》开始，直到唐玄宗御注《道德真经》为止，这两百年间道教义学体系的发展历程。这期间包括了《无上秘要》《三洞奉道科戒仪范》《太上业报因缘经》《三洞珠囊》《要修科仪戒律钞》《升玄内教经》和《太玄真一本际经》等一系列南北朝末至唐初的重要道典。此举显示了他探究《道教义枢》的着眼点与众不同。作者并非延续着前人关于“道教如何从佛教中吸取有用之需”的老思路。他指出：《道教义枢》并非是有感于佛道论争才发言立论的，孟安排实际上是要宣扬一种以道教囊括道儒释三家为一体的宏大气魄。这是以往学者们所措意不多的一个重要方面。现在越来越多的材料显示，唐代道教确曾有过这样的雄心，如敦煌本《化胡经》卷一中说老君化生释迦、孔子和摩尼，以及四川仁寿县《南竺观记》碑刻里道教经典包举了儒释二家诸经的观念等等。这很可能是对一种六朝道教传统的延续。认识到这一事实，将会有助于我们了解为何历代儒家对道教总有一种天生的嫌厌——这种态度甚至影响到近代以来的知识分子。可贵的是，王宗昱并未否认日本学者在佛道论衡背景下所做工作的价值。在后面的论述中，对《道教义枢》汲取佛教的方面也并不讳言，有的地方也直接引用日本学者的意见。而有的人为了树立自己的观点，往往非要将前人旧说彻底否定，才能凸现自己新说的高明之处；有时甚至连言不由衷的客套话也不屑说。学术研究，特别是宗教研究，更应该排除这种非此即彼的偏狭心态。

第三，谈及《道教义枢》与其蓝本《玄门大义》的关系，作者列举了《道教义枢》对《玄门大义》有的地方完全沿袭，有的地方则大肆删改。其原因当然是孟安排为适应武周时期道教经教体系的重构而必然采取的取舍。不过我以为最直接的原因是卢国龙所说的：《玄门大义》所论是道教的本体论哲学，而《道教义枢》时代所倡扬的是道教的心性论（《中国重玄学》，北京：人民中国出版社，1993年，第326页）。两书和两个时代道教义学旨趣的变化，是导致孟安排取舍《玄门大义》文字的主要原因。本书作者在这个方面似乎挖掘不够。

从第二章开始，分列《道体论》《道典论》和《修道论》三章，来探究《道教义枢》中具体的思想观念。我疏于哲学思想的背景，故对此不敢置评，仅简介各章主要观点。作者明确指出：书中目前“所划分的道体论、道典论、修道论只是勉强拼起的一个架构，仅仅是为了安排我的写作。这种布局并不是在描述道教教义体系的结构，因为它还缺少许多目前我尚乏研究的项目”。对照《道教义枢》的章目，本书所着重探讨的也只是《道教义枢》部分章目的内容。作者也并未打算用这三章来涵盖《道教义枢》的全部内容。所以从这个意义上说，本书还不能算是对《道教义枢》的全面、系统的研究。这也是由现今的道教研究状况所决定的，《道教义枢》相当多条目的内容，现在的确还不具备深入研究的条件。

《道体论》一章先比较了《无上秘要》和《道教义枢》两书的教义体系结构，不仅发现《无上秘要》的经教体系在唐代被大大地简化了，而且发现《无上秘要》更贴近教团道教的组织、仪式、经戒传授等实际的活动，而入唐以后诸道书所强调的更多是个人修行，或重视各种修炼方术、或重视义理的悟解。作者还认为唐代的高道多身居都市，与民间道教的实际活动有隔离，这与南朝道教大师陆修静等人与民间道教活动紧密相联大有不同。这是个很有意义的区别,有助于我们认识到唐代道书中的教义建设,未必能够如实反映其时民间道教活动的实际状况。在哲学思想史上值得大书特书的义学成就，未必是唐代道教实际活动的宗旨。其后分别探讨《道教义枢》的“道德义”“法身义”“三宝义”和“混元义”等条目。对其中概念含义的追溯，大都从其本源做起，并特别强调在中国本土思想资源中寻找其根据。如对“道德义”的探寻，指出其主要内容，都可在“老学”的传统中找到渊源，并强调了玄学的影响，相对淡化了佛教冲击的作用。特别是虽然成玄英的“道德义”有明显的佛教色彩，而到《道教义枢》则又是明显的道教色彩，使人想到“道德义”的解说，的确有着深厚的本土思想基础，佛教的影响未必是主流。对“法身义”的探究，承认法身观念由佛教借来，但也强调道教中存在着教义发展上的需要。特别是作者考虑到源自本土的魏晋仙道之术中分身化身、隐地八术对道教法身说形成的影响，颇值肯定。我对敦煌本《老子变化经》时代的质疑也正是从这个角度进行的。作者认为：“法身诸义中，唯独报身是不能由道教传统教义中引出的。”可见他并非一味地为道教概念寻找本土根源，采取的是实事求是的态度。对“三宝义”的探究，证明“三宝”一词在早期道教中自有其道教的本义；而其表达方式与道教的仪式和传统道术紧密结合，与佛教并不一样。对“混元义”的探究则列举了汉魏六朝以来道教多种宇宙结构说，涉及九天、三天、六天、三十二天和三十六天等不同的道教天界说，而《道教义枢》只取三十六天说，其教义并不完备。

《道典论》一章则重点讨论了《道教义枢》牵涉到经典方面的几个专题，相互间未必有内在的联系。先讲“三洞”一词的缘起，认为“三洞”最初并不指道书的分类体系，而是在早期上清传统中或指“三洞气”，或指上清经中的三部经典。次及道教经典体系的神学基础，根据小林正美对《九天生神章经》的研究，认为陆修静正是根据《九天生神章经》才奠定了三洞体系的道教经典，在《道教义枢》里还继承着这样的经典神学基础。第三是关于“大有”和“小有《三皇文》”的争论，认为并不存在大有、小有两种《三皇文》并行的情况，而是在十一卷小有《三皇文》的基础上增添至十四卷的大有《三皇文》。第四是关于《升玄内教经》的教团背景，所论与时下参与讨论《升玄经》的几位主要中外学者的观点颇有不同。作者不同意说《升玄经》出自灵宝系统，而认为是灵宝教法与天师道融合的产物。其根据是《升玄经》卷七《中和品》来自《太上洞玄灵宝中和经》，而后者又可追溯到《正一法文天师教戒科经》。我也参与了对《升玄经》的讨论，虽然对作者的这一观点感到意外，但也觉得能够接受。因为我们至今都没有认真地考察卢国龙和本书作者先后提出的《中和经》与《中和品》的关系问题。所以现在也就没有资格对作者的观点提出批评。第五是关于道书十二部分类法的演变历程，认为在三洞经典形成之前的上清经中就有了十二部分类，中经宋文明的倡扬，遂具有道教经典教义的结构。特别是作者提出很可能“四辅”也曾有过十二部的划分，值得注意。

《修道论》一章首先讨论“三一义”，指出“三一”有种种不同说法。最早的“三一”源自汉魏的存思道术，南北朝的“三一”亦有存思静修的特征，而到《道教义枢》的“三一”则以观解为主体，讲求虚极之理，而不再是守神合道。其次讨论“两半义”，注意到其本有以阴阳和合为根基的中国文化基础，而《道教义枢》所继承的，则是偏离了道教立场的、融汇道教传统教义与佛教教义的一套净染说教，这是道教借鉴佛教教义改造自己固有思想的一个实例。第三讨论“道性义”，将“道性”区别为道之特性（或属性表现）与人能成道的根据这两个方面，而中古道教的“道性论”主要是指后者。这样的“道性说”受到佛教刺激，并经过从陶弘景、宋文明至《本际经》的不断发展变化，从而形成了彻底佛学化的、与佛性没有区别的“道性说”，亦成为部分道教徒修道的基础和目的。第四，讨论“位业义”，是道教关于修炼成真的境界及其阶次的教义。境界和阶次的级别来源于上清传统，上清仙真阶次先有七级结构，后来又出现仙真圣二十七品，二者结合而成的业果系统就反映在《道教义枢》中。但正因这是在受到佛教影响下形成的，发展到后来产生了与道教原有的道术修行相矛盾的地方，故而《道教义枢》中新的位业系统并非圆满的体系。

从本书的论述可以看到，作者并不认为《道教义枢》是初唐道教教义体系的典范性代表，他以哲学史家的敏锐眼光，发现了孟安排在编纂《道教义枢》时，留下太多的理论体系上的漏洞和矛盾，所以作者提醒我们不应夸大《道教义枢》的代表性，它只是唐代个别道教义学家安排整理自己所理解的道教经教体系的一种尝试。同时，本书作者也一直在时刻提醒自己和读者，他所做的工作是不完全的和受到很大局限性的。在其论述中经常可以见到诸如"我没有发现有力的证据"，或"这已超出我目前的能力"等等话语。这样自谦的提醒，既可以使作者保持清醒的头脑，也有助于读者掌握相关研究的实际状况。特别是作者在扉页上说的一句话："我们只是说了许多我们自己喜欢的东西。"那些我们不喜欢或不熟悉的东西——并不代表它们从不存在——有多少就被我们在有意无意间人为地埋没掉了？充分表明自己研究成果甚至研究对象的局限性，就像书中对待前贤的不同观点时所表现出来的宽容和尊重一样，都是一种真正的科学精神。避免研究者自我意识的中心化，应该是学术研究中值得提倡的一种心态。

本书最大的特点是真正做到了站在道教的立场上，而不是在道教以外的立场上来研究道教。作者能够以公正平和的心态，看待佛道二教在义理上的交汇与扬弃，其目的并不在于确认诸多道教概念源自中国本土这一事实，而是要描述这些概念怎样从汉魏甚至先秦时代一步步发展衍变为《道教义枢》时代的样子，哪怕是它们受到了佛教的冲击与影响。在作者看来，重要的是描述这些概念在历史上产生和变化的历程，而非为其贴上佛教或道教属性的卷标。道教研究或许正在经历一个研究者从佛教立场向道教立场的转变，本书在学术史上将是这一转变历程的极佳见证。

评 *Taoism under the T'ang*

一

1981年，当马伯乐（Henri Maspero）关于中国道教与宗教的论文集被英译出版时，从东西方道教研究史的角度评介马伯乐学术成就的《导言》，即由蒂莫西·巴瑞特（Timothy H. Barrett）执笔[①]。1986年，《剑桥中国史》第1卷《秦汉史》出版，为戴密微（Paul Demieville）的长文中道教部分作补充修正的《跋》，也是出自巴瑞特

① T. H. Barrett, "Introduction" to Henri Maspero, *Taoism and Chinese Religion*, tr.by Frank A.Kierman,Jr.Amherst:University of Massachusetts Press,1981,pp.7–23.

手笔[1]。由此可见巴瑞特在当今西方道教学界的学术地位[2]。1990年，索安（Anna Seidel）在总结西方近半个世纪的道教研究时说："我希望，我们对这一时期（唐代道教）参差不齐的认识，能够随着巴瑞特的《剑桥中国史·唐

① 见杜希德、鲁惟一主编的《剑桥中国秦汉史》，英文版1986年初版，此据北京：中国社会科学出版社，1992年中译本，第944—950页。

② 巴瑞特是伦敦大学东方和非洲研究院东亚历史教授，专长于中国宗教研究，主要研究方向是唐代，但对东亚的宗教历史文化具有广泛的兴趣，并于1989年出版一部西方汉学发展史方面的著作。他关于中国宗教的主要论著除以上两文和本书外，还有：（1）"Buddhism,Taoism and Confucianism in the Thought of Li Ao." Ph.D.diss.,Yale University,1978.（2）"On the Transmission of the *Shen Tzu* and of the *Yang-sheng yao-chi*" ,*JRAS*,1982,2, pp.168-176.（3）"Taoist and Buddhist Mysteries in the Interpretation of the *Tao-te Ching*." *JRAS*,1982.1,pp.35-43.（4）"Taoism:History of Study" ,*The Encyclopedia of Religion*, XIV , Mircea Eliade ed., New York:MacMillan,1987, pp.329-332.（5）"Towards a Date for the *Chin-so Liu-chu yin*." *BSOAS*,53.2,1990,pp.292-294.（6）"Devil's Valley to Omega Point" and "Buddhism,Taoism and the Rise of the City Gods." in *The Buddhist Forum* Ⅱ , T.Skorupski, ed., pp.1-12,13-25,London:School of Oriental and African Studies,1991.（7）*Li Ao:Buddhist,Taoist or Neo-Confucian* ? Oxford: Oxford University Press,1992.（8）"The Emergence of the Taoist Papacy in the T'ang Dynasty." ,*Asia Major*,3rd series,7-1,1994,pp.89-106.（9）" The *Feng-tao K'o* and Printing on Papers in Seventh-century China" ,*BSOAS*,60.3,1997,pp.538-540.

Taoism under the T'ang- Religion & Empire during the Golden Age of Chinese History, by T.H.Barrett, London: the Wellsweep Press, 1996

代道教》部分的出版，得到改观。”① 而近年来施舟人（K. Schipper）等西方道教学者的论著中亦多次出现“参见巴瑞特未刊著作”的字样，他们所指的都是这部《唐代道教——中国历史黄金时代的宗教与帝国》。足见巴瑞特这部书在当今西方道教学界的受重视程度。我们可以把它看作是目前西方学者认识唐代道教的最具有代表性的著作之一，这从本书的出版经过中就可见一斑。

1979 年出版的《剑桥中国史》第 3 卷，以唐代政治史为主，人们一直期待作为其姊妹篇的更为精彩的经济文化、典章制度部分，即第 4 卷的刊行。大约在 1980 年，杜希德（Denis Twitchett）邀请巴瑞特主笔，为《剑桥中国史》第 4 卷撰写唐代道教部分。当时的道教研究远未如时下热闹，学术成果也不多，所以巴瑞特只被要求写一章的篇幅，且要带有指南性和概述性。文章写成后，在等待全书出版的过程中，已在小范围学术圈内流传参考。但学者之间辗转复制，流传面逐渐扩大，以至于很多新出的道教论著都把这个“未刊稿”列入主要的参考书目。1994 年，巴瑞特鉴于原定的第 4 卷出版仍然遥遥无期，而无从参考此书的学者为数更多，甚至有的已做了某些重复劳动，

①Anna Seidel, “Chronicle of Taoist Studies in the West 1950–1990”, *Cahiers d’Extreme-Asie*,5,1989–1990, p.243.

故征得杜希德同意，着手将这一章单独出版[1]。此书写于十几年前，而现在的道教研究已取得极大进展。但巴瑞特觉得本书作为对唐代道教一种概括性的描述，并无重大的差错，特别是在李唐皇室与道教的关系方面，仍具有较高的学术价值。而且他认为有必要保留此书在未公开前被少数学者利用时的原貌。因此，巴瑞特并未把近年来的新成果加入本书，这既是出于对自己学术成果的一种自信，也是一种对学术史负责态度的体现。相信对于此书在西方学界的影响已不需赘言了，因而我的着眼点并不在此。据我所知，至少已有傅飞岚对此书做了评论[2]。此外，如果用对待 1990 年代“新作”的眼光苛求这部在 1980 年代就已悄悄产生影响的“旧著”，特别是在相关研究成果吸收方面的欠缺，显然是不公平的，所以，我主要从道教史和唐史这两个角度，就目前拙见所及，向读者汇报对此书的研读心得，请本书作者和读者们指正。

本书由于原是一部书的一章，所以篇幅不长，除去前

① 原本为《剑桥中国史》第 4 卷写的稿子此前已有两种单行出版，即 Stanley Weinstein ,*Buddhism under the T'ang*（《唐代佛教》）,Cambridge University Press,1987. David McMullen,*State and Scholars in T'ang China*（《唐代国家与学者》）,Cambridge University Press ,1988.

② Franciscus Verellen 的书评见 *T'oung Pao*,Vol.83,1997, pp.425–429.

面的前言、目录、缩略语表，后面的术语、索引之外，正文只有 91 页，共分 9 个小节，概述了唐代道教的历史。从本书的副题就可看出，道教与国家政治之间的关系，是本书主要的论述对象。因而从某种角度说，本书只是一部李唐皇室与道教的关系史，读者若想从中获得对唐代道教全面的整体性认识，恐怕会略感失望。在作者首先提供给我们的、作为唐代道教背景的汉末至隋代的道教历史中，我们可以明显感到，如果说作者对汉魏晋时期道教的论述，尚能立足于道教自身发展的话，对南北朝尤其是魏周隋间道教的考察，则不自觉地转为以政教关系为主，相对忽略了对这一时期道教自身建设的关注。

作者在简述唐前道教史时，认为魏晋时期起源于汉中的北方天师道在传入江南后，与南方当地的信仰有一定的矛盾。一些在政治上受到北来人排挤的南方土著家族如许、葛、杨氏等，因不满北方天师道而新创出了“上清”和“灵宝”经系，用与之不同的道术——重点是与神灵世界的交流——来排解政治上的失意情绪。这种观点是西方道教学界的代表性意见。而我们所看到的道教史，一般比较注意向前追溯汉末出现道教的历史渊源。至于汉末以后，道教发生在不同历史时期和各种特定历史环境中的变化，及其背后的原因，则较少论及。而且普遍把汉末的道教运动，作为中古道教的统一开端。这无形中使我们对中古道教的许多问题得出简单化的结论。例如对魏晋时期道教发展的总括性结论，通常说是由民间道教向官方道教发展，或者说是起于民间的道教，被上层贵族所改造，转而服务于统治阶级。这种观点不能说没有道理，但至少是一种不全面的认识。因为“民间”或“官方”并不是道教的本质属性，更应该关注的是道教如何、何时彻底地成为一种真正意义上的宗教。作者指出：上清、灵宝和天师道等各种不同的道派，在与佛教相对立中形成一种更高级的中国宗教。并进而说：在5世纪末，尽管有着不同的起源，但南北道教都发展成为具有自觉意识的、站在中国本土文化立场反对佛教的宗教。巴瑞特的本意大概并不是说至此才产生真正意义的道教，但近年来有的日本学者却正式提出真正意义上的道教只始于5世纪的后期①。在此姑且不

① 持此观点的日本学者主要是福井文雅、小林正美等，他们也认为其时各宗各派的道教徒首次自觉意识到他们是同一宗教——“道教”的成员。这与大多数西方和中国道教学者的看法大相径庭。见 Fukui Fumimasa, “The History of Taoist Studies in Japan and Some Related Issues”, *Acta Asiatica*,No.68,1995, pp.1–18；中译文见《世界宗教研究》1996年第1期，第129—140页。Kobayashi Masayoshi, “The Establishment of the Taoist Religion (*Tao-chiao*) and Its Structure”, *Acta Asiatica*,No.68,1995, pp.19–36. 对此的评论见柏夷（Stephen R.Bokenkamp）《天师道婚姻仪式“合气”在上清、灵宝派的演变》(《道家文化研究》第15辑)，认为不应忽视早期道教派别之间在思想和实践方面的共同基础。此外，国内有的学者提出道教的建立没有受到佛教的影响，但此种立论的前提仍是以五斗米道作为中古道教的唯一源头。

论道教是否到5世纪才正式形成，至少有一点可以肯定：巴瑞特的认识与日本学者的见解都是考虑到：道教并非在汉末就具备了中古道教的所有主要特征。除非是从道教本身发展的角度考虑问题，或是更加重视考察道教的宗教性，否则面对4—5世纪间道教所发生的重大变化，我们将找不到更好的理解背景。我曾把这一时期道教的变化概括为由“道术道教”向“经教道教”的转变，也正是基于对道教自身发展规律的考虑①。

但是在考察北朝道教时，也许正如巴瑞特所说：在北方，宗教的精神力量如不能转化成现实的政治权威，就显得毫无意义。因而从寇谦之开始的北朝道教史，就成了国家如何把道教作为统治工具来运用的政治史问题。作者指出：道教发展出一套比儒家哲学更丰富的天地人概念，而关于天子可以自命为天人中介的理论，远比汉代儒家所提供的意识形态更为合用，尤其是在6—7世纪，对北部中国那些非汉族的君主们具有很大吸引力。如太武帝和崔浩支持寇谦之的目的，在于用道教来证明拓跋魏王朝享有天命的合法性；而北周武帝的灭佛兴道，是其建立一个强大

① 拙稿《试论化胡经产生的时代》，《道家文化研究》第13辑，北京：三联书店，1998年，第108页。在尚未找到更合适的词语之前，我暂时用“经教化”来概述这一时期道教历史变化的特征。

统一的国家来完成混一南北事业的重要步骤；隋代则鉴于佛教已充分发展并深入影响社会的事实，不再费力支持道教，转而大兴佛教等等。作者对这一历史阶段道教自身的发展介绍不多，甚至连寇谦之、陆修静改革也未多费笔墨。而这两场道教改革，恰是南北道教乃至中古道教实现经教化的开端。作者顺着周隋间对佛道二教态度的转变，自然而然延及唐代，依然是从帝王皇室如何利用道教的角度展开论述，对道教内部的变化发展关注则相对要少。其实，对唐代道教发展产生决定性影响的，不只是几个帝王对道教的态度，还有南北道教融合的大趋势。南方道教的北传，是北方道教得以继续寇谦之改革所开启的经教化道路，以及南北道教之所以能够组成统一的唐代道教的重要前提。唐代道教的主流经法是源自南方道教的灵宝经法，表明南方道教因素在统一的唐代道教中处于主导地位。但是，北方道教积极服务于王朝政治的传统，也在唐代得到赓续。或许，正因作者对唐代道教背景的关注带有一定局限，所以他所论述的“唐代道教”，是以与李唐皇室和王朝政治有关的那一小部分人和事为核心的。这也许是本书最大的一个缺憾。

从唐史角度来看，作者对唐代道教与皇室关系的论述，关涉许多历来讨论唐代政教关系与品评政治人物的老问题，我认为作者所提供给我们的这部李唐与道教的关系史是国内外同类问题研究中非常值得品味，也是颇值信赖的一部，尽管书中的观点我还不能完全赞同。说它值得品味，是因为书中提出了许多与一般唐代道教史考虑方式和角度不同的问题。说它值得信赖，是因为作者将唐代皇室与道教关系的历史从头至尾地爬梳一遍，提供给我们一个目前看来在这个专题领域中最为完整和相对可靠的史实框架。

如前所述，道教与国家政治的关系是本书的主要着眼点，而作者对李唐诸帝如何运用道教服务于自己的王朝统治，有着与我们一般的考虑明显不同的论述。如关于唐代尊崇道教的原因，我们的唐史学者，一般主要从李唐与老子攀亲、道教为李氏制造符命、皇帝个人求仙和为抑制佛教等方面着眼。这些只是纵贯李唐近300年间诸帝崇道的共性原因，但在这些之外，诸帝在不同时代的崇道政策有无其各自的特点？本书的作者则更注重从动态的历史进程中寻觅李唐诸帝崇道的个性原因，不仅关注到李唐崇道的深层原因，而且注意了皇室对道教态度的发展、变化以及几个主要皇帝崇道的不同特点。对于唐初二帝尊崇道教，作者指出有四个方面的原因。首先是利用南北朝以来道教传播的“李姓救世主”信仰。其次是利用隋代偏意佛教在道教中引起不满情绪。第三是因为从北方发迹的李唐，面对远比几个世纪前的帝国大得多的版图，需要新的意识形态来解决自己面临的诸多新问题。第四则是道教在唐初具有外交价值。以上四点中，前两点更易于被我们接受。但关于道教对王朝意识形态的作用问题，在国内似乎较少涉及，而这却是本书对唐代道教认识的一个基本立足点。作者对几个重要皇帝崇道原因的分析，大都基于此。我很难评论作者对整个唐代道教与国家意识形态关系的论述，只能在下文中谈谈对本书关于玄宗朝这些问题论述的看法。而关于道教在唐初的“外交价值”，也是很少有人提出考虑的问题。作者首先注意到一般不被我们重视的东突厥使者礼拜老君的问题，由此认为李渊欲图凭借道教，在精神文化上统一当时北部中国彼此分立的各族，并进而关注了道教与高丽、日本、吐蕃、天竺等的关系。在此之前，几乎还没有人把唐初道教与四裔的关系，作为一个独立的问题来考虑过。但是这方面的材料实在太少，甚至就连对突厥拜老君的问题本身，还存在不同的理解①。而我在本书启发下，亦专门讨论过唐初道教向四裔的传播②。但就目

① 巴瑞特在书中依据宫川尚志的研究说，礼拜老君时，突厥使者在前，李渊在后，这引起李渊随从中一个道士的不安。但此条材料原文是“丙申，突厥柱国康鞘利等并马而至，舍之于城东兴国玄坛。鞘利见老君尊容，皆拜。道士贾昴见而谓同郡温彦将曰：突厥来诣唐公，而先谒老君，可谓不失尊卑之次，非天所遣，此辈宁知礼乎？”（温大雅著、李季平、李锡厚点校《大唐创业起居注》，上海古籍出版社，1983 年，第 13 页）似乎本书的理解有误。

② 拙稿《唐前期道教与周边国家、地区的关系》，’98 法门寺唐文化国际学术讨论会论文。

前的认识来说，我不认为唐初道教曾被利用于李唐皇室的外交上。作者认为，唐初二帝在内政方面运用道教、抬高道教地位的努力不多，甚至连类似于周隋对通道观的建设也没有。只是到了太宗时，才逐步确立起道教与皇室的关系，而这种关系得以长足发展，是在高宗时代。按作者的观点，高宗是李唐对道教政策转变的关键之一，是由唐初二帝最低限度干预宗教事务，转而走向充分发展神权政治之路。这也与一般学者对高宗的评价有很大不同。

一般认为高宗由于受到武则天的压力，及自己身体虚弱，才转向追慕道教神仙术。但是作者注意到在高宗统治初期，他就过分强调了皇室与老子的关系，其意图在于调和自汉代以来的帝国政治传统的象征意义，与新的丰富的道教概念，使之成为一种有利于王朝长治久安的国家意识形态。这是作者考察李唐皇室与道教关系的核心问题，它可以使我们对李唐尊崇道教，或者道教在唐代的国教地位，有更深刻的理解。高宗使道教服务于国家意识形态的努力，具体表现是昊天观的建立，把国家祭礼与对皇室祖先的祭祀，都放在道观中进行。而这种对国家祭礼的修改，使得国家的正统性更适合于道教的天神权威观念。在高宗治下，国家礼仪与道教仪式发生融合，道教仪式加入王朝祭礼；而在高宗武后时期，道观如同隋代佛寺一样在全国星罗棋布地建立起来，同时也加强了道教经典的建设。以往认为高宗加尊号为“天皇”是出于一种宗教的狂热，但作者引大渊忍尔的研究说明，在6—8世纪道教的“三皇文”中，“天皇”对于国家昌盛、政治稳定具有重要意义。高宗、武后采用道教观念的尊号，在意识形态领域获取了巨大的政治价值。从此，帝、后都热衷于投身道教的活动，而同期参与佛教的活动则少见记载。

关于武则天与道教的关系，作者认为，高宗在世时，帝、后共同崇道，高宗死后，武则天面对具有男性政治传统的儒家，和主要崇拜对象是男性的佛教，只能继续从比较重视女性价值的道教中寻求支持。为此，武则天自高宗晚期起，即表现出对道教女仙如西王母、魏华存等的浓厚兴趣，直到688年还自加道教色彩的尊号“圣母”。但684年，特别是689年，李唐宗室起兵反武，使她不得不转而追求道教之外的支持。随着佛教进献《大云经疏》，武则天改变先前对佛教的轻视态度，同时减弱了对道教的热心。但这并不意味她已“舍道专佛”，因为在武周时期，道教依然服务于王朝礼仪，并直接服务于女皇本人。武周代唐，也并未对道教自身的建设产生很大的消极影响。作者在此说明了武则天宗教政策由道向佛转变的过程和原因，特别是指出了这种转变发生的标志性时间。至于武则天晚年迅速转向求仙长生的追求，作者更多是从武则天的个人关怀着眼。对此，我认为意大利学者白安敦（Antonello Palumbo）最近的研究正可补充说明促成武则天晚年转变的政治原因，并进而提出了可供参考的武则天由佛转道的时间。白安敦从《登科记考》中发现694年4—5月间武则天的一道策问，其中已流露出女皇对佛教势力膨胀的警惕与担心[①]，很可能此时她已动了抑佛的念头。而在695年，当时佛教势力的代表薛怀义被杀。由此联想到敦煌本《化胡经》卷八，正是696年武则天大加肯定又下敕“对定”的事实，或许可以说，694年或稍后，是武则天又由佛教转向道教的分界。进而可否推论，武则天虽然幼年就有佛教信仰，但她成年以后活动的政治舞台，则弥漫着李唐道教的气氛。她个人早年的信仰可能并未在其对待二教态度的变化中起到多大的作用。在其政治生涯中，偏向佛教只有以周代唐前后的几年时间，她始终不能彻底脱离道教，而且似乎她也从未试图这样做过。

对于唐室中兴期即中宗、睿宗期的道教，作者亦有值得我们重视的见解。例如，他认为睿宗时期在道观建设上，取得了其他诸帝都不能相比的显著成就。金仙、玉真二公

① Antonello Palumbo, “On the Author and Date of the *Zhenzheng Lun*” ,forthcoming. 并参富安敦（Antonino Forte），“The Maitreyist Huaiyi（D.695）and Taoism”,《唐研究》第4卷，1998年，第15—29页。他们的研究表明，薛怀义为首的一批佛教徒确实利用武则天的宠信，对两京的道教徒进行过摧残。但这不足以说明武则天在佛道二教之间进行了简单的取舍，更难以证明这会给当时全国道教带来多大消极影响。

主入道，则具有进一步明确皇室与道教关系的意义，而一般认为这只是出于个人信仰或有政治斗争的背景。记载两位公主入道受戒经过的，是张万福的《传授三洞经戒法箓略说》，最近已有专门研究[①]。而作者注意到8世纪时，道教的建设不再依靠如陶弘景那样出身社会上层的道士，象张万福和史崇玄这样很难说清其身世的道士，反而更多地活动在皇室周围。张万福曾抱怨：由国家支持的两京道士对，道教知识所知甚少。作者认为这反映了武则天以来国家控制下的道教所发生的变化。这是关系唐代道教自身发展的一个重要现象，可惜作者只是点到为止。

如果说本书关于高宗时的政教关系大有阐幽发微、纠正以往偏见之功的话，我以为其对玄宗朝道教与国家意识形态的阐述则似有可商之处。作者将玄宗时期分为720—741年和742—756年两个阶段。作者不同意关于玄宗只是在其晚年才因对道教长生术感兴趣转而崇道的观点，认为玄宗在720年以后，已经显现出对道教的浓厚兴趣。在一系列崇道活动，如议定《道德经》文本，镌刻《道德经》石经以流布天下，等等之后，玄宗改元“天宝”，显示了更大的政治雄心，即欲图建立此前完全没有先例的礼仪与制度、进而建立中国历史上唯一的政教合一国家。作者认

① Charles D. Benn ,*The Cavern-Mystery Transmission :A Taoist Ordination Rite of A.D.711*, University of Hawaii Press,1991.

为玄宗舍弃前期相对谨慎的宗教政策的转折，发生在741年。从此以后，任何平等对待佛道二教的态度都被放弃，玄宗的宗教政策出现一边倒的倾向。在天宝年间更多更狂热的崇道活动中，作者认为有两项是玄宗欲达其政治目的的创新。一是有组织地崇拜老子，继续强调皇室的非凡起源和持续得到天命的保证；二是将以儒家经典为基础的教育和科举考试，改为以道教经典为基础，使具有道教精神背景、更易于认同皇室的人进入官僚机构，从而减弱持有儒家价值观的官员与君主产生冲突的可能。至754年，玄宗停止在制度方面的"创新"，而更加致力于对老子的崇拜。在其治下，出现道士领有政府官员职衔参政，而部分官员也成为道士的现象，我将此理解为"道士的官僚化"和"官僚体制的道教化"。

似乎可以说，李唐在意识形态领域运用道教为自己的王朝政治服务，甚或可以说李唐的意识形态明显道教化，这是本书的一个基本观点，也是作者考察道教与唐皇室关系的主要出发点。应该说，这种认识使我们对道教在唐代甚至在中国古代政治史中的地位和作用，不仅有了新的理解，而且较之以往更为具体和深刻。但是，在东西方学术界对此尚缺乏足够的交流语境的情况下，至少就我本人来讲，对此观点的接受还是有所保留的。在巴瑞特之前，查尔斯·本（Charles D. Benn）在其博士论文中就专门论述了道教与玄宗朝意识形态的关系问题[①]。本书的论述也许正是这种观点的继续。而就本书所做的描述来看，很难使人相信玄宗在其漫长统治期间的各种崇道活动，是在一种有着某种特定的预谋和精心计划的前提下，按部就班地进行着。玄宗的崇道活动，是否自始至终贯穿着如作者所说的那种改造传统政治体制与意识形态的明确动机，是大有疑问的。更能说明玄宗对其国家意识形态问题深入思考的，应该是他本人的作品。卢国龙先生认为玄宗的一道策问反映出他长期思考的问题：如何以道家学说敦朴风俗民情，又不乖悖于儒家名教？能否将这包含矛盾的两种学说糅为一体？而由他确立的“御注”《道德经》注疏的主导思想是：从道家哲学的理论高度，阐述儒家政教世用[②]。我认为像卢先生这样理解玄宗对其国家意识形态问题的看法，不仅是易于被现代中国学者接受的，恐怕也是比较符合中国历史事实的。实际上，本书作者也承认，尽管在玄宗的

① Charles D. Benn , “Taoism as Ideology in the Reign of Emperor Hsuan-tsung (712-755) .” Ph. D. diss., University of Michigan, 1977. 这一受到西方学者高度评价的博士论文至今未刊，我亦无缘得见，但可参其“Religious Aspects of Emperor Hsuan-tsung's Taoist Ideology”, David W.Chappell ed., *Buddhist and Taoist Practice in the Medieval Chinese Society*,University of Hawaii Press,1987,pp.127-145.

② 卢国龙《中国重玄学》，北京：人民中国出版社，1993 年，第 181、415 页。

努力下，道教对政府的官僚体制产生深刻影响，但道教教团与政府机关仍保持着必要的分离，而后者的思想体系仍保留着唐朝建立以前那种一贯的状态，儒家思想的教育仍压倒任何形式的道教教育。这既是作者对经过玄宗雄心改造之后唐代政治状况的清醒认识，也是中国古代政教关系和儒道关系的真实写照。我想，玄宗因对旧有的儒家思想不满意，而欲图创制新的思想体系，这是完全可能的，但在其治下是否进行过一场王朝政治体制与意识形态的更新运动，则是值得怀疑的①。

作者认为，虽然玄宗创建一种在传统的儒家政治观念之外可供选择的意识形态的努力，最终被后继者抛弃，但他的许多革新并未随着安史之乱爆发而寿终正寝。甚至安禄山本人也十分清楚玄宗以国家支持道教的目的和意义，所以安禄山在自立为帝改元圣武后，马上把其境内的开元观改为圣武观。而在玄宗以后长达一个半世纪的王朝余命中，充分显示出玄宗通过尊崇道教而提高皇室声望这

① 最近的对玄宗朝道教与王朝礼仪制度的研究有熊存瑞（Victor Xiong）“Ritual Innovations and Taoism under Tang Xuanzong”,*T'oung Pao*,Vol.82,1996, pp.258–316. 他也注意到道教在玄宗朝祭祀礼仪制度改革中的作用，但却认为玄宗的主要动机是个人求仙而不是意识形态的改革。此外还有松浦千春《玄宗朝の国家祭祀と王权のシンボリズム》《古代文化》第49卷1期，1997年。

一做法的有效性。由此亦可看出玄宗在唐代道教史上地位的重要。作者对唐后期诸帝与道教关系的论述，相对来说不如对唐前期那样丰富和精彩，对诸帝对待佛道二教的态度，也较多从皇帝个人好恶立论，这与一般的看法相去不远。但仍有值得我们注意的地方，其中有些已经被西方学者做了更进一步的研究。如作者认为安史之乱以后，皇室与道教像唐前期那样的紧密关系被终止了，直到 9 世纪晚期才有所恢复。而对穆宗时《度人经》与《黄庭经》的分析，体现了皇室的支持与道教自身发展之间的矛盾。又如关于武宗灭佛，作者在分析了几个关键人物在其中起的作用之后，指出不能把会昌毁佛的原因简单归结为个人信仰因素，而需要从佛教在中国社会中的地位来进行全盘的考虑①。在军政实力日衰的晚唐，皇帝只好再度借助道教的力量加重皇室的权威，因而皇室对道教的兴趣复苏了。但由于皇室力量的衰微，道士们更多借助地方实力派来复兴

① 近来施舟人从中古道教对佛教态度的历史转变角度，认为唐代道教本土意识与排外意识的增强，是会昌毁佛的背景之一。见 Kristofer Schipper, “Purity and Strangers–Shifting Boundaries in Medieval Taoism”,*T'oung Pao*,Vol.80,1994, p.81.

道教[1]。本书对唐代道教的论述一直延及五代之初，这就提供给读者一个较为完整、清晰的历史发展脉络。

巴瑞特在评价康德谟（M.Kaltenmark）、石泰安（R.A.Stein）、索安、施舟人等人的成果时曾认为，他们除了与中国、日本同行一样关注历史和文献之外，更具有注重道教研究中宗教性问题的意识，这使他们取得了足可与中日同行竞争的学术成果[2]。西方道教学研究比较重视吸收社会学、人类学等观点和方法，以宗教行为本身作为观察与研究的对象，大概巴瑞特所指的“宗教性问题”即指此。我想，是否可以说，一部好的道教史论著不只应具有历史学、文献学方面的坚实功底，更应对道教本身的认识有所进步呢？

本书无论是历史学的探索还是文献学的考察，都有值得我们细心体会之处。例如，作者认为唐初老君显圣的事

① 唐末道教的情况近来主要是傅飞岚（Verellen Franciscus）的研究，如 *Du Guangting（850-933）：taoiste de cour a la fin de la Chine medievale*.Paris,1989. “Liturgy and Sovereignty：The Role of Taoist Ritual in the Foundation of the Shu Kingdom（906–925）.” *Asia Major* 3rd ser.Vol.2.1,1989,pp.59–78. “Evidential Miracles in Support of Taoism：The Inversion of a Buddhist Apologetic Tradition in Late T’ang China.” *T’oung Pao*,Vol.78,1992,pp.217–263. “A Forgotten T’ang Restoration：The Taoist Dispensation after Huang Ch’ao.” *Asia Major* 3rd ser.Vol.7.1,1994,pp.107–153.

② *Taoism and Chinese Religion*, p.17.

迹，最初未必就与李唐的政治紧密相关，包括王远知向李氏预告符命，也不排除是高宗时代道教与皇室关系正式确立后的伪造；而作者对《三洞奉道科戒仪范》一书时代的看法，也启发我们不仅要留心六朝与隋唐之间道书文字的差异，甚至在唐初几十年间也不排除有异文产生的可能。这些都是要在文献上下足过硬功夫后，才能有所认识的。相比之下，我们的一些同类著作，仅满足于罗列材料而不加辨析。特别是对一些关键性材料缺乏疑伪的精神和直觉。本书在处理文献材料方面为我们做出了极好的榜样。从历史学方面来看，作者不仅注意历史的发展变动，而且注意发掘历史事件背后的一种延续的和内在的联系，提供了一部比较完整的唐代政治与道教关系史，勾勒出道教发展与唐朝政治变化的大势。此外，虽然我认为作者由于考虑问题角度的关系，对道教本身的关注不够，但我并不否认书中的一些观点对深入考察唐代道教提供了重要的启示。例如，作者对以《道德经》取代《三皇经》成为道教最低级的入门经典的不经意的论述，就启发我们要对南北道教在唐代如何完成融合与统一，进行更多的思考。而纵观全书，作者所侧重的道教与国家意识形态的关系，也正是道教的思想意识与宗教行为影响于唐代社会的一个具体而重要的方面。恰如其分地理解这个问题，仍不失为对认识中古道教的一个巨大贡献。

《唐代道教》中译本序

巴瑞特（Timothy Hugh Barrett）教授的这部《唐代道教——中国历史上黄金时期的宗教与帝国》小册子，写作于1980年代早期，英文本正式出版于1996年。我曾在1999年的《唐研究》第五卷上写过一篇中文的书评。曾维加博士将此书译成中文后，惠赐其译稿让我先睹为快。同时，也命我作序一篇。我很高兴可借机重新学习巴瑞特教授的大作，也愿意把自己的一些新想法汇报给大家。作序云云，则不敢当！

当我借助中译者流畅而准确的译文重温巴瑞特这部著作之后，又重读自己当年的那篇书评，似乎并没有什么明显需要修改的意见。到现在，我仍要感谢巴瑞特所勾画出的这一唐朝道教发展总体脉络带给我的启示。因为在这本提纲挈领的书中提及的很多历史细节，非常值得人们去进一步地探寻究竟，有心人应该从中不断找到可以继续发挥的论题。而有关唐代道教的原始材料和对道教的整体研究状况，现在都已和巴瑞特写作此书时不可同日而语。对敦煌道经和大量唐代墓志、碑刻材料中有关道教和道士记载的利用，以及随着对《道藏》中各种经典和著述研究的深入，用唐代道教自己留下的材料来说明和理解唐代道教，将有着更为广阔的研究前景。因此，唐代道教的研究还远没有达到无题可做的状态。但无论怎样，今后要想继续研究唐代道教的历史，巴瑞特此书已是一座绕不过去的高峰。

巴瑞特在书中尝试提供一种能够解释道教与帝国政治之间微妙关系的线索，这条线索是贯穿有唐一代的，远比从皇帝个人好恶的角度去理解更容易让人信服。中国古代本来就有“神道设教”的传统，唐代皇帝们显然也想让道教在政治生活中扮演这样的角色。问题是，皇帝个人头脑中的想法和道教所能承担的实际责任是两回事。有关“道教神权政治”之类的提法，特别对于唐玄宗时期支持道教的原因，以及对其崇道行为的理解，最容易引起中国学者的异议。但巴瑞特作为一个对中国古代儒释道三教都有精深研究的西方学者，他提出的观点不是凭空而来的，他书中的逻辑也是自成体系的。你不认同他的结论，就要认真地从他的论据着手，经过深思熟虑才能够提出反驳。道教在唐代政治中的地位和作用的问题，原本就是中国学者研究唐代道教的主要着眼点，而本书提出的问题对中国学者

《唐代道教——中国历史上黄金时期的宗教与帝国》，巴瑞特著，曾维加译，齐鲁书社，2012年

会有怎样的触动？又会激发怎样的对话？值得期待。

由于巴瑞特的原著篇幅较短——原著本是按照一部书中的一章来设计的——译者就特意加译了一篇柯锐思（Russell Kirkland）于1998年所写的《唐朝道教的多维度审视——二十世纪末该领域的研究现状》作为“附录”。如果说巴瑞特的著作是按时间的顺序来概述唐朝道教发展的历史，柯锐思的文章则是按研究专题分类评述有关唐朝道教研究的主要问题、进展和不足。所以，将两者合译于一书，希望读者通过这一百多页的篇幅，就能基本了解20世纪末以前，西方学者对唐代道教研究的基本认识和主要成就。这一安排体现了译者设身处地替读者着想，值得表彰。

有意思的是，巴瑞特在书中突出强调了道教在唐朝国家政治中的地位和作用；而柯锐思在文章中则不遗余力地将道教在唐代的地位和影响，扩展到几乎各主要的社会阶层和各文化领域：“道教不仅占据了唐朝文化的中心，其代表人物、支持者和崇拜者们通常是出身显赫、教育良好、活跃于社会各阶层的政治事务中。”甚至有“道教成了唐代中国社会、政治和文化精英们的妻，而儒家是妾”这样的比喻。既然道教在唐代这么重要，为何我们此前的研究却一直没有体现出这一点呢？柯锐思认为：唐代道教的辉煌被后来的儒家所抹杀了。而后来的儒家对唐代道教的否认，可以简单地理解为是忌妒；当代的中国学者则几乎沿袭了这种历史上对道教的偏见。如果柯锐思可以抱怨当代中国学者至今仍然受历史上儒家的观点所影响而导致对道教的曲解,我们是否也可怀疑说柯锐思是因太偏爱道教了,才给道教打这么高的分数?

当然,巴瑞特和柯锐思为我们展现的道教在唐代政治与社会的历史画卷,的确有我们此前不太经意的地方。但我想,与其把唐朝的道教视作是一种现代宗教学意义上的"宗教",不如将其看作是一个立足于本土传统而又吸收消化外来因素的文化复合体,所以它能够为从皇帝到市井小民的唐代各阶层人提供不同的精神需求和服务,也提供了多种不同价值取向的选择。唐代道教在社会上的地位之所以让人如此印象深刻,是因为在唐代开放包容的大环境下,当儒、释两家因为各种原因都没有长期稳固地占据帝国社会文化主流地位时,就给了道教相较唐以前、唐以后更为广大的历史活动空间。所以,我觉得唐代道教的"重要性"是在特定历史背景下相对而成的,并不是在唐代儒释道三家中占据绝对性的优势地位。

中西方学者在不同的文化历史背景下,对唐代道教的认知存在差异,这本身就是很有意义的现象。有认识上的差异,就更有对话交流的必要。巴瑞特和柯锐思已经对唐代道教提出了属于他们自己的观点,中国学界以往对唐代道教的研究,似乎正是苦于找不到问题点,所以大多数研究成果都只能平铺直叙。或许这本小书的出版,能给我们带来新的问题意识，刺激我们对唐代道教的研究更上一层楼。从这个意义上说，无论我们对巴瑞特和柯锐思的观点是否认同，都应该感谢他们带给我们新的视角和新的论题。

就我有限的知见而言，部分国内学者在利用国外学者的研究成果时，存在两种极端相反的态度。一种是对国外学者的相关研究根本不闻不问，也完全不在意自己所做的工作是否只是在重复人家已经说过的话。一种是对国外学者的研究不加批判地完全信服，将其未必确然的阶段性结论奉为金科玉律并作为自己研究的出发点。这些都是缺乏学术规范和学术自信的表现，这样做出来的研究成果是很难在学术史上立足的。曾维加博士等已将巴瑞特和柯锐思的论著翻译给国内的读者，这是件功德无量的善事！也是在为今后国内唐代道教的研究竖立起一个标杆。此后再有新出的研究唐代道教历史的论著，若不能清楚说明与本书相比有何不同价值？或在本书基础上有何进步？则十有八九是不值一看的。

同时我们也注意到，即便是翻译在这里的巴瑞特和柯锐思的论著，对中国学者相关中文研究论著的吸收和利用也是很不全面的。由于中西方学术关注点不同，中国学者对唐代道教的研究很多成果都没有被纳入他们的参考文献。我在此无意苛求这两部作品的作者，因为这种现象在西方学界并不是个例。我也不想在此分析形成这种状况的原因。但是，当越来越多的中国学者意识到参考国外学者研究论著的重要性，并通过像曾维加博士等这样甘于付出的翻译者的努力，更便利地吸收到国外研究的成果后，他们的研究成果的品质和规范也将越来越值得重视。继续对中文著作有意无意地视而不见，也不利于国外道教研究水平的提高。在当今的国际学术环境下，展开平等、双向、有效的学术对话，才是避免自己“只在此山中，云深不知处”的重要保证。

2011 年 6 月

评 *The Aspirations and Standards of Taoist Priests in the Early T'ang Period*

The Aspirations and Standards of Taoist Priests in the Early T'ang Period, by Florian C. Reiter. Wiesbaden: Harrassowitz Verlag, 1998

《唐初道士的理想与规范》的作者常志静（Florian C. Reiter）先生，是德国柏林洪堡大学（Humboldt University）汉学所汉学教授。主攻中国哲学和道教学，尤其对唐宋道教和全真道早期历史有着精深的研究。他自己取汉名为“常志静”，据说就是参照了全真道的传统。常志静先生先后整理和译介了多部唐、宋、元代道教的重要典籍，如《三洞珠囊》《上清道类事相》《老君八十一化图说》等。本书是其最近一部译介唐代重要道典《三洞奉道科诫仪范》（以下简称《奉道科诫》）的著作。他还多次来华访问，且不辞劳苦地进行道教遗迹的田野调查，如近年在四川仁寿县发现的唐代道教重要碑刻——《南竺观记》，就是他首先在西方道教学界加以研究介绍，并引起重视（“The Taoist Canon of 749 A.D. at the ‘Southern Indian Belvedere’ in Jen-shou District, Szechwan Province”，*ZDMG*，148-1，1998，111-124）。

如所周知，道教在唐代发展到了一个鼎盛时期。这首先是因为道教在证明李唐王朝获得天命佑护方面具有独特的优势，因而赢得皇室对道教的大力扶持；但至少同样重要的是，经过汉魏六朝时期的发展，“经教化”已经成为中古道教历史发展的主流趋势，特别是经过南、北道教的融汇，到隋唐时期出现了一个道教经典极大丰富、道教义学空前繁盛、道教组织更加规范化的局面。是经教道教自身发展到一定阶段和相当的程度后，又得到统治阶层的鼎力扶植，这两方面的原因共同促成了唐代道教的繁荣。以往的研究偏重于从道教与李唐王朝政治关系方面着眼，研究立场还是偏于道教之外。近年来的道教研究则更多立足于道教本身，从大量的道教内部材料入手，而不再拘于正史等各种教外文献。这样的研究已经不断为我们提供了唐代道教在义学和经典方面发展的情况。而本书重点介绍的署名为“金明七真”撰的《奉道科诫》一书，正是反映唐初道教组织规范化的宝贵材料。

本书大体分为三个部分：（1）《前言》。（2）正文，共分四个部分，首先是按照作者所关注问题的角度介绍《奉道科诫》的成书背景，其次是对《奉道科诫》全文的英译和简评，第三部分是对与金明七真有关的其他三部道书的介绍。第四部分是全书的结论。（3）附录，包括重要人名、术语的词汇表、参考文献目录、引用道典目录和全书的索引。据我所知，此前已有 Russell Kirkland 对此书做过批评性的书评（载 *Journal of Chinese Religion* No.28, 2000, pp.235-237.），认为本书缺乏对《奉道科诫》作严密的文本分析和必要的成书年代考订，遗漏了很多相关研究论著，乃至全书结构和表述上存在问题等等。这些批评有的是切中要害，有的属于苛求，有的则是没有领会到作者的真实意图。我相信这种批评只是由学者间不同的治学风格所引起的，并无优劣高下之分。实际上，本书延续了常志静先生以往的做法，如他出版《三洞珠囊》和《上清道类事相》两书的德文译本，都是立足于向西方读者译介和评价这些道典，书中的主要篇幅放在对道书原文的翻译上，并不是严格意义上对这些道典做专门的文献学或历史学研究。除了已被指出的此书确实存在的某些不足，我们应该更多地着眼于此书值得肯定的一些方面。

按照一般的常规，讨论或利用一部道书首先应该交待此书的作者和成书时代，这是一切深入讨论的前提。但《奉道科诫》的成书时代有其特殊性。此书从 1953 年开始被吉冈义丰先生注意，此后近 50 年中，其成书年代，一直有着梁代、隋代和唐初这三种说法，直到 1990 年代末最新的一批成果，仍然不能脱开这三种旧说的窠臼。作者在本书中并未正面论证这一问题。因为在他看来，《奉道科诫》一书所记载的道教制度、仪式和规范，毋庸置疑地就是唐代道教才有的，它反映的是唐初道教的情况，这是不言自明的。所以他没有就成书时代问题给出一个详尽有力的说明，而这恰恰是任何一位考虑或利用过《奉道科诫》的学者都会对作者做出的期望。本书没有来得及参考 Livia Kohn 氏几乎同时发表的 “The Date and Compilation of the *Fengdao Kejie*”（*East Asian History*, 13/14，1997，pp.91-118.）一文。在此文中， Kohn 看到众多学者就此各执一词后面的玄机。她认为在 6 世纪的梁代，首先出现与“金明七真”有关的道书，是以符箓为主的本子；到隋代时有了不太规整的、以教戒为主的《三洞科》；唐初成为三卷本的《奉道科诫》——Kohn 指出其具体的成书年代约为 620 年代——以后衍为五卷、六卷，宋代减为三卷，至明《道藏》才有今天的定本。所以《奉道科诫》基本上还是反映了初唐至盛唐宫观道教的组织和实践活动。但其文本有个逐渐发展演变的过程，而以往的三种旧说都只看到问题的一个方面。我认为这个解释是合理的。今后就不必再纠缠于三种说法的优劣，而应重点考察不同阶段文本变化的情况和原因。

本书作者没有充分考虑《奉道科诫》成书过程的阶段性，直接把它当作唐初的作品来看，并特别强调其就唐初道教活动和道士生活做出理想化规范的性质。书中正文第一部分是讲《奉道科诫》一书产生的历史背景，但这里提供的是一个很大的历史背景，以致有人觉得作者于此跑题太远。其实这里有作者自己的想法。他首先突显出唐初道教发展的两大背景，其一，道教被赋予国家宗教的特性——因而要有国家宗教的样子，教规、教戒必然需要重新整肃；其二，佛教的刺激是道教发展的前提——因而道教规范的整肃需要借鉴佛教现成的东西。接着又介绍了中国传统的宗教和地理观念及其实际的应用，意在指明唐代道教对道士宗教生活的规范，是有着久远的本土文化传统根基的。这也是往往容易被人忽视，但却是非常重要的一个方面。而作者树立唐初道士的典范——王远知，意在指明《奉道科诫》这样的道书只有在唐初道教兴盛的背景下，只有像王远知这样既与帝王有密切交往，本身又是道学大师的人才具备编纂的条件（当然并不确认为是王远知本人所作）。

至于“金明七真”，Kohn 在前揭文中指出“金明七真”从梁代开始就是个虚构的神明，后来随着《奉道科诫》文本不断增衍，其神格地位也越来越高。而本书作者认为“金明七真”在《奉道科诫》里还是以道教学者（道师）而非道教神灵的口吻说教，他把“金明七真”作为唐初的一个道士。不过，他在书中第 54 页说道：如果“金明七真”是 6 世纪（梁代）人，那他的书也一定在唐代被加入了新的东西。可见，他并不完全排除“金明七真”出现在6世纪的可能性，但始终认为“金明七真”是与王远知、张万福、孟安排、司马承祯等一样的人间道师。我觉得实际上可能只是唐初道士假托“金明七真”之名编写道书，而且还不应是一人这样假托，像《上清三尊谱录》等三部与“金明七真”有关的道书，未必都与《奉道科诫》同出一人之手。

即便如此，我仍赞同常志静先生将现在的《奉道科诫》关于道教制度和组织规范的规定，当作唐初道教的产物。实际上，他如果能参照一下敦煌道经的情况，也许会为其论点找到很好的证据。因为敦煌道经里有《奉道科诫》的残卷，甚至有《道藏》本所缺的佚文，因此敦煌本比《道藏》本更能直接反映此书在唐代道教实际应用的情况。此外，如果将敦煌道经残卷中灵宝经的存目与《奉道科诫》中《灵宝中盟经目》相比较，敦煌的十几种灵宝经几乎都能在《灵宝中盟经目》中找到。更值得注意的是，这些灵宝经大多是单一的写本，少有复本，不像《道德经》《本际经》等有众多复本的道经是用来作功德经。而这些灵宝经，正好符合《奉道科诫》中所规定的“洞玄法师”所应奉习的经典——敦煌灵宝经难道是某位敦煌当地洞玄法师经书的遗存？果如是，也许正是《奉道科诫》那一套规范应用于实际的例证。

常志静先生认为唐代道教既有国家宗教的一面，也有其自身修道、传道的需要，特别在佛教的攻击下，对教规教戒的整肃和规范尤显迫切。于是唐初就出现了几种以此为目的的道教类书，如《三洞珠囊》《上清道类事相》和《奉道科诫》。以往的研究都是各自分开地讨论这三种道书，而作者则发现:《三洞珠囊》和《上清道类事相》因为都是王悬河一人编纂，而且编纂的目的和所引的道典基本相同，由此怀疑两书原本是一书，后来被人为地分成两书。如此，这两部书就可以联系在一起考虑。他没有考证出王悬河编纂这两部书的具体时间。一般认为王悬河主要活动于高宗、武则天时期。我根据王悬河书中引及 679 年编成的《老君圣纪》，而在这两书书题下，他都自称为“大唐陆海羽客”，而到 690 年武则天以周代唐，他就不能再称“大唐”了。故认为王悬河编纂两书的时间在 680 年代。在没有新的证明之前，似可聊作一说。

作者用了不小的篇幅介绍《三洞珠囊》的结构和引用经典的情况，目的在于提示读者：王悬河的两部书与《奉道科诫》性质和用意颇有相近之处，都是要为唐代道教提供一种可供参照遵循的规范。更可贵的是，作者还看出王悬河与“金明七真”编纂两书的不同之处在于：王书重在重现道教的历史传统，而《奉道科诫》重在对唐代现实生活中的道教做出理想化的规范（见书中第 29、45 页）。作者还列表比较了《奉道科诫》与《三洞珠囊》《上清道类事相》三部书中提及道典的名目，发现三者处于相同的道教经典背景下（见书中第144—145、157—158页）。此举揭示出这几部原本看似各自独立的道书之间的内在相互关联，对于唐代道典的研究是可算是个不小的进步。我们在此基础上还可进一步考虑：王悬河两书中征引大量的上清经文，描述的是以上清道术为核心、兼及天师道的六朝道教传统。而《奉道科诫》则通过与上清传统明显不同的置观、造像、写经、诵经、讲经、法服等等方面，充分体现出经教道教的本色。而这绝不仅仅是不同的道派立场所致，而是六朝与唐代道教发展重心变化的反映。从这个角度来说，书中将《三洞珠囊》与《奉道科诫》做详细地对比，不是跑题，而是有着值得肯定的深意。

最后，作者在全书的总结中特意将“金明七真”所代表的传统与《隋书·经籍志》和《魏书·释老志》所描述的南北朝道教特点进行比较，得出的结论是：《魏志》和《隋志》都重在对道教个人长生救度方法——如符箓、仪式的强调，而“金明七真”所代表的则是一种以写经、藏经、造像、置观等中心，特别强调经戒的新的趋势。这也是个颇有意义的发现。我将此解读为六朝至隋唐，道教进一步加深自己以道术为中心向以经教为中心的历史转变。其原因首先是国家宗教为王朝政治服务的现实需要，其次有佛教经戒思想发展对道教的影响。

由此看来，虽然作者在建构《奉道科诫》具体而微的成书背景方面与其他同类研究侧重不同，但把它当作唐初道教活动的规范，还是符合历史背景和历史实际的。由于我们现在知道《奉道科诫》和“金明七真”都有自己发展演变的过程，而本书在这方面未作任何尝试，终归是个不小的遗憾。实际上，我感觉本书的作者本想借一部有代表性的道教文献来阐发唐代道教的某些特点，甚或是中古道教文化的某些方面，而他所选的却是个备受争议并还需做更多基础文献研究的对象。以文献和历史研究者的角度来看常氏此书，当然会对它的某些方面略感失望。但本书作者介绍给我们的宏观的文化背景和具体的几部道典之间的关系，未必不会对《奉道科诫》下一步的文献研究提供有益的线索和借鉴。而想更多了解唐代道教，特别是国家道教或经教道教下道士宗教生活的读者，也应该能从本书中有所收获。尽管《奉道科诫》所做的规范在唐代道教实践中在多大程度上被严格执行，这还是个有待证明的问题，但毕竟《奉道科诫》代表了一种与六朝道教传统不同的经教道教新方向，而这一发展方向无疑是唐代道教发展的主要趋势之一。

评《唐代の道教と天师道》

本书分为前言、正文四章、结语、后记和英文目次、英文梗概及索引等部分。正文四章本是四篇单篇论文，但又共有一个中心论题：都是围绕唐代道教的存在形态而展开论述的。

本书最大的贡献在于非常有力地颠覆了一种流行于国际道教学界半个世纪之久的传统观念，即认为唐代道教是由上清派、灵宝派、洞神派、高玄派、升玄派、重玄派和正一派等各种道派组织所构成，而且在其中，上清派茅山宗是唐代道教的主流道派。正文的四章，实际上也是分别从四个不同角度论证了相关传统看法的诸多误解，澄清了一个原本并不很难认识到，却长期没有得到足够重视的历史事实。按照本书作者的话来说，即：唐代道教不存在以上诸种分立的道派，唐代道士全体都是天师道道士；天师道才是唐代道教的唯一派别，此外并不存在其他的道派。我对小林氏这一新论点还是颇为“心有戚戚焉”的，也希望这一观点能逐渐被学界所接受。至少，今后在描述唐代道教存在的形态时，本书应该是一部不能被忽略不计的重要著作。以下试分章介绍其主要的价值并指出其论证中稍有疑义之处，当然，这都是出自我个人的一孔之见，请本书作者和读者不吝赐教。

第一章《唐代的道教教团与天师道》，是作者在2002年分别于早稻田大学文学部和中国社会科学院历史所的两次讲演基础上整理成文，初刊于《東洋の思想と宗教》第20号，2003年3月。由于在《前言》中作者已经感到：仅仅依据唐人使用的“老教”一词就是指“道教”，也就是“天师道”这样的概念相通，是不能得出对本书论点的有力支持，故本书考察的重点放在了构成唐代道教教团的、居住在道观中的出家道士身上，特别是他们在教团中的法位阶次制度方面。作者认为历来被认作是象征了上清派传承谱系的那些高道，如王远知、潘师正、司马承祯、李含光等人，其实只是领受了上清经箓的天师道士。造成这种长期误解的原因，是对天师道道士的受法课程和法位阶次制度缺乏了解。受法课程是指天师道士在成为教团成员前后，为接受教团内的相关教育和修行，需要从老师那里领受不同等级的经典和法箓。受法课程和法位阶次是相对应的，领受哪一级经箓的道士相应具有哪一级的法位，都有明确的规定。在这样的制度中，处于最高阶位和级次的，通常就是领受上清经箓的“洞真弟子”和“洞真法师”，

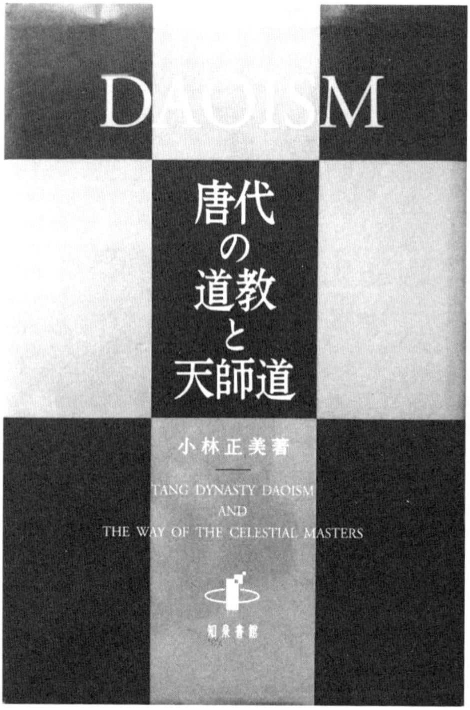

《唐代の道教と天师道》，小林正美著，东京：知泉书館，2003年4月

最低级次则是领受正一部经箓的“正一道士”和“正一法师”。按作者的看法，这样的一套制度，在梁朝初年的天师道教团中就已确立起来；到唐代又有一些增补，但基本框架未变，并一直沿用到宋初乃至明朝。而真正意义上的上清派，在陶弘景死后就沉寂了，到唐代已经不存在一个可以被称为“上清派”的道团组织。天师道则从晋宋时代就已开始摄取上清经法，故六朝天师道与上清派的融合也是很自然的事情。六朝时专门记录上清经箓传授的上清派经典中，并没有反映出上清派有法位阶次制度，只有天师道才有这套融汇了上清、灵宝、三皇和天师道的、以三洞四辅说为基础的法位阶次制度。故唐代经箓传授并不意味着教派之分。唐代道士都是在这一统一的制度下进行修行经箓和法位授受的，并非只有上清派的道士才能传授上清经箓。作者还列举了许多唐代的碑石材料和敦煌遗书等中有关道士法位称号的具体材料，显示出唐代道教确实在实践着这一套课程和法位制度。

在论证唐代道教不存在上清派、灵宝派，而只有天师道时，作者探讨了唐代道士给田制的意义。认为武德令规定道士给田的标准是能通《三皇经》以上者，而到贞观二十二年（648）改为道士通《道德经》以上就可给田，这实际上正是基于道教的法位阶次制度，由于在此制度中《三皇经》地位高于《道德经》，故“贞观令”降低了道士受田的门坎，这就几乎对所有正式出家的道士都给田了。

此举显示了皇室对道士的优待，一直延续到开元七年的田令依然如此。作者还指出佛教方面有关648年以后《二皇经》就被焚禁的记载是不可信的。这些论述和分析在我看来都是值得肯定的。

但是，作者试图通过对几个名词含义的认定来作为“唐代道士都是天师道士之说”的证据，结果可能适得其反。例如，作者说唐人一般把奉道之人叫做“道家”，而这个词从六朝时代开始就意味着“五斗米道”和“天师道”的道士。又说唐人习称的“老教”“道教”和“道家”一样，都是专指“天师道”。这大概是基于如下的逻辑：“天师道”是信奉老子和张道陵的，而“道教”的“道”就是老子，与“老教”一样专指老子之教；“道家”和“道教”又常常与张道陵、张鲁联系在一起，因此这三个词在唐代都指“天师道”。类似的关键词还有所谓“黄巾”和“天师”。在作者看来，唐人在使用这些词汇时，无一例外都是特指张道陵传下来的“五斗米道”和“天师道”道士。其实，如果不按现代学术观念来划分，无论是在各道派独立发展时期，还是在道派高度统一时期，古人的“道教”和“道家”都是指对“信道之人”的泛称，历代皆然；“道教”也不能用“老子之教”来涵盖全部，因为老子并不是“道”的唯一体现；“黄巾”并非天师道唯一的法服特色，“天师”之称自始也不是张道陵一人的专享。

作者之所以得出这样的看法，至少有两方面考虑不周之处。第一，忽略了社会背景和人们语言用词上的习惯，对一些原本该作为一般性和泛称的名词，却给予了特殊性的专指意义的解释。第二，忽略了对相关历史背景的必要考察，唐人重复多次的，甚至在当时是常识的认识，也未必就是符合历史实际的观念，更何况本书对这几个词所做的解释，还有可能偏离了唐人的本义。“老教”“道家”和“道教”在当时指统一帝国和皇室掌控下的那个统一的道教教团，这应该是没错的，但将其特指为汉末张道陵传下来的“天师道”，则有些理据不足。“天师道”不仅是个内涵丰富的历史名称，还是一个复杂的历史现象，现在的很多学者都将其简单化和单线化了。唐代道教的主体是“天师道”的判断是不错的，但如果将此“天师道”就认为是从张道陵那里一脉单传下来的，则很可能不符合历史的实情。汉末的“五斗米道”、六朝的“天师道”与唐代的“天师道”之间的演变过程，远比现在一般认为的复杂得多。

第二章《天师道的受法课程与道士的階位制度》，初刊于《东洋の思想と宗教》第 18 号，2001 年 3 月。本章分析了活动于武则天至唐玄宗时期的道士朱法满编集《要修科仪戒律钞》卷十五、十六所收的《道士吉凶仪》(有王三庆《三洞道士朱法满编〈道士吉凶书仪〉初探》,《第五届唐代文化学术研讨会论文集》，高雄：丽文文化事业股份有限公司，2001 年，第 17—43 页可参)，是在梁代孟景翼、孟智周二人的《丧礼仪》基础上作成，故此套制度应追溯于梁代。其中规定弟子要像孝子对待亡父母一样对待自己的亡师，根据从师受恩的深浅，即体现在亡师授与弟子经戒法箓的等级上，弟子要为亡师分别服缌麻、小功、大功、齐衰、斩衰的五服之丧。从这套道教的丧服制度可见，梁代道士的受法次第分为七级，最低为天师道治箓，最高为上清。丧服制度之外，还有法服制度，见于《一切道经音义妙门由起》所引的《正一经》和《正一威仪经》等，体现出法服与法位相对应的规范化制度已经形成。虽然在从梁代经唐代到宋初的漫长岁月中，各级别位序的名称有变，内容有增减，但道士的法位阶次基本上以三洞四辅说为基础，并一直保持着天师道法箓最低、上清法箓最高的位序。这从《隋书·经籍志》《一切道经音义妙门由起》《三洞奉道科诫仪范》《传授三洞经戒法箓略说》《洞玄灵宝三师记》《三洞修道仪》等一系列唐和宋初道书中都得以体现。这说明从南朝宋齐时代正式形成"三洞四辅"说之后，六朝前期由道书造作与传承而形成的上清、灵宝、天师道等所谓的"道派"，就已经融合起来。逐渐地，具有组织和人员优势的"天师道"，成了六朝经教道教的实际承担者和实践者，这种情况还延续到唐代和宋初。所以，"天师道"的受法课程和道士法位阶次制度，最晚在梁代就已形成。作者还注意到齐梁时代"三洞四辅"体系中"正一部"的重要性，并非是习惯上认为的正一部等级最低，此点早有卢国龙在《中国重玄学》(北京：人民中国出版社，1993 年）中提出，应该得到充分重视。而本章所利用的道士书仪，特别是吉凶书仪的材料，可与敦煌写本书仪中的相关内容做比较。

不过，要想搞清从南朝到北宋初的长时段中道教法位阶次的历史变迁，绝非是分析这几种有限的史料就能做到的。本章也有诸如“正一”和“盟威”就是专指“天师道”这样的简单化认识，当离开具体的历史背景来解释关键词语时，往往会不自觉地陷入循环论证。此外，在《受箓次第法信仪》中，“正一法位”是指从最低到最高的各部法位的统称，其含义应与各部法位中的“正一”不同，而作者据此却得出“正一法位”就是天师道法位的结论。还有《三洞奉道科诫仪范》一书的时代问题，作者从 1990 年的《六朝道教史研究》开始，一直坚持认为《仪范》是梁武帝末年作品。近年来道教学界围绕此书的讨论很多，特别是 Livia Kohn 已经充分论证与“金明七真”相关的几种道书，是从梁代到唐代逐渐编次而成的，且其在梁代最初的内容，很可能并不包括小林氏重点讨论的经目部分（Livia Kohn 的论文 1997 年初刊，收入氏著 *The Daoist Monastic Manual: A Translation of Fengdao Kejie*. Oxford University Press,2004, pp.23-47）。如此，本书作者依据《仪范》所描述的梁代道教经教制度，就很可能有相当部分应该是唐代才有的内容。

第三章《经箓传授中的三师说与上清经箓传授谱系的

形成》，初刊于《早稻田大学大学院文学研究科纪要》第47辑1分册，2002年3月。本章从道教“三师说”的角度，揭开了历来被认为是上清派存在主要证据之一的上清派传承谱系的秘密。原来，道教最晚在齐末梁初，就形成了度师、籍师、经师的三师说。“度师”就是道士授业传法之师，“籍师”是度师之师，“经师”是籍师之师。这种含义上的“三师说”，六朝的上清派和天师道是一致的。道士在授受经箓时，只有“度师”才是亲自传授自己法箓之师，恩情也最深，而对于“籍师”和“经师”，道士则往往只是“存想”而已。学界长期以来根据唐李渤《真系》和元刘大彬《茅山志》所载的上清派谱系，认为唐代还存在从杨羲经陶弘景到王远知、潘师正、司马承祯和李含光的“上清经派”。其实这一谱系最早见于陈子昂的《潘师正碑》，说潘师正的弟子有司马承祯，潘师正之师为王远知，王远知之师为陶弘景。这只是说明几人之间的师资关系，并非记述整个上清派的传承谱系。司马承祯的弟子即李含光，早于《真系》28年的颜真卿为李含光所写的《茅山玄静先生广陵李君碑铭》，还有李白《唐汉东紫阳先生碑铭》，都只从李含光追溯到陶弘景而已。因陶弘景的盛名，及其在六朝上清经派和天师道中的威望，故很多道教中人都把自己的上清经箓传授渊源追溯到陶弘景。而陶弘景与王远知两人卒年就相差百年，早期的材料既不说陶弘景有弟子王远知，也不说王远知之师是陶弘景，显见两人的师徒关系是唐代道士假托的。到李渤《真系》，更是以李含光为出发点，按照“三师说”更向上追溯到上清经的始作者杨羲，这并非是实际的传承谱系。更为重要的是，唐代传授上清经箓的，并不仅有潘师正、司马承祯和李含光这一系，如陆长源、韦景昭等道士都曾得受上清经箓，也都将自己的师承追溯到陶弘景和王远知，可见唐代并不只有《真系》所载的一线单传的上清派，这些高道们都是从最低的正一法箓开始，历经数十年的苦修才得受最高位的上清经箓。本章既注意深入道教内部制度，又运用史源考辨的方法，从而成功地揭示了所谓“上清派传承谱系”原来是“层累”形成的历史经过。相对而言，本章的论证可能是全书最有说服力的部分。

第四章《〈升玄经〉的编纂与升玄法师》，初刊于《平井俊荣博士古稀记念论集·三论教学と佛教诸思想》，春秋社，2000 年 10 月。作者认为《升玄内教经》是刘宋时代（470 年代）的天师道作成，这与近年来卢国龙、万毅、山田俊、刘屹等人反复讨论《升玄经》所得出的结论相去甚远。山田俊氏曾在《〈升玄经〉の卷次と「内教」に就いて》（《熊本县立大学文学部纪要》，第 8 卷 1 号，2001 年，第 37—46 页）一文中对小林氏有关《升玄经》的主要论点进行了批评，但在本书中未见小林氏的直接回应。作者立论的主要依据，仍然是《三洞奉道科诫仪范》中有了《升玄内教经》十卷和“升玄法师”之称，并且在比《仪范》略早的《太上洞玄灵宝业报因缘经》中有“升玄妙经”，作者认为就是《升玄经》。但首先，虽然作者也意识到“升玄”一词未必总是专指《升玄经》，但将《业报因缘经》中“升玄妙经”和《玄都律文》中的“自然升玄真文”都认作《升玄经》，还是没有充分根据。其次，如上所述，作者对《仪范》的成书时代缺乏历史演进的认识观念，有《升玄内教经》的部分恰恰不一定是梁武帝时就能有的。如果细读《升玄经》，特别是没有被作者注意到的 P.3678 和 Дx.517 残卷，就可以否定作者关于此经尊尚“三洞”的印象。因为《升玄经》正是要总括和超凌“三洞”的，有这样立意的经书，不可能出现在“三洞说”大兴的刘宋时代，也不可能在梁末刚刚出现，就被安置在将《升玄经》居于上清、灵宝之下的这一整套已经定型的法位阶次制度之中。作者还提出《升玄经》因尊崇张道陵和“三天”思想，因而必是天师道作品。然此经中的“张道陵”已非汉末张鲁之祖父张陵，而是六朝以降，经教道教中象征化和固定化的天师形像。应该看到，《升玄经》和“升玄法师”在道教法位阶次制度中的位置，或许直到入唐以后才成为定制。

总之，本书对于廓清学界长期以来有关唐代道教存在形态的诸多误解确有极大的帮助，但作者除了仍然坚持曾经引起很大争议的，以某个孤立的名词术语作为道书断代主要依据的不太可靠的手段外，似乎又更多地将本来只有一般意义的名词概念，予以特殊涵义解读的倾向。如果作者对本书四章的论述都能像第三章那样展开，相信就能得出很多与现在不同的结论。此外，本书关于“唐代道教就是天师道，道士都是天师道士”的论断，也仍然有个必要的前提需要证明，即所谓“天师道”的具体含义又是什么？如果只是认为唐代道教就是汉末三张“五斗米道”的遗传，似乎就无形中降低了本书的价值和意义了。

评《杜光庭道教仪范之研究》

本书是周西波君在其博士论文基础上修订而成的，故书前有其师郑阿财先生的《师序》。作者《自序》之后的正文则分为七章，最后附有主要参考书目。杜光庭被认为是道教仪式传承历史中承前启后的关键性人物，本书即着重于通过对整理与爬梳杜氏所编辑的道教仪式文献，意在说明其所编纂仪范的实际内容与特色。除了对杜氏各类仪范的综合整理与介绍外，还以对仪节程序的分析与归纳为主，包括列举其仪式的节次流程，探讨各仪式节次的意义，并归纳其程序安排的规则。其次兼及仪式中所用各类文体的考察，包括整理所用文体之类别，分析其文体的形制，探讨其文体的内容特点，并考察其文字的来源等等。进而，作者还希望以此观察和了解六朝至唐五代这一历史时期中，道教仪式的内容发生怎样的衍变，以及呈现不同时期道教仪式差异的现象。

我对道教斋醮科仪关注不多，在此只能以简单介绍此书内容为主，遇有自己感兴趣的问题，或许会偶发联想，未必是指摘本书之误，于此一并向本书作者和读者请教。

在目前的道教研究中，对道教历史和著名道士的著作、思想研究较多，对构成道教的要素——斋醮科仪则研究相对较少，也相对缺乏有深度的力作。这从本书第一章《绪论》中作者介绍研究动机与目的时就可深深体会到。因为不仅可供作者罗列的前贤成果屈指可数，而且作者还在一些基本的相关概念上，纠正了前贤认识和理解上的偏差。此外，由于杜光庭身处唐末五代之时，故敦煌道书对于比照和理解杜氏所整理道教仪范，无疑具有诸多传世《道藏》难以比拟的优长之处。本书能够将敦煌遗书与传世道典中的仪范材料结合起来，这相对于以往无论是专门研究道教仪范，还是专门研究杜光庭的论著，都可说是一个可喜的进步。本章还为读者提供了关于杜光庭生平与著述的一个详尽而可靠的陈述。不过，在第40页，作者将杜氏作品中已佚的《圣祖历代应见图》归入符箓类，则可能并不准确。“圣祖”是指太上老君，“历代应见”是指老子随世变化，这应该是六朝隋唐时的《老子化胡经》以及宋元以后的《老君历世八十一化图说》之类的故事类图说作品。本章还探讨了人们习称的、几乎作为道教仪式标志的“斋醮”一词，分析了“斋”“戒”和“醮”各自的本义，及其后来词义的变化，特别是分析了“斋”与

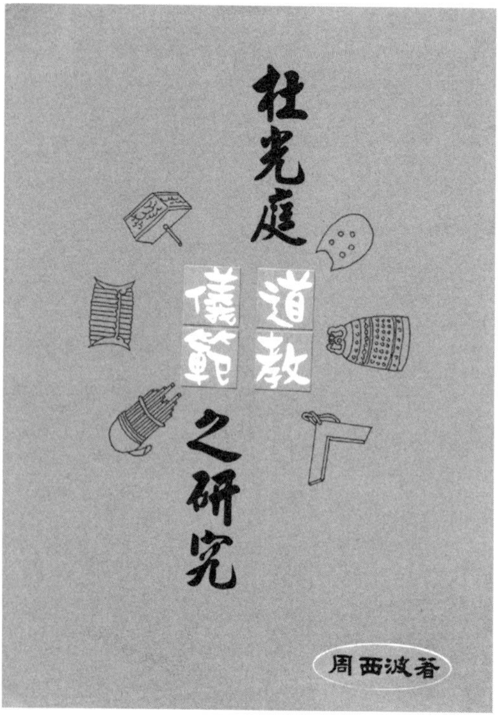

《杜光庭道教仪范之研究》，周西波著，台北：新文丰出版公司，2003年3月

“醮”的区别，介绍了六朝至唐，斋、醮的主要类别。明了“斋醮”一词的来历与区别，就可以使我们注意到：被称为“醮”的仪式，未必一定就是道教的斋醮仪式。如敦煌 P.2649《曹延禄醮奠文》，按我的看法就不应被简单视为道教仪式；更不能仅凭“醮奠”二字就认定此为道教醮仪。

第二章介绍的是杜氏所整理的金箓和黄箓斋仪。金箓斋意在“调和阴阳，消灾伏害，为帝王国土延祚降福。”这是道教为历代王朝政治服务的主要途径之一，也是道教在得到王朝支持后所做的必要回馈。书中根据杜氏的作品，并对照了敦煌 P.3282 的部分内容，不仅详细描述了仪式的内容，还比较了杜氏之仪与其前后记载的繁简异同。其第 81 页提到“玄师”，说这是道教构造的灵宝派神明，这还不够明确。胡孚琛主编《中华道教大辞典》（北京：中国社会科学出版社，1995 年，第 1467 页）解释为“一般指太上老君”云云。我这里还可做如下补充：“玄师”即“玄中大法师”的简称，在古灵宝经《上清太极隐注玉经宝诀》中有“太极真人曰：礼此经（《五千文》）时，心注太上老君，三拜；次念尹先生；河上真人为玄中法师，亦复三拜”。则“玄中法师”就是河上真人。但 P.2445《升玄经》（卷一或卷二）中又有“真人曰：《五千文》日中斋集……愿礼太上老君一拜，《五千文》一拜，尹先生、河上真人、玄中法师，合为三拜者”。则“河上真人”与“玄中法师”又似分为两尊。甄鸾《笑道论》引《太上妙法本相经》的《广说品》，说有清和国王闻天尊说法而升天，得以成为玄中法师，后化生李氏，即西去罽宾化胡的老子。看来六朝唐宋时的“玄中法师”，忽而是河上真人，忽而是太上老君，而其最本原的形象还应该是老子，也只有老子才有资格在历代斋仪中一直位列“玄师”之尊。这是个有意思的话题，或许值得日后深入探讨。

黄箓斋在六朝时主要用于“拔度先祖”，经杜氏整理后则成为不限于救度死者，而是人天普修、适用性大增的斋法。除了详述斋法仪节的具体内容外，书中第 130 页以下，通过比较《无上秘要》和杜氏仪范的异同，从而得出六朝与唐宋斋仪，特别是黄箓斋的主要差异，指出道教仪式逐渐走向典雅化和文学化的倾向，这应该是很有价值的一个归纳。不过，第 150 页以下讲到投龙简时，仍然将此仪式的兴起归于汉末五斗米道的“三官手书”，这也是比较通行的做法。而实际上，向山、水投简以请祷神灵的做法，绝不仅仅起源于汉末。近年受到极大关注的华山“秦骃玉版”，就是战国末年投山祷病的玉版。投龙简的源头应该从远在五斗米道成立之前的中国传统宗教信仰当中去追寻。“三官手书”从本质上说也许正可看成是“秦骃玉版”和“诅楚文”之类巫祝之事的延续，不该因其是汉中米道的教法就忽略其所存在的更广泛的文化信仰背景。道教的投龙简也许正可认为是将原本巫祝之事“典雅化”和

“文学化”的产物。这牵涉到如何理解道教与传统宗教的关系问题。

第三章介绍的是杜氏整理的明真、三皇与神咒斋仪。明真斋在六朝时本是学道之人为自己的先祖拔度九幽之魂而作，但唐代开始则不限于学道之人，且也用于禳灾祈福，而不限于拔度幽魂。书中除了揭示出从六朝到唐代明真斋的功用和具体仪节的不同外，作者还认为被大渊忍尔拟题为《太上洞玄灵宝金箓简文三元威仪自然真经》的 Дx.158 残卷，应该是明真斋中的《忏方文》。杜氏整理的三皇斋仪共两种，主要用于为皇帝解厄、保国安民和禳解重大天灾人祸。这里涉及道教的“三十六天说”和“三十二天说”，作者虽然比较了两说的不同，但对这两套系统如何产生的根源，还是使人觉得究察不深。书中第224页讲到“三十二天说”是与二十八宿相配而来，之所以要配属各宿，则缘于道教徒认为星宿与人的命运福祸有密切关系，具有支配影响的能力。此说固然不错，然最晚在道教产生之前的东汉初年王充《论衡》中就已有这样的观念，不提示这点，似乎容易使人误认为这种观念是道教的专利。这也提醒我们应该充分注意很多道教的观念和理论，其实早在道教成立之前的中国信仰世界就已存在，不能因为中古道教继承了这些东西就忽略其更早的源头，更不能本末倒置地认为凡体现出这类观念和理论的，就一定是属于道教的东西。

神咒斋主要用于驱除疫疠，扫荡邪气。其斋法当与《洞渊神咒经》相伴随。杜氏整理的神咒斋仪传世的有三种。敦煌阳字83号写本，被大渊忍尔定名为“洞源神咒斋仪”，但还一直未有专门的研究。本章则重点比较了阳字83号与杜氏传世三种神咒斋仪的异同，认为它们大致相近，只是杜仪要比敦煌写卷繁复许多。从而体现出杜氏对六朝至唐前期神咒斋以继承为主，而又加以繁复化的特点。不过，在第242页以下，作者经过比较得出阳字83号写本中有许多内容是录自《太上洞渊神咒经》卷十五的结论，可能有些不妥。因为截至唐前期，《洞渊神咒经》一直是十卷本，其成为二十卷本一般认为是唐末五代的事情。而阳字83号应为唐前期的写本，故很可能与作者认为是唐代道士根据《神咒经》中颂语改编成阳字83号中的诵语相反，应该是阳字83号这样的斋仪行用在前，而《神咒经》卷十五的编纂却是在后。

第四章介绍的是杜氏整理的阅箓仪与传授道德经箓仪。首先区分的是另一组通常被人认定是道教的标志，却又容易不加区分的基本概念：“符”和“箓”。作者指出已有的研究中往往将“符”“箓”并称，却又偏重于“符”的解读和说明，相对忽略对“箓”的研讨。法箓则是道教用来作为入道凭证与行使法术的依据，其内容主要是列举各种神吏的称号，就是神明的名录之意，它既是入道修行的信物，也是法位高低阶级的标志。道士在受箓之后，还要择时举行阅箓的仪式，召出身中法箓所列诸神吏，为其消灾解厄。故受箓之后的实际应用法箓，就是阅箓，二者同样重要。书中列举了 S.203、P.2457、P.2394、S.1020 四件与法箓有关的敦煌道教写卷，分别指明四者的性质和用途，认为前者是法箓授受的数据，而后三者都是阅箓仪式的残卷。在介绍了杜氏整理的两种阅箓醮仪后，再重点将 P.2394 和 S.1020 与杜仪进行比较，认为杜氏在阅箓的主要仪节安排上与敦煌写卷基本一致，差别则在于杜仪更加强调阶级顺序和整个仪式的阶段性。杜氏还著有传授《道德经》的《紫虚箓拜表仪》一卷，是属于受箓范畴的。作者也将其与六朝唐前期道教的仪范进行了比较。

第五章是对杜氏仪范中韵文作品的考察。首先是对“颂”与“赞”文体的研究。佛经文学和文体的研究已具备一定的规模，而学者对道典中的颂、赞作品则还关注不够。作者在这方面可说是充分发挥其学习中文专业的特长，指出颂、赞文辞本是中国传统文体之一，形式上也较接近，都具有“称美”的性质，故后世每多合称互训。道教斋仪中的赞和颂也基本相近，也都采用诗歌体与音乐相配合的形式。其次是对步虚词的考察。步虚词是道士在道场行道时环场旋绕，赞颂仙界圣真的诗歌，以五言体为主。作者特别指出现在被认为是杜氏所作的步虚词中，有多首其实是宋徽宗的作品，被后人窜入杜氏作品之中。第三是对咒语的研究。中国古代的“咒”即“祝”，善祝曰“祝”，恶祝曰“诅”。在古代祭神祈福的仪式中，祝既可指祭官，又可指祭辞。而祭神祈福之辞逐渐衍成后世道教盛行的青词，诅咒之意则发展为道教各式各样的咒语，成为道教徒展示其法力的重要手段。这其实是道教对古代巫术传统的继承，与巫术不同之处大概在于：道教咒术的神力得自比巫术崇拜的自然神更正统的神灵，即“正神”。

第六章是考察杜氏仪范中的散笔作品。首先是“启”与“表”，作者指出“启”是中国传统奏议文体之一，意为至官府以呈辞。道教仪式中则用启的形式来奏告神真。“表”是比“启”更正式的文体，原是下对上陈述衷情的文体，唐宋之时则运用较广，也涵盖了“章”的应用范围。“表”还被佛、道二教作为斋会陈奏的体裁之一，只是陈奏的对象已非帝王而是神真。作者还指出被大渊忍尔拟作“上启文例”的P.3484写本，应为“言功章表”的样本。其次是对杜氏所作青词的研究。青词是道教斋醮仪式中上奏天神的祝文，是向天神说明修斋的原因、内容和祈愿等的正式文书。历代撰写青词数量之巨者，当首推杜光庭。书中对杜氏青词的文体和文学特点都进行了分析。此外，还对杜氏作品中的忏文和发愿文做了深入的研究。

第七章是全书的结论，作者总结了本书研究所得出的七个方面结论：一、可突显杜氏仪范所具稀有文献的价值。二、可借助杜氏仪范来校补、认定敦煌道书写卷的文字与性质。三、可订正杜氏仪范中部分文学作品时代认定之错误，特别是指出陈尚君先生《全唐诗续拾》卷五一中辑录杜光庭诗作 154 首中，至少有 65 首可以确定非杜氏之作。此点值得读者注意。四、可考察六朝至唐代道教斋仪的消长情形。五、可认定杜氏促使黄箓斋仪普及及兴盛的贡献。六、可归纳杜氏仪范中规格化、程序化的现象。七，可呈现杜氏仪范中典雅化、文学化的倾向。这些也都毫无疑问地是本书的贡献所在。

总的看来，本书成功地整理和介绍了杜光庭仪范类作品的内容和特点，将多种道教仪式的程序步骤呈现出来，特别是展示了这些仪式在六朝唐宋道教斋醮仪式发展过程中的承袭和变化，从而体现出杜光庭及其作品在道教斋醮科仪发展史上的所占有的特殊地位。作者如能根据现有的材料，将这种种的承续和变异进一步加以细化，如可揭示出《无上秘要》中的斋仪与敦煌道教斋仪写本的异同、敦煌本与张万福整理斋仪的异同、张万福与杜光庭斋仪的异同等等，则读者对六朝到唐末五代道教斋醮科仪发展演变的脉络就会更加清晰和易于把握。这对于以杜光庭仪范作品为主题的本书而言，不知是不是一种过份的要求？

斯人已逝

忆宁可先生二三事

2018年是宁可先生（1928—2014）九十华诞之年。12月8日，首都师范大学历史学院特邀请宁先生的家人、弟子、生前友好等，举行一次纪念宁先生诞辰的座谈会。宁先生在学生时代就参加革命运动，于1954年受北京市教育局委托，参与创建首都师范大学的前身——北京师范学院，是我校最早的一批建校元老之一。他更是我校历史系和历史学科的奠基人和领路人之一。早在上世纪五六十年代，宁先生就以一系列在当时深受学术界重视的理论问题的探讨，以及多篇严谨扎实的古代史考证文章，而在史学界声名鹊起。他是历史系最早在国内外学术界产生重要影响的学者之一。北京师范学院历史系中国古代史学科，之所以能够在1984年就获得全国第二批博士学位授权点，有相当大的功劳是来自宁先生的学术贡献！从那时起，也真正奠定了此后三十年间历史系和历史学院中国古代史学科发展的根基和道路。宁先生所取得的学术成就，是首都师大历史学院的中国史学科曾经达到过的第一座学术高峰！

宁先生是我们中国古代史和史学理论学科的创建者，参与了历史系文物室的创建工作，并积极促成了历史博物馆的建立。他毕生从事中国古代史和史学理论、敦煌学、经济史、农民战争研究等学术领域的教学、科研工作；他还是一位优秀的学术组织者，长期担任中国唐史学会理事，组织了多次大型的、学术水平较高的历史考察；他参与创建了“中国敦煌吐鲁番学会”，推动了中国的敦煌学研究走向国际化。他一生出版著作5部，主编和参与主编6部大型著作，发表论文90多篇，留下了足以传世的重要成果。他还拿出毕生积蓄，设立“成庆华—宁可学术奖励基金”，每年都对历史学院在中国史方面取得突出成绩的学生给予奖励。

以上这些内容，是我作为现任的历史学院院长，对宁先生的评价。借此次座谈会之机，我也稍稍整理一下自己与先生交往的往事，以“学生”的身份来怀念宁先生。

1994年和1997年，当我分别开始攻读硕士和博士学位时，都是由宁可先生和郝春文老师作为联合指导教授。虽然硕博连续六年的时间，宁先生一直是我名正言顺的导师，但我总觉得宁先生是郝老师他们那一辈老师的老师，我只是郝老师那一辈老师的学生；再加上宁先生那些年所收的博士生，也几乎都比我高一辈，所以我从不敢以宁先生的“弟子”自居。如说我是宁先生的“徒孙”，那自是当仁不让。

我与宁先生的接触，始于我读本科阶段。那时我是历史系 90 级的学习委员。宁先生有一两个学期专门给本科生开设讲座课程，讲中国历史上的人口、地理环境等问题。先生那时可以自己来上课，不用接送。我只负责为先生准备茶水和擦黑板等事务。那时自己眼界狭窄，知识不足，此前很少能够听到如此贯通中国历史的“大历史”课程，而且在详尽的史料之外，还有深邃的理论思考。作为本科生虽然未必全能听懂，但全班绝大多数同学都怀着敬仰和感佩之心来听讲，每次总有三四十人。有一次，学校的某项活动安排，与先生的课程时间冲突。而我似乎没有尽责，没能提前告知先生这次课程的变动。所以全班大多数同学都去参加活动了。当活动结束后，听说宁先生仍然准时按点地到了课堂，却只有四五位不用参加活动的同学来上课。我们赶紧奔到教室，看到先生对着仅有的这几位同学，仍然像往常面对三四十人一样，语调平稳而坚定，该怎么讲还怎么讲，丝毫没有受到听众人数大减而影响到自己讲课的心情。

在大四那年确定保送我读硕士研究生后，我开始经常去宁先生家。但最初并不是为了向宁先生问学，而是为接送刘淮老师去看病。刘老师得病后，曾找各家不同医院的不同大夫看病。我也多次陪刘老师打车去看病。2000 年 7 月，我首次去敦煌开会期间，刘老师不幸去世，我也没能赶上送她。此后再去先生家，主要是为先生取送报刊信件和财务报销等事务。我生性拘谨，不太善于跟人联络感情。只知道能为先生做事，是一种荣幸。我记得最初宁先生和郝老师分配我做敦煌道教文献的研究，我在先生家里和他聊起过道教研究的问题。我说自己只是做道教史研究，会有意避开道教的思想、教义之类的问题。先生听了哈哈一笑，说："你搞道教研究，怎么能避得开道教的思想和教义呢?"先生自己也曾做过五斗米道和社邑的研究，他是摸过这些道教资料的。我当时还不以为意，觉得自己肯定能只做"历史"和"文献"研究。但这么多年过去了，回首自己在道教史研究领域的经历，才发现真正能够让我深入讨论的道教史问题，绝大多数都离不开思想和教义的历史脉络。特别是到后来做古灵宝经的研究，自己主要的思路都是来自思想和教义方面的理解。可惜我这种"半吊子"的思想和教义研究，功夫明显还不到家，也就阻碍了我在道教研究方面更广阔和深入的发展。

2001 年 1 月底，有次我去先生家，他说正在整理自己多年来关于史学理论的讲稿，准备出版。他提到自己多年前曾看过一篇巴尔扎克的小说，大体情节是讲一个经历 1812 年俄法战争的法国军官，他的妻子在一场法军从俄国败退渡河的场景中受到惊吓而失忆；为了让妻子恢复记忆，这位军官特意安排复原了这场渡河的战争场景。先生要用这个例子来说明史学理论中"历史重现"的问题，但一时想不起这篇小说的题目和更详细的情节了，就问我能否帮他找到这篇小说的题目。我自己也没看过巴尔扎克的这篇小说，为此专门跑去风入松书店，找到书架上的《巴尔扎克全集》，从头开始，一本本地翻看。忘记翻到第几本，还真被我找到了！我告诉先生这篇小说的题目，以及在《巴尔扎克全集》中第几册。他很高兴。到2005年，鹭江出版社出版了《“名师讲义”丛书》，其中有先生的讲稿《史学理论研讨讲义》。在该书的第99—100页，有一段讲“历史不能再现、重演，也不可能像实验室之于自然科学那样用人工的、人为的办法复制出来”等等，里面就列举了巴尔扎克这篇名为《永别》的短篇小说。后来我通过先生晚年的《流年碎忆》（北京师范大学出版社，2015年）知道，他大约是在1943、44年在重庆的南开中学读高中的时候，大量阅读了汉译的外国文学作品，其中就包括翻译质量并不好的一些巴尔扎克小说（见《流年碎忆》，第175—176页）。从那时起，到他要出版讲义，需要找到准确的小说篇名，大约过了五十多年，他居然还能根据自己讲义的需要，知道要找这样生动而贴切的例子来说明抽象的历史理论问题，真是让人敬佩和感叹！

读《流年碎忆》这本书，我了解到先生早年在贵阳读小学六年级时，家里聘请一位家庭教师，是中央大学实验中学的高中毕业生，叫黎介眉，先生称他“介哥”。其实这位介哥直接辅导先生的功课，大约只有短短几个月时间。后来介哥考上大学，先生也考上初中，两人就天各一方了。但介哥留给先生一堆书，这对先生早年的读书生涯起到重要的影响。包括先生最早发表的一篇学术论文，起因都是与介哥讨论的天文学方面的问题。此后两人也短暂见过面，介哥又给先生留下一堆杂志，也大大开阔了先生的眼界。再后三十多年，两人未见过面。先生在书中说："时势多变，心里总不时惦着介哥，他可是我的第一位启蒙老师，不光知识，而且为人也深深印记在我的心中。"（《流年碎忆》，第 145 页）直到七十年代末，两人才又建立起联系。先生借南下出差之机，特意到衡阳去见这位介哥。但回到北京后，联系又断了。

2005 年 7 月，我被系里派去衡阳给当地的成人专升本班上课。临行前到先生家，听说我要去衡阳，先生跟我讲起这位介哥，告诉我他在衡阳纺织机械厂工作，多年没有联系了，也不知道是否尚健在。如果我方便，就去帮他问问情况。我到衡阳后，利用课余时间，问清了机械厂的地点，还好当地的公交车正好有一站到那里。我到机械厂的家属区去问有没有这样一位黎介眉老先生，得知老先生已经过世了。我想虽然老先生不在了，但宁先生对黎老先生的深情厚谊，我还是应该转达给他的家人。但老先生去世后，他家人也都搬走了。费了些周折，终于打听到黎老先生亲（qìng）家的地址。当时正是傍晚，家里只有一位女士在做饭。我说明来意，她说黎老先生已经去世多年了，他去世后，老伴就带着孙女长住上海，基本上也不回衡阳了。我把这些情况发短信告知宁欣老师。在《流年碎忆》中，宁先生在回忆介哥的文章最后提到：“去年，一位同事到衡阳出差，请他打听一下衡阳纺织机械厂和介哥的情况，回来说纺织厂依旧，介哥已于1989年初故去，厂里许多人还记得他，他的夫人也退休了，回到了上海。”（《流年碎忆》，第146页）先生对少年时期的启蒙老师持续四十多年的感念之情，真令人动容！

回想这么多年来与先生的交往，我在他眼中，从一个青涩的大学生，逐渐成为他的“同事”。我虽然从不敢以先生的“弟子”自居，但如果没有先生先后两次将我收入门下，我今天很可能就会走另一条完全不一样的人生道路。从这个角度说，先生是我终身感念的“恩师”！在先生身边的日子里，我没有更多地、更积极地从先生那里问学，这也是我终生的遗憾！但有一点我是做到了，那就是：先生交代给我的任务，我都尽可能地保质保量完成。我在做这些事情的时候，恐怕没有想过事后会得到先生怎样的奖励或夸赞。我替先生做这些事，并且会竭尽全力地去做好，完全是出于对先生的景仰。在我眼中，先生就是“学问”的化身。我对先生的敬仰，就是对学问的崇敬！

2018年12月8日会议发言初稿

2019年7月9日定稿

追忆王卡先生

一

我是王卡先生的学生辈。1997年，我在首都师大历史系硕士毕业，蒙方广锠先生介绍，我带着自己的硕士论文，到社科院世界宗教所道教室，登门拜访王卡先生。王卡先生对我鼓励有加，并建议我跟一位来自美国的留学生一起在道教室听课。随后整整一个学期的时间，道教室的老师们轮流在每周二开课，给我和这位美国学生讲授道教的历史、文献、思想和教义。其中王卡先生讲的次数最多，也最为系统。这也是我第一次得到道教专业学者的教示。2000年，我博士毕业时，王卡先生也是我的博士论文评议和答辩委员之一。所以，王卡先生亲自给我上过课，做过我的博士毕业论文答辩委员，他跟我实实在在是有师生之谊的。

我和王卡先生的交往，只有 1997—2017 年这 20 年的时间。我们的交往算不上有多热络，基本上是：有事时，无论谁找谁，都会得到对方积极而热情的回应；无事时，很可能彼此大半年甚至一年都没有联系。最初几年，我曾请王卡先生给我写过申请国家社科青年项目的推荐书、申请科研奖励的推荐书、成果结项的鉴定等等。无论多忙，他都第一时间给我写好。那几年，我也曾为了评职称，而想在某宗教学专刊上发文章，或是从宗教学领域申请国家社科基金的课题，找到王卡先生请他帮忙，他都给予我无私的帮助，尽管最终都没成功。这也是当年我作为“青椒”时必须要经历的成长挫折。

最近几年，我也以答辩委员的身份，参加过几次王卡先生的学生毕业论文答辩。第一次去社科院参加答辩，以我的学术标准，我不认为某位博士生的论文可以达到“优秀博士论文”的水平，所以五个评委中，只有我一人给出的评价是“良好”，导致这位同学的论文没有评上社科院的“优秀论文”。王卡先生不以为意，此后继续邀请我去参加他学生的答辩。我的一个博士生想去他那里做博士后，我前后只给王卡先生打过一个电话：“听说您那里今年有博士后的名额？我今年毕业的这个博士程度不错，想推荐给您。”王卡先生说：“你叫他递简历过来看看吧！”就这样简单的一两句话，没有再多的拜托、关照、添麻烦之类的废话。因为我知道王卡先生看重的是学生的科研能力，而不是导师的人情关系。

2001 年初，《中华道藏》已经进入收尾阶段。有次王卡先生问我能不能承担起敦煌本《升玄内教经》和《太玄真一本际经》的录校工作。我一开始满口答应了，但还没等正式接手这项任务，几天后就因学校这边事情一多，又改口婉言谢绝了。这也是我那时刚毕业工作不久，在待人处事上还有很多不周全之处所致。王卡先生有点着急，说：“这两个经本，日本学者都已有现成的录校本。你在他们的基础上再做，不会费多大事的。”可我还是没有应承下来。但王卡先生并没有因此事而责怪我，或冷落我，每当有他得意的新作发表，或是新书出版，都要寄给我。

《中华道藏》出版后，我看到这两部经，都是王卡先生自己亲自整理点校的。假如我当时没有出尔反尔，是否就可以为王卡先生分担一点点工作量呢？我对此一直心存愧疚。到 2016 年 4 月间，王卡先生跟我说起，他有志于推动《中华续道藏》的编纂。我当时已基本完成灵宝经的研究工作，正想着下一步该找个什么新的研究方向；再加上当年《中华道藏》的遗憾一直存在心底，就主动表态说：一定会在王卡先生主持的《中华续道藏》的工作中贡献力量。王卡先生还让我参加了在白云观中国道协举行的《中华续道藏》立项研讨的沙龙活动。但不料这个项目还未全面展开，王卡先生就遽归道山！我对王卡先生的愧疚之情，看来已经永远无法弥补了！

二

2010年时，我有次去社科院见王卡先生，带去我发表在《文史》2009年第2辑上的《敦煌本“灵宝经目录”研究》一文的抽印本。5月19日，王卡先生在电邮中回复我说：

关于这个题目，目前已知的材料你都已用到，所持观点亦无大碍。其实1987年前后我写博士论文（见任继愈主编《中国道教史》），也反复琢磨过这个问题。我的看法，灵宝经的“旧经”和“新经”，可能是南朝（约陆修静至宋文明之间）道士编成组的两部经书。其中各篇经书问世年代有先有后，具体年代很难确定。就以“仙公新经”来看，最早的《五符序》在东晋初成书的《抱朴子内篇》已有引述，甚至可追溯到东汉袁康的《越绝书》，受汉代谶纬思想影响。讲述科仪的《敷斋威仪》等篇，可能晚于“元始旧经”，但陆修静时已出。而具有菩萨乘观念，出现高上老子名号的《仙公请问经》等篇，则可能更晚。“元始旧经”中的各篇也是有先有后，应该具体分析。记得某位日本先生在北大研修时，曾来我所谈到过此问题。

我的看法是，这些书问世的精确年份很难论定，直接证据材料不足，只能根据现有资料，加上诸如思想内容、行文风格、神灵名号等，大致划一个年段，诸如“东晋末、南朝初”，“南朝中期”等模糊的年代范围。太明确了就缺乏直接证据，容易出错。但日本人是喜欢将任何资料都定得比较死，这是他们的特点，也无可厚非。总之，这个问题还是可以继续探讨的，但下的结论还是稍微宽泛点比较可靠。仅供你参考。

我在2009年这篇文章中一个自认为是比较重要的推进，就是在王卡先生当年对“第五篇目”释读的基础上，提出一些新的释读。在旁人看来，我这是以一个“后生小子”来对王卡先生这样“前辈大家”的研究提出了不同意见。这在道教学界似乎是颇为忌讳的事情。所以，我当天通过电邮答复王卡先生说：

我也注意到您在很多场合都强调说道经的定年问题不要搞得太精确，像某位日本先生那样的做法是不可取的。我也提醒自己不要重复他的老路。不过，我觉得以往的研究一贯有“统合”的倾向，把“元始旧经”当作统一的一组，“仙公新经”当作统一的一组。而且固定化地就认为“元始旧经”一定早于“仙公新经”。现在看来，它们各自内部的不同之处，还是可以找寻到一些线索的。我希望用“析分”的视角，去重新审查这些灵宝经。因为道教研究中的很多课题，都缺乏像其他学科研究那样，经过长时间和几代人，不断地立论、检验、修正、改进的历程，所以我更看重我这样做，会对未来的灵宝经研究产生什么样的影响。也许我现在的某些具体结论，将来被证明是站不住的，但至少我提出寻找看似统合一体的诸经之间可能有的诸多不同之处的蛛丝马迹，会对以后自己和后来学者再进一步认识灵宝经提供一些新的线索。您对拙文的建议，我会好好考虑后，在结论部分多留出一些余地。感谢您的指教！在国内这么多道教研究者中，感觉和您的方法、思路都比较接近。以后还请您继续不吝赐教！我即便在某些文章中直陈与您观点不同之处，也希望您不要以为我是为了批评您而给自己出头。我觉得道教的研究就需要在某些具体问题上多一些“你来我往”，才能把问题进一步厘清。

王卡先生在20日给我的复信中说：

你的观点我完全同意。前些天网络上都在讨论中国的学术研究为何缺少原创性，其中一个重要的原因，就是中国缺少不同学术意见的争鸣，学生不敢批评老师，年轻人不敢提出与前辈名人不同的观点。由此造成学术思想的陈陈相因。我历来赞成美国年轻学者敢于挑前辈老师毛病的做法。如果年轻人不提出新观点，新方法，又岂能后代胜过前代，推动学术进展？所以我上课时都鼓励学生提不同意见的，最好我的学生都强过我，这才是我的本事。只要是学术问题上与我不同，我都欢迎。可惜目前我的学生都还太拘谨客气。所以你如果能有新的研究成果，只管发表出来，不必顾虑。这些年我从你那里也得到不少新材料和不太了解的其他年轻人的成果，这更证明学术研究就是要相互切磋交流才能进步，无论老人新人都是如此。

“学术研究就是要相互切磋交流才能进步”，这在王卡先生那里，已是理所当然的事情。也正因我觉得王卡先生是一个可以与之进行“你来我往”学术讨论的学者，我这个后辈小子，才敢于发表和王卡先生不同的观点，甚至有时也会对他的成果提出一些改进的意见。

不仅如此，王卡先生还十分大方地把他自己辛苦找到的、而又不是自己擅长研究领域的资料，毫无保留地提供给其他更合适研究的学者。2013 年 8 月是中国敦煌吐鲁番学会成立三十周年纪念，为此在首都师大召开了一次大型的国际敦煌学会议。那年的 5 月 12 日，王卡先生发来电邮说：

发给你几个文件。去年去日本颇有收获，回来后准备写几篇敦煌学的文章，趁今年年会发表。一是《抱朴子》论文，已经改了几年，因未找到文求堂复印件，总难定稿。去年在东京国会图书馆终于查到，这回可以发了。其二是《雌一经》写本校释，等《敦煌秘籍》图版几年了。……其他杏雨的道经，我都做完了叙录，可惜有人已抢先了。其三是关于道教类书我想写一篇，主要是发现了《无上秘要》和《道要》的几个新残片。叙录已完成，录文也完了，正式论文稍后发出，先将素材给你看看。如果一次会议发太多文章，是否犯忌讳？你帮忙斟酌吧。

我原先那本目录现在要改的太多了，小修小补不成了，我准备搞个修订版。从去年动手，老完不了，主要老有新卷子、新成果出现，还有就是图录的释文太耗时费事了。慢慢来吧。

王卡先生2012年在日本访学时，调查到几个敦煌道经的原卷，一下子把好几个积压了多年的问题都解决了，一连写出了几篇文章。他甚至问我可不可以在这一次敦煌学国际会议上，让他一次性地发表不止一篇新作？可见，当他在学术上有了新的进展时，是多么的激动和兴奋！这种激动和兴奋，只有真正的学者才会体验到。在他们眼中，没有什么事情比自己在学术上获得新知更令人感到欣喜了。要是有人能够倾听或分享自己的学术心得，简直就要欣喜若狂了！“原先那本目录”是指王卡先生2004年出版的《敦煌道教文献研究——综述·目录·索引》。从2012年开始，王卡先生正式着手修订，可惜在他去世时也没有完成。据说这项任务已经分给他的学生来做，祝他们能够圆满完成王卡先生的遗愿！

5月13日，王卡先生又在电邮中说：

我在文求堂《抱朴子》残卷的背面，看到有一篇唐中和五年正月沙州学生抄写的《论语》郑氏注卷四《述而篇》的写本，首尾完整，有14页，约130行经注文。此件好像与书道博物馆的《论语》郑注写本有关。粗查已有的相关论著，似乎尚未提到这一件。大概过去大家关注的都是文求堂影版正面的《抱朴子》写本，忽略了背面书写的内容。除《论语》外，还有河西都僧统赠与他人的诗文十多条，也是首尾完整有题记的。因为这不是我研究的范围，不敢贸然发论。不知有哪位专家感兴趣，可以转给他们研究。资源共享嘛。

我回复说：如果是《论语》郑注的话，还是王素先生最有权威性。于是5月21日，王卡先生发来了这件《论语》写本的图版，并在信中说：

文求堂《抱朴子》小册子共41双页面，其中《论语》在30—37面，前后都有中和五年学士郎的题记。还有一行题："河西都僧统京城内外临坛供奉大德兼都僧录阐扬法师赐紫沙门某"，挺奇怪。书道博物馆的《论语》是否原先也是写在《抱朴子》背面？该件据日本一目录著录，也是1921年左右，许际唐售给中村不折。可以研究研究。王素先生的联络号我没有，先发给你转去即可。先写到此。

王卡先生在日本发现的《论语》注的资料，竟然就这样毫无保留地发给我，让我转交给王素先生做研究。王素先生看了，说："这不是《论语》郑氏注，而是《论语集解》。尽管如此，由于以前未见有人留意此件，还是有较高校勘价值的。"可见，王卡先生是真正秉持并做到了"资源共享"的学术理念。

毫无疑问，王卡先生之所以成为我眼中的近30年来国内研究道教第一人，除了他自身的勤勉外，也因他深明学术进步的要义，贵在推陈出新，后人理应、也一定会超越前人。这样想清楚了自己在学术史上的位置，也就不会固步自封，持一种平和、开放的心态来与学界同行做到优势互补和资源共享。王卡先生这样对待别人，别人也会这样对他。至少就我所知王卡先生与敦煌学界诸位先生的学术交流，就是这样一种因“资源共享”而达到“共赢”的效果。

三

不过，老实说，我认为王卡先生对灵宝经的看法，一定程度上已经固化在他 1980 年代写魏晋南北朝时期道教史的阶段。他虽然从治学的原则上，赞同我勇于在前人基础上提出新见解的努力，但有时对我的这些努力，又表现出不太认同的态度。他先后接收过两位博士后，他们两人的研究中，都涉及一些灵宝经的具体问题，也都跟我进行过非正式的、友好的讨论。王卡先生在一旁听了、看了我们之间的争论，毫不客气地说：“这些都是纠缠不清的问题，你们争来争去也没法得出确切的结论，有什么意义？与其这样，不如更多关注灵宝经对整个道教的意义和影响。”我理解王卡先生的意思，他认为目前条件下，是没法彻底解决灵宝经的断代定年等问题的；与其谁也说服不了谁，不如绕开这些纠缠不清的问题点，发掘灵宝经更多、更重要的意义。但对我来说，越是大家都觉得难以解决的问题，我才越觉得有挑战性，才越有兴趣去尝试解决。虽然我不一定能够超越前人，把这些难题都彻底解决，但只要掌握了科学的研究方法和学术规范，至少还是能提出一些不同于前人的新观点和新思路的。这是王卡先生和我，对于“什么才是有价值和意义的学术问题”的一点不同认识。我觉得，王卡先生对学术问题价值和意义的标准，一定程度上也决定了王卡先生的治学特点。

王卡先生有两句关于治学的话，给我留下深刻的印象。第一句话其实是王卡先生的导师王明先生告诉他的。大意是：一位学者这一辈子，如果能踏踏实实地发表十几篇质量过硬论文，到晚年结成个集子出版传世，就已经很不错了！王明先生自己就差不多是这样的情况。王卡先生转述王明先生这句话时，显然并不是完全地认同老师的话。王卡先生虽然在 61 岁就遽然离世，但他生前所留下的学术著作和成就，已经成为一座巍峨的学术高峰。相信在未来若干年内，都不会再有道教学者能够超出其上。但王明先生的这句话对王卡先生的治学有没有潜移默化的影响呢？我认为是有的。以王卡先生的聪明和勤奋，以他不止一遍通读整部《道藏》所积累的深厚功力，以他上起两汉魏晋、下延明清道教的广阔视野，他的学术成果理应比现在要多得多才对。据说他往往在与同事和学生聊天时，迸发出无数的思想火花。当有人建议他把这些有意思的观点写成文章时，他就会说：这只是我的一些看法，离形成观点、写成文章还差很远呢！这固然体现了王卡先生对自己写文章、发表论著的高标准、严要求，但这样一来，很多有价值的思想和观点，就都只是停留在小范围内的口头表述而已。所谓“厚积薄发”，如果一直停留在“厚积”的阶段，就只能是丰富个人读书的体验而已，却未必能给学术进步带来直接的推动。在我看来，与王卡先生二、四十年来积累起那么丰殖的学养相比，他现在留给我们的东西，还是略显少了一些！这实在是中国道教研究的巨大损失！

第二句话应该是出自王卡先生的心得。他说：“中国学者过了四十岁，就不用再看外国学者的成果了。”这首先体现出王卡先生的学术自信。这种自信来源于他对《道藏》的几次通读。相信国内外所有的道教学者，也没有一两个人真正能够达到他这样熟悉《道藏》的程度。在王卡先生看来，国外学者在学术观点上已经没有什么能够启发得到他的。他甚至跟我说，某篇被人推崇为国外道教研究的经典性论文，翻译过来一看，觉得也不过如此。那篇文章中讨论的很多问题，在王卡先生看来，都是常识性的论述，同样是没有多大价值和意义的。但以往要看外国学者的文章，是要看他们用到了哪些文献材料。一旦王卡先生做到在材料占有上对外国学者的碾压式优势，自然就会觉得外国学者的研究基本不足观了。我们可以看到，中国学者在 1980 年代撰写的道教史著作，只有在王卡先生执笔的篇章中，充分观照和回应了国外学者的研究。到后来，他写的文章基本上都避开了与国外学者的商榷和讨论，大都是自己的孤明先发。但这并不意味着他对国外学者的研究不关注和不了解。只是他不愿意把精力浪费在那些在他看来“谁也说服不了谁”的讨论上去。

可在我看来，这关涉到一个如何看待学术史或研究史的问题。原则上说，无论前人的成果是否真的推进或解决了问题，无论个人对这样的成果是否真的欣赏或是不屑，在调查学术史或研究史时，都不能有意视而不见。更重要的是，即便一篇文章百分之九十以上的内容不可取，也不能因此就放弃那百分之十的或许可取之处。我这些年来写成文章讨论到的很多论题，不少就是受到国外学者论著的启发，甚至一些重要的观点，就是来自那百分之十可取之处的激发。所以，在“问题意识”的培养上，我更多是从别人的研究中看到问题所在，从而确定自己要讨论的问题范畴。而王卡先生则是立足于大量原始资料的阅读，直接提出自己觉得有价值和有意义的论题来。很多具体的问题，他其实已经有了答案，但他觉得与其把时间和精力浪费在自己已经搞清楚的问题上，不如提出一些从未有人提过的、带有指引意义的新论题来。由此也就不难理解，为何我觉得津津有味的问题，在王卡先生看来，简直是味同嚼蜡，毫无意义。我承认这里有学养深浅和境界高低之分，现阶段的我，只能做到去解决一个个的具体问题。王卡先生除了有深厚的文献功底，还是道教学界当之无愧的思想家。中国学术既需要王卡先生这样的高屋建瓴、能够做出方向性引领的研究，也需要我这种“斤斤计较”，一个个细节上的小问题去抠、去解决的笨办法。只是，在我 2016 年完成灵宝经的研究后，开始考虑自己的学术转向问题。这一年多来，已经着手其他领域的研究。王卡先生驾鹤西归后，我也将不再是一个追随其学术脚步的“道教历史与文献的研究者”了。

王卡先生离世对中国道教研究所造成的无可弥补的损失，随着时间的流逝，将会愈发显露无遗。王卡先生离世所造成的中国道教学术研究的巨大空白，恐怕在未来一二十年内都难以得到填补。

尊敬的王卡先生！敬爱的王老师！愿您在天堂依然可以博览天书，指点幽冥！

2017年8月9日匆匆

附录

本书所收文章出处

1. 评《北京大学藏敦煌文献》,《敦煌吐鲁番研究》第三卷，北京大学出版社，1998 年，第 371—381 页。

2. 北京大学图书馆藏上宫厩户写《维摩诘经》补说,《华林》第三卷，北京：中华书局，2004 年，第 159—172 页。

3. 评《敦煌道教文献研究：综述·目录·索引》,《敦煌吐鲁番研究》第九卷，上海古籍出版社，2006 年，第 492—500 页。

4. 评《吐鲁番出土文书总目（欧美收藏卷）》,《敦煌学辑刊》2008 年 2 期，第 171—173 页。

5. 评《中古三夷教辨证》,《敦煌吐鲁番研究》第十一卷，上海古籍出版社，2009 年，第 525—531 页。

6. 评《百年敦煌学》,《敦煌吐鲁番研究》第十二卷，上海古籍出版社，2011 年，第 501—507 页。

7. 评《索安〈西方道教研究史〉及两部中译本》，《唐研究》第九卷，北京大学出版社，2003 年，第 512—523 页。

8. 评《道教研究论集》，《国际汉学研究通讯》第十二期，北京大学出版社，2016 年，第 350—369 页。

9. 评《六朝道教史研究（中译本）》，《中国史研究》2002 年第 4 期，第 134—142 页。

10. 评《六朝南方神仙道教与文学》，《人文中国学报》第十五期，上海古籍出版社，2009 年，第 461—467 页。

11. 评《敦煌古灵宝经与晋唐道教》，《敦煌吐鲁番研究》第七卷，北京：中华书局，2004 年，第 463—468 页。

12. 评《唐前道教仪式史纲》，《唐研究》第十六卷，北京大学出版社，2010 年，第 545—551 页。

13. 评《〈道教义枢〉研究》，《唐研究》第八卷，北京大学出版社，2002 年，第 476—481 页。

14. 评 *Taoism under the T'ang*，《唐研究》第五卷，北京大学出版社，1999 年，第 486—496 页。

15.《唐代道教》中译本序，巴瑞特著，曾维加译《唐代道教》，济南：齐鲁书社，2012 年 9 月，第 1—6 页。

16. 评 *The Aspirations and Standards of Taoist Priests in the Early T'ang Period*，《唐研究》第八卷，北京大学出版社，2002 年，第 471—476 页。

17. 评《唐代の道教と天师道》，《唐研究》第十卷，

北京大学出版社，2004 年，第 598—604 页。

18. 评《杜光庭道教仪范研究》,《敦煌吐鲁番研究》第八卷，北京：中华书局，2005 年，第 374—378 页。

19. 忆宁可先生二三事，2018 年 12 月在纪念宁可先生诞辰九十周年座谈会上的发言。

20. 追忆王卡先生,《王卡纪念文集》，北京：社会科学文献出版社，2018 年，第 75—83 页。

凤凰枝文丛

三升斋随笔	荣新江 著
八里桥畔论唐诗	薛天纬 著
跂予望之	刘跃进 著
潮打石城	程章灿 著
会心不远	高克勤 著
硬石岭曝言	王小盾 著
云鹿居漫笔	朱玉麒 著
老营房手记	孟宪实 著
读史杂评	孟彦弘 著
古典学术观澜集	刘　宁 著
龙沙论道集	刘　屹 著
春明卜邻集	史　睿 著
仰顾山房文稿	俞国林 著
马丁堂读书散记	姚崇新 著
远去的书香	苗怀明 著